百部红色经典

年 轮

上

梁晓声 著

北京联合出版公司
Beijing United Publishing Co.,Ltd.

图书在版编目（CIP）数据

年轮：全两册 / 梁晓声著. -- 北京：北京联合出版公司, 2021.7（2025.2重印）
（百部红色经典）
ISBN 978-7-5596-4884-6

Ⅰ.①年… Ⅱ.①梁… Ⅲ.①长篇小说—中国—当代 Ⅳ.①I247.5

中国版本图书馆CIP数据核字(2020)第267934号

年轮：全两册

作　　者：梁晓声
出 品 人：赵红仕
责任编辑：徐　樟
封面设计：吴黛君

北京联合出版公司出版
（北京市西城区德外大街83号楼9层 100088）
北京新华先锋出版科技有限公司发行
三河市兴博印务有限公司印刷　新华书店经销
字数591千字　787毫米×1092毫米　1/16　42印张
2021年7月第1版　2025年2月第6次印刷
ISBN 978-7-5596-4884-6
定价：69.00元（全两册）

版权所有，侵权必究
未经书面许可，不得以任何方式转载、复制、翻印本书部分或全部内容。
本书若有质量问题，请与本社图书销售中心联系调换。电话：（010）88876681-8026

出版前言

为庆祝中国共产党成立100周年，全面展现中国共产党成立以来中华民族辉煌的发展历程、取得的伟大成就和宝贵经验，集中体现中华民族的文化创造力和生命力，北京联合出版公司策划了"百部红色经典"系列丛书，希望以文学的形式唱响礼赞新中国、奋斗新时代的昂扬旋律。

本套丛书收录了近一百年来，描绘我国人民在中国共产党的领导下艰苦奋斗、开拓创新、改革开放的壮美画卷，充分展现我国社会全方位变革、反映社会现实和人民主体地位、弘扬社会主义核心价值观、讴歌中华民族伟大复兴中国梦的100部文学经典力作。

本套丛书汇集了知侠、梁晓声、老舍、李心田、李广田、王愿坚、马烽、赵树理、孙犁、冯志、杨朔、刘白羽、浩然、李劼人、高云览、邱勋、靳以、韩少功、周梅森、石钟山等近百位具有代表性的中国现当代著名作家。入选作品中，有国民革命时期探索革命道路的《革命的信仰》《中国向何处去》，有描写抗日战争的《铁道游击队》《敌后武工队》《风云初记》《苦菜花》，有描绘解放战争历史画卷的《红嫂》《走向胜利》《新儿女英雄续传》，有展现新中国建设历程的《三里湾》《沸腾的群山》《激情燃烧的岁月》，有寻找和重建民族文化自信的《四面八方》，也有改革开放后反映中国社会现状、探索中国道路的《中国制造》，同时还收录了展现革命英雄人物光辉事迹的《刘胡兰传》《焦裕禄》《雷锋日记》等。

　　本套丛书讲述了丰富多样的中国故事，塑造了一大批深入人心的中国形象，奏响了昂扬奋进的中国旋律。这些经历了时间检验的文学作品，在艺术表现形式、文学叙述方式和创作技巧等方面都具有开拓性和创造性，作品的质量、品位、风格、内涵等方面都具有很高的水准，都是有筋骨、有道德、有温度的优秀作品，很多作家的作品都曾荣获"五个一工程奖""茅盾文学奖""鲁迅文学奖""国家图书奖"等奖项。

　　为将该套丛书打造成为集思想性、艺术性、时代性为一体，展现新时代文学艺术发展新风貌的精品图书，北京联合出版公司成立了由出版界、文学艺术界的资深专家和学者组成的编辑委员会。他们从文学作品的历史价值、文学价值、学术价值、现实意义等维度对作品进行了深入细致的研读和筛选，吸收并借鉴了广大读者的意见与建议，对入选作品进行深入细致的分析与综合评定，努力将"百部红色经典"系列丛书打造成为政治性、思想性和艺术性和谐统一的优秀读物，向伟大的中国共产党成立100周年这一光荣的日子献礼！

第一章	// 001
第二章	// 089
第三章	// 129
第四章	// 195
第五章	// 329
第六章	// 404
第七章	// 431
第八章	// 485
第九章	// 518
第十章	// 579

第一章

1

　　黑板前，三个少年皆在弯腰系鞋带。

　　他们都是小学五年级学生，一律将左脚或右脚踏在讲台边上……

　　斯时，教室里静悄悄的，只有这三个少年。

　　在北方最北的这一座省会城市里，九月上午的阳光依然温暖。为迎接国庆，教室的窗子已被擦得明明亮亮。如果没有窗框，一眼望去，像是不存在似的。

　　前几天，班主任曲老师在班会上说："国庆前，学校照例要进行卫生评比。去年咱们班因为窗子擦得不太仔细，扣了两分，所以没评上第一。我希望今年咱们班是第一。"

　　曲老师说话总是很轻柔，那一番话她也说得很淡然。似乎得第一虽是她的希望，但如果还是没得第一，那她也不会感到多么沮丧。又似乎，那纯粹是学校领导要求每位班主任必须对学生们说的话，否则她也许就不说了。

　　近两个月以来，曲老师的面容一天比一天憔悴。每一个同学都能看出，曲老师肯定是生了重病了，她是在每天硬撑着给同学们上课。连班里最调皮捣蛋的男生，近两个月以来也守纪律了。

　　那是一个中国人最能够将心比心的年代。因为那一年是一九六一年。

从一九六〇年起，无论农村还是城市，百分之九十九以上的人都在不同程度地挨饿。有的省份，正成百上千地饿死着人。

饥饿居然使中国人之间都有那么点儿惺惺相惜。因为只有这样，才会觉得自己活得还算容易点儿。无论在小学、中学还是大学，老师们对学生们的要求已不甚严格；在学生们眼里，老师们也都变了。以往动辄板着脸对学生们大加训斥的老师分明已饿得没有精气神像以往那样了。而使同学们感到亲切的老师，自然是对学生们更加亲切了——比如曲老师。她站在黑板前望着同学们时，眼里往往充满了怜爱。虽然她面对的只不过是小学五年级学生，但他们却全都能够从她眼里读懂那一份怜爱。

那一代中国的小学生，无论在家里还是在学校里，都太渴望被怜爱了。

想获得什么就会对什么格外敏感。

连动物亦如此。

胃里终日空空荡荡的，心里边不能也一样啊！

曲老师毕竟是老师，对于同学们的胃，她无法给予什么；她所能给予的，仅仅是同学们的心里边需要的。尽管，那种给予根本不能等于食物，但却能对胃起到一点儿麻醉的作用。

就曲老师那么几句话，班里的女生们便当成了是她们的神圣的任务。她们用了一个星期天的下午认认真真地完成了那一项任务。有的女生甚至为将玻璃擦得更透明而牺牲了自己的小手绢。

那是一个只有少数小学女生才有手绢的年代。大多数的她们上学前只不过往兜里揣一卷裁剪成手绢大小的报纸而已。

正因为女生们将玻璃擦得那么明亮，这三个正在系鞋带的男生才将黑板也擦得极为干净。

明明都正饿得饥肠辘辘，却还有心情尽好值日生的责任，这在今天的孩子们肯定是难以理解的——然而那正是当年的小学生们的特征。

学习不好没什么，但是思想绝对不可以比"集体"所要求的差——这种意识早已印在他们的头脑之中了。卫生值日的态度与学习好坏无关，但是肯定会与思想怎样被别人连在一起来评说。小小年龄的他们，心里都是明白这一点的。

阳光透过窗子，将教室照耀得暖洋洋的。他们中的一个，用手背抹了下额头。他已经出汗了。

他们的鞋带竟还没有系好——且慢！咦？原来他们都不是在系鞋带，而是在用粉笔涂他们脚上的破胶鞋。是的。正是这样，他们都企图将他们脚上的破胶鞋涂成白色的。

当年，一双白色的胶鞋比一双黑色的或蓝色的胶鞋贵一元多钱，叫中国少先队员的"队鞋"。由于是特种鞋，生产得少，所以贵。而他们脚上穿的都不是队鞋。他们的家长从没舍得多花一元多钱为他们买双"队鞋"。以前他们参加少先队的活动，都得提前几天说尽好话磨薄了嘴唇向有"队鞋"的小学生去借。普遍的人家都很穷，他们是更穷的人家的孩子。

然而，一九六一年的国庆即将来临，市里指示，为了增强人们度过饥饿年代的精神力量，这一年的庆祝游行一定要比往年的规模更为盛大。小学生是祖国的花朵，是历年国庆游行队伍中不可缺少的阵容。这一年每一所小学校参加国庆游行的人数都空前的多，而这一所小学校的这一间教室里的三名男生，他们已无处再能借到"队鞋"了……

他们的胃每天所消化的粮食是少而又少的。国家通过城市购粮证这一种方式每天限供给他们的口粮是七两。在副食极为丰富的今天也许不算少了，但对于当年的他们，副食仅仅意味着是自家腌的咸菜而已。正在长身体的年龄，胃里完全没有副食的摄入，甚至也几乎没有油水的滋润，对于口粮的消化就反而变得特别剧烈。他们只有每天再往口中塞入榆树钱儿、柳树芽儿、各种野菜……而那也只能是季节性的有限的补充。

事实上，他们都在发愁——过了"十一"，冬季转眼就会来临的，那时还有什么可吃的东西是他们能往胃里补给的呢？

但脚上是否穿着一双"队鞋"，却是眼前躲避不开的一件愁事儿。

去年国庆节，他们就曾因为没有"队鞋"而被取消了参加庆祝游行的资格。今年他们已经是五年级学生了。他们的自尊心都不允许自己重蹈去年的覆辙。

他们此刻的做法，是向别的班的学生们学到的宝贵经验。经他们各自"加工"后的鞋，俨然白色，几可"以假乱真"……

但一个孩子的鞋早就破了，大脚趾顶在鞋外，用粉笔涂大脚趾，怎么也涂不白——他叫王小嵩。

"笨蛋，"另一个孩子看见，立刻给他出主意，"把粉笔弄湿。"他一边说，一边继续对自己的鞋"加工"不止——他叫徐克。

"可是，哪有水啊。"王小嵩急得快哭了。

第三个孩子叫吴振庆，他在三个少年之中显得大一点儿，这时，吴振庆已经涂完了自己的一双鞋，立刻帮王小嵩"化妆"脚指甲，他以老大哥的口吻说："这还不容易？来点人造水不就得了！"

他说罢，就往粉笔上吐了一口唾沫，替王小嵩涂起来。

动作虽然麻利，毕竟有点儿心慌，他们耗费了多半盒粉笔。

这时，外面操场上，队号队鼓声一阵高过一阵，口号此起彼伏：

"高高兴兴，欢度国庆！"

"毛主席万岁，万岁万岁万万岁……"

一名女生忽然推开教室门，急迫地说："你们三个在这儿干什么呢？还不快走！马上就该咱们班操练啦。"——她叫张萌，是个小队长，"一道杠"。

张萌说完，转身而去。

三个好朋友低头看自己的鞋，看对方的鞋，继而抬起头来互相看着，显然都不那么自信。

吴振庆一挥手，说："快走！"

在楼阶前，吴振庆不放心，又扯住两个好伙伴，依然摆出一副老大哥的模样，替他们正了正领口、紧了紧红领巾，又替王小嵩将露在外面的一角白上衣掖入裤腰里。

而徐克，则用手指抹了点儿唾沫，将吴振庆一绺翘着的鸡冠似的头发抚平……

吴振庆鼓励地说："咱们够合格的啦！"

于是，三个小伙伴趁一组队列从楼口经过，机灵地蹿了出去。

他们借着别的班队列的掩护，迂回到自己班的队列。

三束纸花，经由几只手，从张萌手里，传递到了他们手里……

他们班的队列通过操练台——他们排在一横列，挥舞着花束，跟别人一起齐声喊：

"高高兴兴，欢度国庆！好好学习，天天向上！……"

通过操练台，他们互相挤眉弄眼，庆祝他们所获得的成功……

上课的铃声响了，同学们都端正地坐在各自的座位上。张萌发现了讲台边上和地上的一片粉笔末；她不能容忍值日生这种不负责任的行为，赶紧前去扫尽。

她刚入座，班主任走入了教室。她就是四十岁左右的女教师——同学们爱戴的曲老师。

张萌喊口令："立、礼、坐！"

同学们按口令整齐地站起，整齐地行礼，整齐地坐下。

老师说："同学们，今天这一节语文课，我们学《神笔马良》，大家翻开课本……"

曲老师一边说，一边探手到粉笔盒中取粉笔——拿出了只有三分之一截长的粉笔。她似乎觉得有些奇怪，索性连粉笔盒也拿起来……

粉笔盒内只剩下不多的几截断粉笔了，有的还被磨成了三角体或半圆体。

她严肃地扫视着全班同学……

端坐的同学们莫名其妙地望着她……

曲老师问："哪个同学从粉笔盒中拿粉笔了？"

没人举手。没人回答。吴振庆、王小嵩、徐克也装出一副事不关己的样子。坐得比别的同学更端正，望着老师的目光比别的同学更坦然。

老师又问："大家知不知道，每位老师，每月只发一盒粉笔？"

同学们齐声回答："知道！"

老师再问:"知不知道,如果提前用完了,连能买到的地方都没有,老师只得向别的老师借?"

同学们回答:"知道!"

老师生气了:"看来你们什么都知道!那么,老师的半盒粉笔哪儿去了?嗯?"

张萌倏地站起来大声说:"老师,不关别的同学的事,是吴振庆、王小嵩,还有徐克……"

三个好朋友,被当众揭发,不得不依次站了起来……

张萌坐下后,老师克制地说:"你们把粉笔还给老师。"

同学们的目光从四面八方投到三个好朋友身上。

王小嵩和徐克低头不语。

吴振庆毕竟是老大哥,他鼓起勇气说:"没了……我们……我们用粉笔当鞋粉……"

王小嵩讷讷地想说明原因:"没有白胶鞋,就不能参加国庆活动,可我们都想参加……"

和王小嵩同座的一个女生站起来说:"老师,他们家里都挺困难的。去年他们就因为没有白胶鞋,不能参加国庆活动。您就原谅他们这一次吧……"她叫郝梅。

老师问吴振庆:"真的吗?"

吴振庆说:"老师,我们都是穷人的孩子……"

张萌倏地回过头高声说:"胡说!社会主义新中国没有穷人!"

徐克猛地抬起头,瞪着张萌反驳:"有!就有!"

张萌生气了,大喊:"你反动!"

王小嵩说:"反动怎么啦?我揍你!"并且威吓地举起了拳头。

张萌不示弱:"你敢!"

吴振庆说:"你说穷人反动,你才反动哪!"

郝梅极富正义感地拿起了王小嵩的铅笔盒(那是牙膏盒做的),倒出了里边的几截铅笔让张萌看:"你看你看,连铅笔盒都买不起,这么短的铅笔头都舍不得扔，不是穷人，还是富人啊？"

张萌眼泪汪汪地、委屈地向老师求援："老师！"

老师说："好啦好啦，都不要争论了。粉笔的事，老师不再追究就是了！"

她示意几个站着的同学坐下，开始在黑板上写课题。

老师背过身去时，王小嵩又扭头对张萌示了示拳。

粉笔掉在地上，老师蹲下身捡。她并没有马上站起——她一手撑地，一手扶墙，蹲了一会儿才捡粉笔，才站起……

因为有讲课桌挡着，没有同学发现这一点……

老师一手撑着讲课桌，站在讲台上，领大家读课文……

"从前，有一个穷人家的孩子叫马良……"

同学们跟着读……

有一个男同学，用竖立在桌上的课本挡着自己，偷偷拿小刀刻块什么坚硬的东西，他叫韩德宝。

他将刻下的东西，用纸包成一个个小包，趁老师不注意时，分抛给别的座位的男同学。

"有一天，马良遇到了一位白胡子老爷爷。老爷爷说：'孩子，我快饿死了，给我点儿吃的吧！'马良便毫不犹豫地将自己仅有的一块饼子，送给了白胡子老爷爷，尽管他自己也非常饿……"

老师的声音很微弱……

可同学们并未觉得异常，齐声跟读……

王小嵩得到了一个小纸包，打开一看，是一点儿豆饼屑。他分了一半儿，倒在同桌郝梅的桌面上。

郝梅无动于衷。

王小嵩将纸包里剩下的豆饼屑，全部舔在嘴里，津津有味地嚼着……

他再看郝梅的桌面时，豆饼屑已不复存在，桌面上留下了一道用舌头舔过的、湿漉漉的痕迹。仿佛一只蜗牛刚刚爬过……

他看郝梅，她目不斜视地盯着课本，却紧闭着嘴。

吴振庆也得到了一个小纸包。他打开后，见纸上还写着字——"这不是一般的豆饼，是喂军马的豆饼。我爸爸一位在骑兵团当连长的战友，托人捎来的。"

"白胡子老爷爷，临走时送给了马良一支笔……"

老师的领读声更微弱了……

同学们的跟读声也微弱了——差不多只有女同学的声音在读。几乎每一个男同学嘴里都有了豆饼，都在津津有味地嚼着。

老师问："男同学都怎么了？为什么……都不……读？"

男同学们都默不作声。

老师说："男同学，都……站起来……"

老师说话的声音之微弱，终于使同学们觉得不对劲儿。

女同学们谴责地望着男同学们。

老师又领着男同学读，但男同学们仍一个个紧闭着嘴，都含着豆饼，怎么张得开口呢？

老师举了一下手臂，似乎还想说什么。可一句话也没说出来，只不过张了张嘴……

她双膝一弯，跪倒在讲台上——但她的一只手还扳着讲课桌的边缘。她试图努力站起，却没成功……

同学们一时都呆住了……

老师抬起头望了同学们一眼，连那只扳着讲课桌边缘的手也无力地垂下了——她倒在讲台上……

教室里肃静了一瞬间——仿佛听到远处有火车到站的泄气声。

"老师。"第一个叫起来的是张萌，她叫得很轻很轻，完全是一种下意识。后面几排同学站了起来，向讲台上望去。

吴振庆离开了座位，蹑足走到老师跟前，仿佛他认为老师只不过是睡着了，怕惊醒她似的……

同学们望着他扶老师——可他扶不动……

他抬头求援地望着同学们……

同学们此时才呼啦一下全都离开座位，拥向讲台，团团围住了吴振庆和老师……

"老师！"

"老师！"

"老师你怎么啦？"

他们呼唤着，张萌和几名女同学哭了……

教室门开了，几位别的班的老师出现……

泪眼汪汪的、惊慌失措的同学们，望着他们的老师被一位男老师背着，由两位女老师左右护着离开了教室……

张萌停止哭泣，指着王小嵩愤愤地说："是你把老师气的！"

王小嵩似乎也认为是自己的罪过，他内疚地、惴惴不安地靠向了墙，如同当众被抓住的小偷……

吴振庆护住王小嵩："不关他的事……"——一副好汉做事好汉当的模样……

张萌说："当然还有你的责任！"

"还有徐克！"

徐克正想溜，被一个女同学推到了吴振庆和王小嵩身边……

"揍他们！"

说这句话的，是分给他们豆饼吃的韩德宝。

于是几个男同学对他们拳脚相加……

张萌又一指韩德宝："你也不是好东西！你上课不但自己吃东西，还分给别人吃！所以你们都读不出课文！揍他们这些臭男生！"

看来张萌在女同学中还是有一定号召力的，她的话几乎将所有的女同学都发动了起来。她们开始挥着小拳头打所有的男同学，或者踢他们，或者啐他们……

男同学们一个个抱着头，往一起缩……

只有郝梅一个女同学没有参与对男同学们的惩罚，她闪在一旁，默默地望着……

讲课桌被碰了一下，粉笔盒掉在了地上……

粉笔盒被踩扁了，几截粉笔被踩来踩去……

郝梅立刻蹲下身捡粉笔，她的手也被踩来踩去……

女生们出够了气，忽然大家又想起老师来，老师到底怎么啦？于是一齐拥至教员室门外……

教员室内传来老师们的说话声：

"我看是饿的……"

"这半个月来，一到中午吃饭时，她就借故躲出去，有一天我发现她端着饭盒站在楼梯口那儿吃，饭盒里除了野菜没别的……"

"她公公婆婆在农村饿得活不下去了，到城里来住在她家了。她丈夫也是当老师的，咱们当老师的才二十八斤半定量，唉……"

"她也不说，说了咱们能让她每天中午光吃野菜吗？"

"她那么有自尊心，就是咱们每天中午分给她吃，她也不会接受啊！"

"脸色这么难看，嘴唇发青，会不会是野菜中毒啊？"

"喂，喂，人一直昏迷不醒，请快一点派救护车来行不行啊？什么？没车？有辆车也没有汽油？喂喂……"

教员室的门忽然开了，走出来一位男老师，就是背曲老师那位，看上去挺年轻，二十七八岁的样子。

吴振庆走上前，鞠了一个躬，说："老师，请您转告我们老师，我们错了……"

男老师有些困惑："你们怎么了？"

王小嵩说："我也错了……"

徐克说："还有我……"

男同学们七言八语：

"我们都错了……"

"我们上课吃东西来着……"

"我们以后再也不了……"

韩德宝手拿一块豆饼递给男老师说："老师，一会儿我们老师要是清醒过来，请您将这点儿吃的给我们老师吃了吧。就说是韩德宝给她的……"

豆饼黑乎乎的，看不出喂军马的豆饼是多么高级的豆饼。

男老师没有马上接，问："那是什么？"

"豆饼……"

男老师犹豫着，似乎不知该不该接。

韩德宝庄重地说："这不是一般的豆饼，这是喂军马的豆饼。"

男老师终于接过去了。他又问："真是……喂军马的豆饼吗？"

他也问得那么庄重。

韩德宝信誓旦旦地道："真是喂军马的豆饼，我以红领巾的名义发誓！"

男女同学纷纷说：

"老师，我们保证他没撒谎……"

"老师，你就替他转给我们老师吧！"

韩德宝有点骄傲地说："我明天要给我们老师带一大块来！"

男老师受了感动："好吧好吧，同学们，韩德宝，我一定替你，也是替你们大家，转给你们的班主任老师。我想，她一定会因为有你们这么关心她的学生感到安慰的。今天，你们就提前放学吧。走时，脚步都要轻些，要悄悄地，别影响别的班级上课……"

吴振庆、王小嵩、徐克走在回家的路上，在他们身后不远处跟着张萌和郝梅。她们边走边说话，还在讨论着今天上课时发生的事情。

张萌说："反正你根本就不应该替他们三个后进生说话。"

郝梅说："可我家原先和他们住一块儿，他们三个家里真的挺困难的。"

"那你也不该替他们说话。"张萌说，"我爸爸嘱咐过我，一个人从小就应该思想进步，多靠拢思想比自己更进步的同学，帮助思想落后的同学。"

"那你为什么不帮助他们？"郝梅不解地问。

张萌说："他们从来也不虚心接受我的帮助啊！如果对思想落后的同学帮助不了，起码应该疏远他们——这也是我爸爸嘱咐我的。"

郝梅一边走，一边低头思考着她的话。

张萌说:"我爸爸是区委书记。这也不是什么秘密,你早就知道的。"

那意思是——一位区委书记爸爸的话,还能不对吗?

张萌最后的话,显然对郝梅发生了作用。

她赶紧说:"张萌,我可是愿意虚心接受你帮助的啊!"

张萌故作大人的矜持,望着她点点头,表示相信她的话。

郝梅突然想起了什么,说:"放学时,王小嵩还偷偷塞给我纸条呢,你想不想看?"

张萌站住了:"我看!"

郝梅从兜里掏出一个小纸团儿,十分神秘地慢慢剥开。

"你自己还没看过?"

郝梅说:"我能没看过吗?可是我不知拿它怎么办好,就揉成团儿了。"

纸团展开,上有一行一笔一画写的,但是却有肥有瘦的字——"郝梅同学,谢谢你为我们'丈义执言'""仗义"的"仗"写错了,写成了"丈"字,自己也觉得不对,涂了几层圈儿,在后面用"zhang"代表……

张萌说:"都五年级了,连仗义的仗还不会写,真丢人!"

郝梅问:"你说我该怎么办呢?"

"我要是你,当时就不会接。"

张萌的语调酸溜溜的。她的表情透露出,她内心里分明不无嫉妒……

郝梅说:"那,我现在把它撕了吧?"

"别,应该交给老师才对。"

郝梅困惑地望着她,似乎在问——为什么?

张萌说:"你不是刚才还表示愿意接受我的帮助吗?"

那意思是——你听我的没错儿。

张萌又说:"你要是不愿交给老师,我替你交!"

"不,要交,我就自己交。"

她们又往前走——刚走进一条胡同口,吴振庆等三个男同学突然出现,团团围住了她们。

张萌一愣,说:"你们想干什么?"

吴振庆说:"干什么?想教训教训你。你专爱向老师打小报告!好像别人都是坏学生,就你自己是好学生!你哪儿好?你说你究竟哪一点比我们好?"

郝梅插进来说:"她学习就比你们好!"

"去去去,没你什么事儿!"徐克一下子将郝梅推开。

王小嵩赶忙上前护着郝梅,对徐克说:"你别对谁都来气哇,郝梅可是自己人!"

徐克一下接一下地推张萌:"你还发动全班同学打我们,打人犯法你知道不知道?你爸是区委书记又怎么样?你爸没教育过你打人犯法呀?"

郝梅不管自己是不是自己人,说:"那你现在推人家就可以啦?"她欲上前护着张萌,被装出一副大人似的严峻模样的吴振庆伸出一条胳膊拦住了。

王小嵩说:"行了行了,警告她一下就行了……"

"行了?没那么便宜!"

张萌此时确实害怕了,怯怯地说:"是韩德宝,不是我……"

郝梅两只手忽然分别拽住吴振庆和徐克的书包带,喊道:"张萌快跑!"

张萌拔腿就跑……

吴振庆一挣,书包带儿断了——他生气了,将郝梅推得一下子坐在地上。

王小嵩赶紧扶起她,对吴振庆不满地说:"你干什么你!"

郝梅推开王小嵩:"你们坏!你们欺负女同学,今后再也不理你们了!"分明地,她尤其对王小嵩来气,瞪着他,从兜里掏出小纸团,扔在王小嵩的脸上:"哑,还给你!"

她一转身走了。

王小嵩呆呆地望着她的背影……

徐克捡起小纸团,刚欲展开看,被王小嵩一把夺了过去。

王小嵩说:"哼,这你们就高兴了?"

他也不理两个好朋友,一转身气呼呼地向另一个方向走去。

吴振庆拎着断了背带的书包，一时茫然地望着王小嵩的背影。徐克也不无惭愧地望着郝梅的背影……

他们对望……

吴振庆从兜里掏出两个玻璃球，慷慨地说："给你吧！"

徐克并不稀罕："我早就不玩这个了！"

他们的表情告诉我们，他们都觉得挺索然……

2

一片城市贫民居住区。这样的区域如今正在被大面积推平，建设为小区。可以相信，若干年后，将在城市之中彻底铲除。低矮的小泥土房布局毫无规则，也无院落可言，而且大抵是平顶或一面坡顶的；压住房顶油毡纸的砖头触目皆是，仿佛围棋盘上抚乱的棋子。

王小嵩的家是最边缘的一幢小泥土房。不知为什么，它和大多数人家之间隔开了一段距离，似乎也更低矮，显得有些孤零零的。

王小嵩正向家里走来。

他路过一处垃圾堆，见一老妪正在那儿捡什么，捡了便用衣襟兜着。王小嵩该叫她"三奶"，她是个饱经风霜，然而身体还硬朗的老太婆。

三奶一抬头看见他，说："怎么放学这么早哇，小嵩？"

王小嵩回答："我们老师上课时饿昏过去了。三奶你捡什么呀？"

"唉，还能捡什么呢？今天早晨我刚排长队买回来一些大头菜，你广义哥却把菜根都给剁掉扔了！能吃的东西扔了多让人心疼啊，不捡回来不是罪过吗……"陶广义是三奶的孙子，是这一带的高才生，也是三奶的骄傲。

三奶伸着衣襟让王小嵩看，又说："小嵩，给你几个吧。洗净了，蒸一蒸，土豆似的好吃。可别让你妈腌成咸菜。腌成咸菜就可惜了……"

王小嵩说："三奶，我不要。你们家没人排队买菜，买到一次菜怪不容易的。"

三奶说："哎，三奶诚心给你，你就要。你广义哥住校后，你常帮三奶干这干那的，三奶也没给过你什么好吃的。"

"我广义哥以前还经常帮我家挑水哪。"

他说罢要走。

"这孩子，别走别走。"三奶忙拦住他说，"要不，你拿几个，明天替我送给你们曲老师吧。她教过你广义哥，挺好的老师，家访时总是和颜悦色的。不管怎么的，算我对她的一点儿心意呗……"

王小嵩犹犹豫豫地从三奶衣襟里拿了几个菜根塞入书包。

三奶冲他的背影嘱咐："别忘了告诉曲老师，是陶广义他奶奶送给她的……"

王小嵩回头应着："放心吧三奶，忘不了的！"

他快走到家门口时，有两个女工从他家里出来，其中一个打量着他问："你是不是小嵩啊？"

他迟疑地点了一下头。

另一个女工拉起他一只手说："你妈今天腿被砸了一下，我们把她送回来了……"

他一听，不待对方说完，挣脱手就往家跑。

那女工一把扯住了他："别担心，伤得不重。单位给你妈买了十个鸡蛋，算是工伤补养品。你要每天给你妈煮一个吃，会吗？"

王小嵩点了点头。

猜测到他是谁的那个女工说："你是你们家老大，你可要学会心疼你妈啊！翻砂是重活，一个女人，干男人的活，不吃饱是不行的。宁可你和弟弟妹妹少吃一口，今后也要保证你妈带够了饭。你爸在外地工作，你妈要是有个好歹，你们怎么办？"

他"嗯"了一声，再次挣脱手，冲入家门。

母亲躺在床上，弟弟和妹妹依偎在母亲身旁。弟弟五岁，妹妹才三岁多一点。

家中只有几样简陋的破旧家具。墙上贴着几排奖状。是他父亲获得的。一九五八年的、一九五九年的、一九六〇年的、一九六一年的。早年的已旧了，一九六一年的还新。旁边是他母亲最新获得的奖状。

母亲奇怪地问道："怎么这么早就放学了？"

"老师第二节课时饿昏了，我们班提前放学。"

他说着放下书包，要捋起母亲的裤筒看母亲腿上的伤。

母亲制止住他："没撒谎吗？"

"妈，我没有！"

"你要是不学好，敢逃学，我可饶不了你！"

王小嵩说："妈！"

母亲相信了他的话，不再制止。

他轻捋起母亲的裤筒，见母亲腿上缠着厚厚的纱布。

"疼吗？妈……"

母亲点点头。随即摇摇头："疼是有点儿疼的，不过妈能忍住。"

妹妹说："妈，我饿。"

弟弟说："我也饿。"

妹妹和弟弟的眼睛盯向桌上——盘子里放着十个鸡蛋。

母亲搂过妹妹亲了一下，又抚摸着弟弟的头说："好孩子们，鸡蛋留着'十一'吃行吗？"

弟弟妹妹同时听话地"嗯"了一声。

母亲说："小嵩，午饭煮苞米面粥吧。妈今天早晨已经把菜叶切好了，可以少放一点菜叶，可以煮得稠一些。"

王小嵩答应着，从书包里取出了那几个大头菜根。

母亲看见菜根问道："你哪儿弄来的？"

小嵩说："三奶给的，托我明天捎给我们老师。"

"你们曲老师是位好老师，明天你给她带两个鸡蛋去吧。"母亲说，"不，带三个吧。替你三奶把大头菜根洗干净了再捎给你们老师。"

王小嵩高兴地说："哎。妈你睡会儿吧。睡着了，就不觉得疼了。"

他拿起斧头，抱起几块柴，到外面去劈……

鸡蛋已经收起来了，盘子里放的是几块洗后的大头菜根。

母亲睡着了……

王小嵩对弟弟妹妹说:"缸里没水了。哥去挑水,你们不许闹醒妈妈啊!"

弟弟问:"哥你能挑动吗?"

"能。"

"振庆哥哥不是每天都来帮你抬水的吗?"

王小嵩不理睬弟弟,将毛巾垫在衣服里……

"你们不是好朋友了吗?"

王小嵩狠狠瞪了弟弟一眼,弟弟就什么都不问了。

王小嵩一出门,看见吴振庆走来。他装作没看见,从房檐下摘取了扁担……

吴振庆徘徊在别处,目光却在望着他……

扁担钩太长,王小嵩担不起桶……

他将扁担钩链在扁担上绕了一下,才勉强使水桶离开地面。可刚走两步,后桶掉了,前桶磕在地上……

吴振庆终于走过来,替他拎起桶:"我都挑不动一担水,你就能挑动了?"

王小嵩说:"挑不动一担,我挑半担。"

吴振庆从他肩上取下扁担说:"你不是总怕自己将来是个小个子男人吗?现在越压,将来越矮!"

王小嵩说:"一边去!矮就矮,我愿意!"

二人争夺扁担。

吴振庆忽然一只手捂另一只手,背过身"哎哟"不止……

王小嵩一愣,绕到他对面,讷讷地问:"怎么了?怎么了?"

吴振庆抬头一笑,像大人摩挲小孩子的头一样,在王小嵩头上摩挲了一下:"逗你玩呢!"

王小嵩也不禁笑了,擂了他一拳:"你这家伙!"

二人抬着水桶走远了。

抬回水，二人蹲下抽扁担时，王小嵩一回头，发现水桶并未在中间，而是非常靠近吴振庆那一端……

"你就不怕压成个小个子呀？"

吴振庆说："我爸个子高，我怎么压将来也矮不了！"

二人合拎着水桶进屋，倒进缸里。

王小嵩搅面准备煮粥。

吴振庆替他倒水，一边和他的弟弟妹妹们逗："你们今天怎么变得这么老实呀？嘴里吃什么好东西呢？"

王小嵩一听，望向弟弟妹妹——弟弟妹妹紧闭着嘴，都将一只手背在身后……

王小嵩猜想到了什么，望向桌上的盘子——盘子里只剩下一个大头菜根了……

王小嵩火了："好哇，你们偷吃，都给我！"

弟弟妹妹伸出了手——手里是吃剩的一小点儿大头菜根……

王小嵩放下搅面的碗，扑向弟弟妹妹，要打他们……

母亲惊醒了，一边用双臂拦他，一边喝道："小嵩你干什么？！"

"他们把大头菜根都吃了！"

吴振庆说："嗨，我还当他们吃'人造肉'什么的呢！大头菜根，偷吃就偷吃了吧！"说着，将盘子里剩下的那个大头菜根拿起，也咬了一口，一边津津有味地嚼着，一边又说："还真挺好吃的，像小萝卜。"

王小嵩说："你！……这是吴三奶托我捎给咱们老师的。"

吴振庆一听，把大头菜根默默又放回盘子里了……

母亲说："你就再给你们老师一个鸡蛋吧。两个算你给你们老师的，两个算三奶托你捎给你们老师的，行了吧？"

王小嵩这才息怒，一边继续搅面，一边狠狠瞪着弟弟妹妹。

弟弟妹妹哭了……

母亲一手搂过弟弟，一手搂过妹妹，问吴振庆："小庆，又帮小嵩抬水来了？我们家可真亏了你，要不连水都吃不上了。我认你个干儿子吧，愿意不？"

吴振庆看看王小嵩，痛快地说："愿意！"揭开锅盖看了看，又说："水开了！"

于是王小嵩往锅里倒面糊，吴振庆用勺子搅……

母亲慈祥地望着他们……

锅里冒泡儿的菜粥……

同一个时间，徐克正在菜店门前排队买菜，他趁人不注意，悄悄插了队。

一名妇女冲他大喊："哎，你这小孩儿，怎么在我旁边站着站着，就夹到前边去了？"

徐克说："我是在这儿的嘛！"

妇女说："不讲理！"说着侧过身让他看见自己袖子上用粉笔写的号。

徐克说："我也有号啊！"也侧过身让对方看号。

妇女来气了："我是三十一号，你怎么也是三十一号？肯定是你自己写的！"

徐克说："不是！"

后面的几个人嚷起来："这孩子是夹进来的，把他挤出去！"

"不许他买。都夹塞，排队的什么时候能买到？"

妇女身后一位知识分子模样的老者息事宁人地说："算了算了，一个孩子，夹就夹了吧。孩子，你到我前边来吧！"

徐克乖乖站到了老者前边。

妇女回身对老者说："不是我跟一个孩子一般见识。您看我这购菜证上，三天没买到菜啦！又不给补……"

忽然传来卖菜人的声音："别排了别排了，卖光了！"

排队的人们顿时乱了，都往前拥——许多只手，伸向菜案，抓抢一些掉下的菜帮菜叶……

人们终于都散去了——买到的一脸庆幸，没买到的表情怏怏……

有人问:"明天什么时候来菜?"

卖菜的说:"不知道。"

"那,究竟能不能来菜呢?"

"不知道。"

"说是每户每天三斤菜,可一个星期才来一两次菜,这购菜本不是等于白发吗?"

卖菜的说:"不想要了?不想要给我!"

那人悻悻无言地走了……

一个抱着菜戴着眼镜的人掉了几根小青菜……

刚才说徐克夹塞那个妇女见了,上前捡起,转身便走……

有人告诉那个掉菜的男人:"掉菜了!"

他立刻回头寻找,仿佛掉的是钱包,或什么贵重之物。

告诉他的人指指那女人的背影——她已匆匆走出了挺远。

他却不肯罢休,喊着追:"哎,那位女同志,等等,等等!"

那妇女反而走得更快了……

他又掉了一根菜,被一个孩子捡起来就跑……

他顿了下脚,继续追那妇女,终于追上。

妇女难为情地回头一看,居然认识:"哟,严科长,我……我不知道你喊的是我……"

那男人也极不好意思:"没什么没什么,你没买上?"

但他的眼睛却不由自主地盯着妇女手中的那几棵小青菜……

妇女说:"可不没买上呗!您掉的吧?从背后我也没看出是您来,要是看出来,我捡了就给您了……"

"不不不,不是我掉的……今天天气,怪好的啊?"

妇女说:"给你吧给你吧!"

"何必呢何必呢,不就是几棵菜嘛!"

一个执意要还给,一个执意不收受……

徐克两手空空,站在不远处望着,一副失落得很的样子……

徐克的目光忽然被什么东西吸引住了——一个车老板闭着双眼躺在马车上，也不知睡着了没有。他头下竟枕着四分之一块豆饼！

徐克的双脚不由自主地走到马车跟前……

车老板睁开眼睛："你看我干什么？"

他离去……

待车老板闭上眼睛，徐克又回来……

他蹑足绕着马车转，伺机下手……

他猝然从车老板头下抽出那四分之一块豆饼……

车老板的头"咚"地在车板上撞了一下……

车老板睁开眼，发愣地瞅他……

他也瞅着车老板发愣……

车老板的手下意识地摸向头底下，摸不着豆饼，霍地坐了起来……

徐克抱着豆饼撒腿就跑……

车老板跃下车，操着鞭子喊："嗨，站住！你站住！他妈的小兔崽子，大白天就动抢！还不站住？看老子抓住你不抽你一顿！"

他跑过马路，一辆卡车急刹车……

车老板追过马路……

这时王小嵩已经煮好了菜粥，吴振庆替他往桌上端。

弟弟妹妹已然在喝……

母亲说："小庆，你也在这儿吃吧！"

"不。我回家吃……"

母亲说："都是我干儿子啦，还客气什么？你回家就能吃上山珍海味呀？"

吴振庆眼睛瞥向锅里。

王小嵩说："吃吧，够……"

吴振庆说："那好，我吃！"

他坐下不客气地喝起来……

母亲背靠着墙，双手也捧碗喝……

顿时一片喝粥的响声。

小炕桌上除了粥碗，还有一个大盘子，也许就是刚才用来装过大头菜根的那个盘子。盘子正中是一块豆腐乳。不，它原先是一块，此时已不完整了……

三个自家的加上一个外家的孩子，不时用筷子在豆腐乳上蘸一蘸，然后放在口中咂几咂，那庄重的神态，像贵族子弟吃西餐一样。

从他们喝粥的声音就听得出来——他们觉得那掺了菜的苞谷面粥好喝极了！

吴振庆望望母亲，忽然想起了什么："大婶儿……"

母亲嗔怪地说："嗯？怎么叫我？"

吴振庆改口："干妈，我妈……我妈说……说……"

"别吭吭哧哧的，快说吧！"

他正欲说，徐克突然闯了进来，他跑得气喘吁吁，上气儿不接下气儿，怀中紧抱着豆饼，目光四处瞧，寻找藏的地方。最后将豆饼放入一口旧箱子（那是装冬天的鞋用的），而且一屁股坐在箱子上，指着门："关！关！……关上门！"

众人都惊愕地望着他……

徐克说："如果有人追来，你们就一口咬定我根本没出过屋！"

他匆匆脱下外衣，掖在箱后，光着上身又说："给我盛碗粥！我光着脊梁，喝着粥，他就不敢认我了！"

这时，外面传来了吼声："小兔崽子，你给我滚出来！今天你不还我豆饼，不管你躲到哪儿，我也要把你找出来！"

没人给徐克盛粥。

徐克夺过吴振庆的粥碗，喝起来……

吴振庆忐忑地站起来，走到外面去看……

母亲说："小嵩，扶我出去……"

王小嵩说："妈，你躺着吧，又不是我干的事儿！"

徐克说:"对,大婶你老老实实躺着吧。那人找不见我,一会儿就会走的!"

母亲没理睬徐克,对儿子说:"扶我出去!"

王小嵩只好扶母亲走了出去。

车老板来到家门口,一手攥着鞭子,问:"大嫂,看见一个小孩子过来没有?"不待母亲回答,又恼怒地自言自语:"我这么大的人,倒被一个小毛孩子抢了!他抢我的那块豆饼,是我三天的口粮啊!我舍不得吃,想省下来带回去给老婆孩子的……"

他说罢,无处发泄地狠狠甩了一记响鞭……

母亲说:"大兄弟,是我的孩子抢了你。"

车老板不禁一怔,接着竟显出几分不知所措的局促不安的甚至有点儿可怜的样子——那是老实巴交的农村人在城里人面前习惯性的自卑心理。

屋里,弟弟对徐克说:"小克哥哥,我给你换个地方藏!藏被子里,他保证不会翻我家被子!"

徐克从箱子里将豆饼拿出来,交给他藏在被子里——

弟弟妹妹藏好豆饼,也溜下了床,缩在母亲身后,探头探脑地望着车老板……

母亲对王小嵩说:"把他给我叫出来!把豆饼也拿出来!"

徐克捧着豆饼,畏畏缩缩地,羞愧难当地,也有几分不那么情愿地被王小嵩和吴振庆从屋里推了出来……

母亲说:"还给这位叔叔,向这位叔叔道歉!"

徐克一声不吭,捧着豆饼相还,之后退到了母亲身旁。

母亲严厉地说:"还不道歉!"

徐克说:"我……错了……"

母亲回头对车老板说:"我教子不严,让你耻笑了,我给你鞠个躬,算是请你原谅吧!"

在孩子们的注视之下,母亲向车老板深鞠一躬……

车老板瞅瞅母亲,又瞅瞅徐克,说:"这……大嫂,我可一点没有想难为孩子的意思啊！还我，我就感激不尽了！这年月，你这么多孩子，也真够你替他们操心的啊！"

他瞥见斧头就在门口，被劈柴夹住，走过去，将鞭子插在后腰上，将豆饼垫在门槛上，拔出斧头，只一斧，那块豆饼分为两半……

车老板站起，把一半豆饼给徐克，苦笑道："咱俩可都跑得够呛，你若朝我要，我还真舍不得给你！现在呢，叫我怎么好意思不留下一半啊？拿着吧！"

徐克更加羞愧，低着头接过了那块豆饼……

车老板正欲转身走，被母亲叫住了："等等……"

母亲对王小嵩耳语了几句……

王小嵩进屋去，转瞬出来，用纱布兜儿包了些东西给母亲……

母亲递给车老板："唉，家里也没什么送得出手的，这是两个窝头，我今天上班带的没吃，和几个生土豆，你别嫌弃……"

车老板说："这……这怎么行！这怎么行！我这不是反过来占便宜了吗？我不能收！不能收！"

母亲和车老板推来拒去，最终，东西还是到了车老板手里……

车老板说："大嫂，我忘不了你。年头好了，我一定从农村给你拉一车菜送来！"

母亲笑笑，转过身，沉着脸对孩子们说："扶我回屋。"

王小嵩和吴振庆将母亲扶进了屋。

弟弟妹妹也往屋里扯徐克。

妹妹说："小克哥哥你别不高兴，要不连这一块豆饼还没有呢！"

母亲说："都继续吃饭吧，也给他盛碗粥。"——"他"，当然指的是徐克。

王小嵩给徐克盛了碗粥，徐克不客气地一屁股坐在炕沿，捧着碗低下头便喝……

又是一阵喝粥声，仿佛刚才什么不愉快的事情也没发生。

徐克说："再来一碗！"看得出来，他认为自己在这儿根本不是外人。

王小嵩又给他盛了一碗。

吴振庆说:"干妈,我给你盛!"

母亲说:"我不喝了,不上班,喝一碗就喝不下了。"

徐克说:"我也叫你干妈吧?"

"你嘛,等一会儿再说。"

徐克讨了个没趣,觉得有点儿不自在。

母亲说:"小庆,你刚才想对我说什么来着?"

吴振庆说:"我妈说,我家粮食明天就吃完了,可还差三四天才到买粮的日子呢,我妈让我问问,先用你家的粮本买十斤粮行不行?"

"那有什么不行的,我家不是也用你家的粮本买过吗?幸亏买粮的日子差隔着,互相接济着买呗!"

各自的碗空了,锅空了,盘子里的腐乳也不存在了。

母亲问徐克:"喝饱了?"

徐克拍拍肚子:"饱了。"

母亲说:"你过来,我有话对你说。"

徐克走到了母亲跟前,母亲一把抓住了他的一只手,同时对王小嵩和吴振庆说:"小嵩,小庆,你们把门插上,给我守着门。"

徐克开始觉得有些不妙,嗫嚅地说:"大婶……"

母亲说:"抢了别人的东西,不往自己家跑,倒往我家跑,你说该对你怎么办吧?"

"我下次不敢了……"

"该不该打你?"

"该……"

母亲说:"你妈瘫在床上,你爸平日没工夫管教你,你说我有没有权力替他们管教你?"

徐克低声说:"有……"

"那好,把裤子褪下来……"

徐克一只手解开了皮带……

"趴下……"

徐克乖乖地趴在炕沿……

母亲一手按住他,一手抓住笤帚疙瘩,在他屁股上打起来,打得并不太重,可也不能说太轻……

徐克咬牙忍受……

王小嵩说:"妈!"

吴振庆说:"干妈!"

他们赶快过来替徐克求饶。

母亲说:"你从小就敢抢,不管教你,长大还了得吗?"

徐克默默流着泪说:"我错了……"

母亲这才扔了笤帚,脸色异常严肃地说:"你们都是穷人家的孩子,我和你们的母亲,除了一张脸面,再也没有什么重要的东西了。你们若从小就学坏,我们当妈的,还有些什么指望?"

徐克泪流满面地系着裤子,他忽然哇地大哭起来。

母亲说:"我打你,你感到委屈了?你觉得我没资格替你妈管教你?"

徐克说:"有。"

"那你还哭得多么冤屈似的?"

徐克说:"不是冤屈,是……是……我把购菜证弄丢了!"

他哭得更难过了,更绝望了……

大小孩子们,包括母亲,顿时以一种同情的目光看待他了……

晚上。

母亲手拿一只鸡蛋,摩挲着,遗憾地说:"可惜现在不是春天,如果是春天,这几个蛋中,兴许能孵出一只小母鸡呢。有一只母鸡的话,我们就会常有鸡蛋吃了……"

王小嵩和弟弟妹妹趴在被窝里,都双手捧着下颏,向往地听着……

母亲将鸡蛋凑近灯光——它显得半透明了,里面似乎有生命在蠕动着似的……

王小嵩和弟弟妹妹入睡了……

王小嵩做梦了,梦见满炕的小鸡……

在梦里他和母亲及弟弟妹妹置身于小鸡中,喜笑颜开,无数小鸡变成无数大鸡,生出了满炕蛋,捡也捡不过来……

王小嵩向人们分送鸡蛋,人们中有他的老师和同学们——吴振庆、徐克、郝梅、张萌、韩德宝……

第二天早晨。

王小嵩离开家走在上学的路上,他的书包里装着要送给老师的鸡蛋。

王小嵩在徐克家门前站住。徐克的爸爸正在给自行车打气。

王小嵩说:"大叔,徐克在屋吗?"

徐父说:"他早走了,和振庆一块儿走的,说是今天卫生值日……"

王小嵩满脸困惑地离开了……

他心里高兴,蹦蹦跳跳的……

一个骑自行车的男人喊:"小孩儿,东西从书包里掉出来啦!"

他站住,回头看。走过的路上,有一个手绢包儿,他傻眼了,因为手绢里包的就是鸡蛋……

他往回跑去捡……

有辆泔水车停在路边。拉车的老马瘦骨嶙峋,老马比他离手绢包近;马拉动车,伸长脖子,在他跑到之前,竟将那手绢包一口叼起,吞下去了……

王小嵩瞪着老马呆住了……

赶车的老头儿从一幢房后转出来高喊:"倒泔水!倒泔水!倒……"

王小嵩一下子冲到老头儿跟前,哭嚷道:"你还我鸡蛋!还我鸡蛋!还我鸡蛋!"

老头丈二和尚摸不着头脑:"什么鸡蛋?我干吗要还你鸡蛋?"

"我的鸡蛋掉在地上,被你的马吃了,一共四个!你今天不还我就不行!"

老头望望老马——老马若无其事。

老头说:"一匹拉泔水车的老马,都快饿死了,你怎么能往它头上栽赃呢!孩子,冤枉不会开口说话的牲口,是罪孽呀!就算是它吃的,那也该你倒霉。我都忘了鸡蛋是圆的还是方的了,这年头让我上哪儿找四个鸡蛋还你?"

一个倒泔水的青年说:"是你自己太想鸡蛋吃了,编出来的故事吧?"

老头儿转身走了,又敲起梆子:"倒泔水!倒泔水!……"

趁没人看着,王小嵩从地上捡起了一块大石头,仇恨地瞪着老马,高高举起……

老马望着他——它的目光似乎很善良,也很忧郁……

梆声……

王小嵩的手臂垂落,将石头扔了……

他沮丧地走了,不时抹眼泪,不时回头望那老马……

梆声……梆声……梆声……

王小嵩无精打采地来到学校,他走在走廊里——一间教室的门刚打开,正要拥入教室的学生们却被一张课桌从里面挡住了……

另一个班的一名学生说:"我们班教室门打开时,也是这样的!"

"看,通风窗开了!哎呀,老师的粉笔怎么就剩这么几支了?!"

"准是有人从上面爬进去,又蹬着课桌爬出来!"

"那除了小偷,还能是什么人呢?"

"报告校长去!"

学生们议论纷纷。

在王小嵩他们班的教室里,老师的讲课桌上摆满了各种各样的东西:一棵菜啦、两棵胡萝卜啦、几个土豆啦、一个窝头什么的。当然,还有一大块豆饼,不消说,是韩德宝给老师带来的……

粉笔盒里,粉笔满了出来,都是整根的,还有彩色的。

张萌说:"咦,怎么变出来这么多粉笔?"

有几个同学将目光望向吴振庆和徐克……

他们各自坐在自己的座位上,似乎在认认真真地看课文……

王小嵩一走入教室,几个同学立刻围住他,七言八语地发问:

"王小嵩,你给老师带来点儿什么?"

"怎么不说话?他肯定什么也没带!"

"这家伙,老师辛辛苦苦教了你五年,换不来你一点点感情吗?你有良心没有?"

郝梅说:"你们别乱嚷嚷,王小嵩生病的时候,老师几乎天天晚上到他家去给他补课,他才不会像你们说的那么没有良心哪!"

她说完,注视着王小嵩,期待着他拿出什么比别人更好的东西……

王小嵩低声说:"我带了四个鸡蛋!"

同学们一片惊讶:

"哇!鸡蛋吗?!"

"王小嵩,你真了不起!"

"我已经很久很久没见过鸡蛋了,都快忘了世界上还有鸡蛋!"

"王小嵩,我刚才说的话,你可别生气啊!"

"要是有谁再带来点儿'人造肉',老师回家和鸡蛋一炒,那可多香啊!"

"鸡蛋"二字使同学们都咽起口水来……

张萌说:"王小嵩,那你快拿出来吧!"

王小嵩说:"让马吃了……"

顿时一片沉静。同学们面面相觑,接着,都盯住他的脸看他,显然没有一个人相信他的话……

韩德宝突然说:"你骗人!"

王小嵩说:"我没骗人!我掉在路上,被拉泔水车的老马吃了,连包鸡蛋的手绢一块儿吃了……"

一个男同学哈哈大笑:"哈,哈,闹了半天,他还是两手空空啊!被马吃了!"他转动着头问周围的同学,"马吃鸡蛋吗?你们听说过马吃鸡蛋的事儿吗?"

郝梅生气地说:"王小嵩,我总以为你很诚实。原来你这么会撒谎!今后我再也不相信你的话了……"

她感到自己对他的信任被捉弄了,气呼呼地一转身走向自己的座位……

张萌说:"王小嵩,没带就没带,那也没什么,反正大家都是自愿的。可是你编瞎话,撒谎捉弄大家可不对。"

王小嵩干张了几下嘴,不知说什么好……

吴振庆离开座位走了过去……

他说:"我做证,他没骗人。"

张萌不满地望着他——那意思是,你们总是互相包庇。但她也敢怒不敢言……

吴振庆做证:"他妈妈昨天让他捎四个鸡蛋给咱们老师,当时我在他家。"

那个男同学说:"可你能做证不是被他在路上自己喝了吗?我喝过生鸡蛋,好喝着哪!"

吴振庆张了张嘴,也语塞了。他目不转睛地瞪着王小嵩,仿佛在问——小嵩,你不会吧?

王小嵩突然扑向那男同学,两人扭打起来……

上课铃响了……

上课了,同学们都坐好了。

王小嵩鼻子被打破了,用纸塞着,唇上有少许血……

教室门开了……

张萌喊:"立!"

同学们全体站起……

走入教室的却不是班主任曲老师——而是一位男老师。就是昨天将曲老师背入到教员室的那位男老师。

张萌的声音变低了:"礼。"

没有同学行礼……

"坐。"

也没有同学坐下,他们仍呆呆地站着,愣愣地望着那男老师……

男老师说:"同学们都坐下……"

大家终于先后坐下。

男老师说:"同学们,讲课桌上这些东西,说明你们非常关心你们曲老师,正如……你们曲老师,非常喜爱你们一样,这,使我很受感动……"

他沉吟了一下,似乎一时间不知说什么好——竟说出了两个充满孩子气的字:"真的……"

教室里很静、很静……

他继续说:"从今天起,由我来做你们的班主任,昨天,有些同学已经认识我了。让我再自我介绍一下……我姓赵……是的……我姓赵……"

"那,我们曲老师呢?"郝梅轻轻发问。

"她……调走了……"

韩德宝说:"这不可能!"他望着左右的同学,又说,"这太不可能了!大家说是不是?"

众同学呼应:"不可能!"

"不可能!"

张萌说:"我们曲老师要真是调走了,一定会和我们告别的。她怎么会不和我们告别呢?"

赵老师说:"是啊是啊,她怎么会不和你们告别呢……"他搓着双手,吞吞吐吐地说,"让我怎么和你们讲呢?野菜中毒……常常是有生命危险的……我们老师,都很难过……但是……但是……我们都得面对现实,是不是?"

韩德宝问:"我们老师她……她……她死了吗?"

他的问话,越说越轻。最后几个字,勉强听得到。

赵老师注视着他,点了一下头……

一片异样的肃静——远处似有梆声传来……

梆声来自王小嵩的主观幻觉……

他眼中渐渐涌满了眼泪……

"现在……我们开始上课……"

赵老师拿起了一支粉笔……

"不许你动!"

他吃惊地抬起头。并且,不由得放下了粉笔……

徐克离开座位,跑到前边,双手捧起粉笔盒,又跑回座位,将粉笔盒放在他课桌上,双手护着,仿佛怕被人抢去……

他忽然双手护着粉笔盒,伏在桌上哭了……

于是许多同学都哭了起来……

赵老师迈下讲台,背靠窗子、面向同学们,非常理解地望着大家……

王小嵩默默流泪不止……

哭声渐弱,消失……

梆声……来自王小嵩脑子里的梆声。

尽管周围的同学们都在哭,但王小嵩听到的似乎仅只是梆声……

3

王小嵩家。母亲坐在炕上补衣服。

王小嵩伏在小炕桌上写作业。

弟弟妹妹在炕的另一角互相逗闹。

王小嵩皱眉扫他们一眼……

母亲说:"你们别闹了,没见哥哥在写作业吗?"

"小嵩!小嵩!"外面传来三奶的声音。

母亲对小嵩说:"你三奶来了,快去迎她进来!"

王小嵩放下笔,去开了门。

三奶搂抱着一个旧枕套进来:"小嵩,我给你送好东西来了!"

母亲说:"他三奶,谁家口粮都不够吃,您可别有点儿什么东西就忘不了我们……"一边说一边让出地方请三奶坐下。

弟弟妹妹像小狗嗅到骨头似的凑过来……

三奶挥手:"去去,没你们的事儿!"她又对母亲说,"这次不是吃的,我哪有这么多吃的送来呀!"

王小嵩问:"那是什么?"

"你猜!"

"地瓜干!"

三奶说:"这孩子!我明明说了不是吃的,还偏偏往吃的方面猜,让三奶多不自在!"

母亲一笑:"他心里成天光想着吃的东西!"

王小嵩有几分索然:"不是吃的东西,我就猜不着了!"

三奶说:"谅你也猜不着。"她将旧枕套里的东西往炕上一倒,原来是一些小人书……

王小嵩喜出望外,顿时眉开眼笑……

弟弟妹妹又凑过来……

王小嵩说:"别动,等你们上学了再让你们看!"赶快又将小人书收入枕套里,坐到箱子盖上,一人翻看……

母亲说:"还不谢谢三奶!"

三奶说:"这可是他广义哥的财宝呢!都不愿借给同学看。广义明年不是要上高中了吗?在班里学习又一直挺拔尖的,自个儿发奋一定要考上一所名牌大学,所以就不敢看闲书了,让我给小嵩送来……当时他那样儿还万分舍不得呢。小嵩,你广义哥让我嘱咐你,一定要爱惜地看。这可都是他从小一分钱一分钱攒起来买的啊!"

母亲冲王小嵩说:"你听到你三奶的话没有?"

王小嵩仍头也不抬:"嗯……"

母亲说:"你看这孩子,拿起来就放不下了!"

三奶笑了:"我们广义小学时也这样儿,他老师说,他一准能考上一所名牌大学,你看呢?"

母亲说:"三奶您放心吧!广义那么聪明又那么知道用功的孩子如果

都考不上,那谁家的孩子还能考上呢?您就等着得您那大孙子的好消息吧!"

三奶内心充满喜悦:"那我就借你的吉言啦!"

晚上。

母亲和弟弟妹妹都酣然入睡了……

王小嵩仰躺在床上看《钢铁是怎样炼成的》。

像放电影一样,王小嵩看书时,脑子里闪过一个个的镜头!

奔腾的马蹄,挥舞的军刀,军旗猎猎,杀声阵阵……

马背上勇猛冲锋陷阵的保尔……

马蹄、军刀、军旗、保尔……一切一切如定格一般。

"乌拉"声、喊杀声逐渐隐去。

他睡着了,手中还拿着书……

当年,在这样一些孩子中,有十本小人书的,就可以算得上"富农"了,有几十本的,则不啻是"资本家"了。尽管是那样的年代,他们哪一个没有过积累这种财富的奢望呢?

第二天,王小嵩背着他的全部小人书,来到火车站,他在地上铺一块白布,把书摆在布上,身旁还放着一个瓶子,他要出租小人书,那瓶子是用来收取钢镚的。

王小嵩招徕:"谁看小人书?谁看小人书?厚的两分钱看一本,薄的一分钱看一本。要上火车没看完的不收钱呀!……"

他周围,蹲着一些候车人……

王小嵩喊:"《野火春风斗古城》《狼牙山五壮士》《苦菜花》《红旗谱》《十二把椅子》《印度王冠上的钻石》……"

他脚上仍穿着那双露出大脚趾的鞋……

一双黑色的皮鞋来到他面前。

他缓缓抬起头——是位年轻的警察,警帽略斜地扣在头上,一副权力无限的神气……

警察抓住布的四角,将小人书全部兜着拎了起来,接着从那些看小人书的人手中一一夺下小人书,转身便走。

王小嵩喊:"你干什么呀你!"起身就追……

警察将布包背在身后说:"干什么?谁允许你在这儿租小人书?还大喊大叫的!小小孩儿,不好好上学,赚钱的头脑倒挺活!你妨碍公共秩序知道不知道?没收了!"

王小嵩无言可答,夺布包,警察转着身子,使他夺不成。

他急了,抓住警察的手便咬……

警察"哎哟"一声,一掌推得他向后趔趄数步,低头看手背,已然留下几个深深的牙印,他怒了,举起巴掌,却没打,缓缓地垂下了……

警察说:"你属狗的呀?我要不是人民警察,非……"他正了正警帽,悻悻而去……

王小嵩呆呆站在原地,他忽然想起了什么,回头看,那些没看完小人书的人,正从他摆在地上的一个阔口瓶子里取走自己的钢镚儿……

最后一个人的手大,伸进了瓶子里,却怎么也拿不出来了……

王小嵩呆呆地望着他……

那人将被瓶子"含"住的手对他举了举,无可奈何地说:"对不起了啊小孩儿,不是我想占你的小便宜,我该上火车了!"

他连瓶子也带走了——当然包括瓶子里的钱……

王小嵩回到家后,号啕大哭,用头撞墙。痛不欲生地哭着说:"他全都没收了!四十多本哪!我的小人书啊……"

母亲嗔怒地训斥:"谁叫你去租小人书的!"

王小嵩可怜兮兮地乞求:"妈,妈呀,你去给我要回来吧!我再也不去租了呀……"

母亲答应了。

王小嵩低着头,搀扶着母亲,踏上火车站派出所的台阶……

没收他小人书的警察正巧走出来。

王小嵩一指,怯怯地说:"就是他……"

警察瞥母亲一眼:"是我怎么样?"

母亲不卑不亢地说："同志，还他吧！我再不许他租小人书了。"

警察说："你当妈的让我还，我就得还？"

母亲一笑，平心静气地说："我是在请求你啊！家里生活困难，没钱给他买，是别人家送的……"

警察说："说什么也没用，不给就是不给！"

母亲正色道："你不给，我可不走。"

"谁管你！"

警察转身进了派出所，砰地关上门。

母亲怔怔地望着门。

王小嵩仰脸看母亲，讷讷地说："妈，我不要了……"

母亲拉着他的手，转过了身，他以为母亲要拉着他走，没想到母亲在台阶上坐下了，也将他轻轻拉着坐下，坚定地说："妈一定给你要回来……"

派出所的门又开了，走出两位警察，将门推开一道缝，探出头来看看他们又缩了回去……

车站大楼挡住了夕阳。

母亲搂着王小嵩的肩膀在台阶上坐着。

天黑了。派出所门顶的红灯亮了，台阶将王小嵩和母亲的影子折成三段，变形地印在地上……

没收他小人书的警察终于跨出来，站在他们身后，搭讪地说："还坐这儿？"

母亲不动，不吭声。

王小嵩也不动，也不吭声。

"嘿，静坐示威……"警察反而感到没趣了，嘟哝着又进去了……

火车站报时的大钟敲了八下……

警察复又走出，一手背后，一手摸下巴，有些不知所措地瞪着他们："哎，我说你们想住在这儿呀？"

母亲仍不动，仍不吭声，将王小嵩搂得更紧了……

王小嵩也仍不动，仍不吭声……

警察将背在身后的手移到身前，手中拎着包小人书的布包："给你！"布包落在王小嵩怀里。

母亲低声说："数数。"

王小嵩解开布包，快速地点数："少三本儿。"

母亲扯着他站起，直视警察："少三本儿。"

警察不情愿地分别从两个兜里掏出了三本小人书还给王小嵩，之后不好意思地笑了，自言自语："嘿，跟我来这套！"

母亲说："谢谢叔叔。"

"谢谢叔叔。"

母亲说："走吧。"

王小嵩一手拎着布包，一手搀扶着母亲，走下台阶……

警察站在台阶上望着他们的背影——母亲的腿显然尚未痊愈，走得缓慢而跛……

警察突然喊了一声："站住！"

王小嵩和母亲站住，回过头来，只见警察快步踏下台阶："想就这么走了？给我老老实实待在这儿别动！"——说完匆匆走开，不知干什么去了……

王小嵩不安地仰起脸望母亲，母亲镇定地说："别怕……"

一辆"上海"牌小汽车驶到他们跟前停下，警察从车中钻出，吩咐司机："送他们回家，不许收他们钱！"

司机问："往哪儿送啊？"

警察说："我怎么知道？问他们！"走了几步，回头又说，"你可要对我负责，把他们送到家门口！"

王小嵩和母亲，包括司机，望着警察的背影……

警察一边走一边正了正警帽，还吹起了口哨，吹的是《喀秋莎》。

回到学校，吴振庆和徐克听王小嵩讲了"出租小人书"事件后，都不以为然。

徐克说:"租小人书每天能收……"他忘记某个新名词了,问吴振庆,"收什么来着?"

"收入。最后一次告诉你,再别忘了啊!"

"对对,收入。那每天能收入多少钱啊?我俩有更好的打算,每人每天下午至少都挣两三毛!"

王小嵩赶忙问:"什么打算?"

徐克吊他胃口:"你想想,每天下午至少两三毛,一个月就会是多少钱?别说一双白胶鞋了,咱们三个的钱要是凑一起,买'三大件',全套的队服也买下来了!"

王小嵩问:"到底怎么挣呀?"

徐克站住,看看吴振庆说:"拿出来让他看吧?"

吴振庆从书包里掏出了三条带铁钩子的绳子。

王小嵩明白了:"拉小套?"就是帮助大人拉板车。

吴振庆说:"不管你加入不加入,反正我心里有你,给你做了。谁叫我是你妈干儿子呢!"

徐克说:"咱们从今天就开始,怎么样?"

王小嵩抬头望望天——阴云正往一块儿聚……

吴振庆说:"要自己挣钱,就不能怕什么刮风下雨的。大人们还不是风里来雨里去才挣到钱的?"

三个少年信心百倍地出发了,在一座桥头,他们发现了一辆正在上坡的人力车,于是立即迎上去"拉小套"。

两个在一左一右帮着拉,王小嵩在后面推。他们都那么卖力气。

拉车人五十来岁了。他在坡顶停住车,回头望着他们感激地说:"三位同学,多谢啦!"忽然他对他们的绳套发生了挺大的兴趣,又说,"让我看看!"

吴振庆将自己的绳套递过去。

拉车人:"这钩子是大人替你们做的吧?"

吴振庆自负地说:"我自己做的!"

徐克说:"他可行啦!我们三个的钩子都是他给做的!"

"做得不错!相当不错!"拉车人说,他打量着他们,夸奖道,"不但学雷锋,而且还自己预备了工具,真是好孩子!"

他们被夸奖得不好意思起来。

拉车人说:"我还真觉得光说谢谢挺不够的呢……"

三个孩子满怀希冀地期待着下文……

拉车人说:"路上掉了一箱货,摔碎了些,一人给你们一小块儿吧,多了我也不敢做主!……"

于是他从一个盖着纸的箱子里拿出了三小块儿什么东西,给了他们一人一小块儿……

三个少年刚一接到手,几乎同时往嘴里送。

拉车人赶忙说:"哎哎,孩子们,别吃啊,是肥皂!"

王小嵩已咬了一口,皱起眉,呸呸地吐。

拉车人说:"孩子们,再见了!"

三个孩子异口同声地喊:"再见……"

望着拉车人的车子下了坡,三个少年低头看手中的碎肥皂块儿……

徐克埋怨吴振庆:"你怎么不开口要钱?"

吴振庆说:"他一个劲儿谢咱们,还夸奖咱们,让我怎么开口要钱啊?"

"哼,夸奖有什么用啊!给咱们的还是肥皂!"徐克说。

王小嵩说:"那也行啊!我家肥皂票月月不够用……"

天更阴了。雷声隆隆。不久下起雨来。雨下得很大。

孩子们躲在一个楼洞里。他们的视野内不见人,也不见车。他们的衣服已淋得半湿不干的。

徐克瞧瞧手中的碎肥皂块儿,十分扫兴:"我不稀罕,给你吧!"他把肥皂块儿塞进了王小嵩的书包……

"今天真倒霉,算是白来了!"

吴振庆说:"这雨不会老下。从火车站拉出来的人力车差不多都经过这儿。得有耐心。钱是那么容易挣的?"

王小嵩忽然一指:"看!看!……"

迷蒙的烟雨中,隐约可见一辆人力车的影子,车上的货物显然很沉重。拉车人低着头,俯着身,步子吃力地一步步往前迈。

徐克看看吴振庆——那意思是,怎么样?这桩买卖值不值得干?

吴振庆说:"反正衣服已经湿了,出发!"

徐克说:"那你可得开口要钱!"

吴振庆已经跑出门洞去了。

"等我一步!"徐克也跑出去了。

王小嵩犹豫一下,追去。

拉车人已将车拉上了桥坡,但又坚持不住,车往下滑退。

吴振庆说:"快,别用绳套了,都从后面推!"

三个孩子从后面卖力地推,终于将车推上坡。可是拉车人收不住脚,车凭惯性冲下了另一面桥坡。王小嵩和徐克,被闪得一个坐在地上,一个扑在地上。

吴振庆说:"快起来,追上去要钱!"

王小嵩和徐克迅速站起来,跟着吴振庆去追车。

车在坡下停住时,他们气喘吁吁地追上了。

吴振庆向拉车人伸出一只手:"我们不是学雷锋,不能白帮你,你得给钱!"

拉车人正低着头大口喘气,听到他的话,缓缓地抬起了头。

"爸爸……"吴振庆意外地瞪大了眼睛。

"你……"老吴的脸由于愤怒而扭曲了。他弃了车,抓住吴振庆便打:"好哇!你敢逃学!你不用功读书,出来干这种事!"

王小嵩和徐克愣了愣,赶快拉着吴振庆的爸爸说:"大叔,别打!别打!我们没逃学!……"

"大叔,我们这是第一次呀!不关他的事,是我俩出的主意……"

吴振庆趁机跑开了。

老吴重新驾起车，望着儿子吼："等我回家再跟你算账……"

他拉起车走了。

他拉得那么吃力。

王小嵩和徐克凑到吴振庆身旁，三个孩子在雨中望着缓缓向前的车。

王小嵩说："我们还是去帮帮你爸爸吧……"

吴振庆大声说："不许！"他简直是在喊叫。

他们就在那儿呆呆地望着。雨将他们淋得像落汤鸡一样。

车影拐个弯，消失了……

吴振庆抹了一把脸，又抹了一把脸——抹去了雨水，也抹去了泪水……

晚上，王小嵩家。

母亲仍在补衣服，弟弟妹妹在看小人书，王小嵩闯进了家门。

母亲抱怨地说："你怎么今天又回来得这么晚？"

王小嵩嗫嚅地说："我……学雷锋来着。"

母亲说："快把湿衣服换了，正巧妈刚给你补好一件。"

他却一头扎进母亲怀里，哭了。

母亲问："怎么了？挨批评了？"

"没有。"

母亲说："那你哭什么？别把我衣服都弄湿了……"欲推开他。

他却将母亲抱得更紧了："我就是心里难过……就是想哭……"

他哭得更悲哀了。

弟弟妹妹也不看小人书了，惊愕地瞪着他。

他一边哭一边说："妈，我想我爸！我真想我爸呀！"

"爸爸，我要爸爸。"

"我也想爸爸。"

弟弟妹妹也哭了，向母亲围拢过来……

母亲张开手臂搂住三个孩子："别哭别哭，也许今年春节，你们的爸爸会回来探家的……"

4

白茫茫一片大地真干净。

放学路上,吴振庆、王小嵩、徐克一伙,和另一伙男同学打雪仗。

郝梅远远观战,不时躲避雪球。

王小嵩被对方的一个男同学从背后推倒在地。

郝梅跑过去,扶起他,替他拍打身上的雪。

王小嵩抓起一捧雪,攥成雪团,要投出去……

郝梅说:"别打了!你能跟我上我家去一次吗?"

王小嵩扔了雪球,点一下头,跟在郝梅身后走了。

开战双方停火了。

男孩子们都以一种羡慕的眼光望着郝梅和王小嵩——尽管他们并没有并肩走,而是一个在前,一个在后。

徐克朝吴振庆挤眉弄眼。

吴振庆说:"郝梅还送过我一支铅笔呢!"唯恐别人不信,他从书包里取出铅笔盒,拿出一支铅笔给大家看:"就是这一支!"

没人看他。男孩子们的目光仍都望着郝梅和王小嵩……

吴振庆挺没趣地收起了铅笔盒。

郝梅的家是一幢带小栅栏院儿的俄式住房——从斜掩窗子的窗帘看,她生活在一个较富足的家庭。

他们在院门外站住了。

郝梅说:"跟我进去吧。"

王小嵩摇头。

"那……我一会儿就出来,你可一定在这儿等着!"

郝梅奔上台阶,按门铃,门一开,她就闪进去了。

王小嵩望着郝梅家窗子出神。窗台摆着盆花儿。

在他的想象中——仿佛是自己的母亲正在这个家里,正在窗前补衣服。

那想象中的情形,多像一幅画啊!

郝梅不知何时出来了,推他一下,破坏了他的想象。

她怀抱着一条半大的小花狗。

王小嵩高兴地说:"小狗!它叫什么?"

"它叫'小朋友',你喜欢吗?"

"喜欢!"

郝梅说:"那你替我养着吧?行不行?"

王小嵩刚要抱过小狗,一听这话,手臂缩回去了。

"这……"

郝梅说:"这是医院里用来做试验的小狗。和我妈妈有了感情,我妈妈就没舍得用它做实验,抱回家来了。可我爸爸烦狗,不许养它,总和我妈妈吵……"

王小嵩仍很为难地犹豫着。

郝梅说:"吴振庆和徐克,说你妈妈对你可好了,从来也不反对你的愿望!我会经常给你东西喂它的。"

最后一句话起了作用。"好吧,我替你养着!"王小嵩终于抱过了小狗。

回到家,王小嵩把小狗放在炕上,弟弟妹妹快乐地围观它。

母亲下班回家了。

母亲愕然地问:"这是什么?"

"狗。"

母亲说:"我还不知道这是狗吗?扔出去!快给我扔出去!"

"不……"

三个小儿女异口同声。

母亲抓起了笤帚,高举着威吓:"都不听话啦?我挨个儿打你们!"

弟弟妹妹高喊:

"我们喜欢嘛！"

"我们喜欢嘛！"

母亲说："人都吃糠咽菜的年月，喂它什么？"

弟弟说："我那份儿饭分它吃！"

妹妹说："还有我的……"

王小嵩说："妈，这是郝梅求我替她养的。她说会经常送东西来给它吃！没人养它，它活得了吗？"

母亲这才同意了。

在一个建筑工地的雪地上，王小嵩、弟弟妹妹和小狗在快乐玩耍。

吴振庆和徐克陪伴着郝梅来给小狗送东西吃。

小狗朝郝梅身上扑，和她亲。

六个孩子开始和小狗一块儿玩耍。

雪地上留下一片生动的足迹——孩子们的和狗的。

不远处，建筑工地上，几个建筑工人在看。

他们走了过来。

弟弟说："哥，他们会不会抢咱们的狗？"

王小嵩警惕地望望他们，抱起小狗跑回了家。

在家里，他将妹妹抱到箱子盖上坐着，小狗被藏在箱子里。

孩子们严阵以待地望着门。

一阵敲门声，几个大汉推门进了屋。为首的一个说："我们是打狗的！"

王小嵩说："我们家没养狗。"

那汉子说："没养？刚才还看见你们和狗在一起玩来！你们都是少先队员吧？少先队员可不兴撒谎骗人啊！那小狗呢？"

徐克说："跑了！"

"跑了？"

王小嵩说："你们不信就搜！"

他们未敢搜,这儿瞧瞧,那儿望望。

郝梅说:"大人撒谎就不觉得可耻了吗?你们才不是打狗的呢!"

吴振庆说:"你们是盖楼的工人!我都熟悉你们了!你们出去!"

他们面面相觑,扫兴地走了。

晚上,王小嵩一家为"小朋友"发愁。

王小嵩说:"妈,你想想办法救它一命吧!"

母亲说:"那些人不会善罢甘休的。你们都不愿它死吧?"

王小嵩和弟弟妹妹点头。

狗也望着他们……

母亲默默将箱子腾空,铺一些烂棉絮,放进两个窝头,最后抱起狗,抚摸了一下,放入箱内。

王小嵩盖上箱盖,往箱盖上贴了一张纸。纸上写的是"别害它命,它是我们的'小朋友'",后面还用蜡笔描了两个很大很触目的惊叹号——看来只能采取这样的办法了,希望'小朋友'可以找到能够养活得起它的大朋友。当天晚上,王小嵩和母亲用绳子拖着箱子在雪地上走,半路,王小嵩又捡了一块冰坨,放进箱子里,他心中说:"'小朋友',你要是渴了,就舔舔冰吧,对不起了。"

早晨,王小嵩母子在梦乡中被外面传来的兴奋的喊叫声惊醒:"堵住它!别让它往那人家跑!"

"打呀!打呀!"

"给它一铁锨!给它一铁锨!"

随后是狗的哀叫声。

王小嵩一下子坐起,急推母亲:"妈,妈!你听!你听!"

有人打狗!是"小朋友"吗?!母亲率领着衣帽不整的孩子们,一边扣衣扣,一边奔出家门,见大楼角那儿,围着一群工人。

母亲最先赶过去,她看见——吊在脚手架上的狗,皮已被剥下了一半儿,一个工人还在剥。

母亲倏地一下转过身，将孩子们的头拢在一起，搂紧，并用身体挡住他们的视线。

她说："不是你们的狗！不是！孩子们，别看，那不是你们的'小朋友'……"

母亲抱起妹妹，领着弟弟，匆匆往家走。

狗的足迹在离家不远处中断了，一摊血仿佛是一个句号……

当天一个工人来到王小嵩家，将用报纸包着的什么东西默默放在桌上。他低声说："我们饿急眼了，这是两条后腿……"

母亲喊道："滚！"

他垂了头往外便走。

母亲说："带走你拿来的东西！"

他头垂得更低，转身匆匆拿起他送来的东西，在母亲和孩子们的怒视之下，像一个罪犯似的走了。

王小嵩一个人来到了那个建筑工地，他扒开滴血的雪，在楼角那儿寻找。

他找到狗的颈圈儿，用袄袖揩净它。

当！当！当……

一段铁轨在他头顶敲响。

他抬起头，看到了由方块木板组成的标语——大干苦干拼命干，争取早日实现共产主义。

王小嵩来到郝梅家，告诉她"小朋友"死了。

郝梅给了他一记耳光。

他和她相互瞪视着。

他从兜里掏出狗颈圈儿还给她。她一把夺下，捧在胸口，转身哭了。

王小嵩呆呆地愣着。

郝梅奔上台阶，跑进家去。

王小嵩低下头，缓缓地转过身，缓缓地走了。

在课堂上，全班同学端坐收听有线广播。

广播里是一个中年女性的声音。热情而具有充满信心的鼓舞性："总之，在这一次捐献活动中，每一名少先队员，每一名同学，都要树立多捐光荣的态度。我们学校，一定要争取突破定额。只要我们争得了这一种集体的光荣，我校评上区模范小学就毫无问题了，评上市模范小学就指日可待了……"

赵老师——新的班主任，站在窗口那儿，和同学们一起背着手倾听。安在教室门上方的喇叭箱安静了，他以为广播结束了，走上讲台，刚要开口说话，不料喇叭箱又传出了声音——一个男人的声音：

"刚才，校党支部书记，为我们做了一个……非常重要的……非常明白的……非常……好的……这个这个……动员报告！下面，校长为大家讲几句话……"

赵老师只好又踏下讲台，仍走到窗口那儿，背着手倾听。

一个刻板的，仿佛底气不足的男人的声音："我，没什么可说的。但是，没什么可说的，也是要说几句的。我认为，孙书记的报告，阐述了一个态度，两个愿望。一个态度是什么呢？那就是——多捐光荣。两个愿望是什么呢？那就是——争取评上区模范小学……和（喝水声、呛水声、咳嗽声）争取评上市模范小学……我……完了！"

赵老师第二次踏上讲台，刚欲开口，喇叭箱里又传出了声音：

"我再补充两句——同学们态度端正不端正，行动积极不积极，首先决定于老师们。所以，各班主任老师，要很认真负责地，进一步动员动员（喝水声、呛水声、咳嗽声……），我……彻底完了……"

赵老师望望喇叭箱，并不急于开口说话了，耐心地静默着。

同学们的表情都异常庄重——尽管刚才有可笑处，却似乎没有一个人觉得可笑。

赵老师问："都听明白了吗？"

同学们沉默不语。

赵老师说:"那么就举手报一下数吧。"

一名男同学鼓足勇气,站起来小声说:"老师,我……我爸爸在单位捐,我妈妈在单位也得捐,我姐姐在中学还得捐,我妹妹也在咱校,三年级的……我……我回家怎么和爸爸妈妈开口哇?"

张萌说:"刚才书记的讲话不是说了吗?兄弟姐妹中有一个在咱们学校的,那也要各捐各的,不能互相代替。"

那男同学回头瞪张萌。

赵老师:"你先坐下。你的问题,我会替你向学校反映的。"

韩德宝说:"老师,我……只能捐一棵冻白菜什么的,还是我们家平时舍不得吃,要留着过年包饺子的!"

"一棵冻白菜什么的也可以。"

徐克说:"你应该捐半块豆饼。"

韩德宝说:"没有啦!早吃光了!你以为我爸的战友还老给我家送哇?"

赵老师说:"这样吧,肯定能捐点什么东西的,把手举起来,我心中好有个数。"

张萌、郝梅和七八个男女同学先后举起了手。

赵老师说:"大家都知道,我们的国家,遇到了连年的自然灾害。有些农村,正在饿死人。正在发生像旧社会一样的逃荒。我们城市人,毕竟还有一份口粮保证。我们省一口什么吃的,捐给我们那些快饿死的、四处逃荒的同胞,的确也是完全应该的。"

又有两个同学举起了手。

赵老师期待地望着大家。

王小嵩、徐克频频望吴振庆,仿佛他足以代表他们两个似的。

吴振庆犹犹豫豫地举起了手。

赵老师:"嗯,又多了一个同学。"

不料吴振庆急忙站起来声明:"老师,我家没什么可捐的。我爸是拉货车的,吃得多。全家的口粮只有先可着他吃饱了,他才有力气拉车,才能挣钱养活我们全家。"

赵老师不解地问："那你为什么举手呢？"

吴振庆说："我……我有个想法，能保证……保证我们班不拖学校的后腿，而且……超额……"

"噢？什么想法？说说看。"

吴振庆说："老师，你别犯愁，星期天你带我们到郊区去捡菜怎么样？那不就解决难题了吗？"

"捡菜？能捡到吗？"

"能！一定能！"

首先是男同学们兴奋起来，一时七言八语：

"有的大人，一天能捡一袋子呢！"

徐克说："我举双手支持吴振庆的想法！"

王小嵩说："我也支持！"

韩德宝回头朝吴振庆竖起大拇指："高！高家庄的干活！"

赵老师说："可……怎么去呢？"

吴振庆说："坐闷罐火车！到郊区捡菜的都坐闷罐火车！没人验票。一个多小时就到了。"

赵老师沉吟着，思忖着，良久，问："那么，哪些同学愿意星期天跟老师去捡菜？"

全体同学都把手高高地举了起来。

赵老师说："女同学全放下手，用不着你们去！我点名的男同学可以去，不点名的也不许去！"

他点了十几个身体结实的男同学后，又说："吴振庆当小组长，韩德宝当副小组长。咱们这些同学，就和老师成立一个捡菜小组吧！正副组长到时候，都要负责地帮老师组织好同学。"

星期天，全班同学在车站会合了。女同学也差不多全来了。

赵老师将女同学召集在一起，说："你们怎么来了？"生气地批评她们；她们个个拿着袋子，拿着小铲子什么的，显然，她们都不打算回去，好像她们谁都能满载而归似的。

在站台上，果然还有不少拿着袋子的大人，看来也是捡菜的。

一辆郊区火车开来，张萌和郝梅向女同学使眼色，她们首先朝火车一拥而上，其他人跟着也上去了。

赵老师急得直跺脚。车开了，同学们还热情饱满地唱歌，张萌熟练地舞双臂指挥——仿佛他们不是去捡菜，而是去春游。

赵老师也被感染地跟着唱。

郝梅挤到王小嵩身旁，悄悄塞给他一双手套。

王小嵩又塞还给她。

郝梅让他看自己戴手套的双手，悄悄说："这一双是我特意给你带的。估计你就没有手套戴。"

王小嵩不忍拒绝，戴上了。

郝梅说："我向你认错。"

王小嵩困惑。

"那天，我不该因为'小朋友'打你耳光，那也不是你的错。"

徐克和吴振庆坐在一起，他暗中捅捅吴振庆，让他注意王小嵩和郝梅。

吴振庆故意偏不看他们，偏看窗外。

郝梅刚才的话是故意低着头说的。她一边说一边摆弄自己戴手套的手指。说完一抬头，见王小嵩已挤到徐克和吴振庆那儿去了。

她不高兴地噘起了嘴，赌气向别处转过脸。

郊区的田野，被大雪覆盖得严严实实。无数"坟"包隆起，那是一时不能从地里运走，直接用土培在地里的土豆、萝卜、甜菜疙瘩之类。

它们便成了饥饿的市民们到郊区进行"大扫荡"的目标。

火车停下了，车里"吐"出了无数饥民，他们潮水一般涌向田野，奔向那些被雪覆盖得严严实实的"坟"包。

不知所措的同学们和赵老师站在车下。

赵老师不禁看看吴振庆，自言自语："天啊，这哪是捡菜啊，明明是抢嘛！"

同学们身临其境，受到心理上、情绪上无形的感染，却早已个个摩拳擦掌，跃跃欲试。

吴振庆说："老师，来都来了，我们总不能一个个空手回去吧！同学们，冲啊！"

他振臂大呼，于是同学们发出一片喊声，也紧随市民们之后，奔向田野，扑向那些银色的"坟"包。

赵老师大喊："同学们，同学们，那些不能动呀！咱们是来捡菜的，咱们不能这样！"

张萌和郝梅身边仍聚着几个守纪律的女生。

张萌说："老师，连个菜叶都看不见，捡什么呀？"

赵老师没听见她的话，只顾对跑散的同学们喊。

郝梅说："咱们也别傻站着了，该怎么样就怎么样吧！"

于是带头奔向田野。

赵老师在田野里奔来奔去，大声喊叫，企图制止学生们。哪能制止得了呢？他们像一群小狗见了骨头。

农民们从村里冲出来，手中持着各种各样的"武器"，为了捍卫自己的劳动果实，他们凶猛地驱赶饿急眼了的市民们。

市民们仗着人多，奋不顾身，很勇敢。于是田野各处展开了搏斗。农民们彻底被激怒了，一个个下狠手，棍棒无情地朝市民打。

有人头破血流了，有人倒地了。

同学们被这种始料不及的"战斗场面"吓蒙了，骇声尖叫，像一只只小兔子在田野里蹿来蹿去。

一个青年农民丧失理智地骂着："连你们城里人的小崽子也来抢我们啦，还让不让我们乡下人活啦？非打死你们几个不可！"

他竟挥舞着棒子追起同学们来。

几个女同学高呼："老师！老师！"

"老师快来救我们呀！"

赵老师像一只兔妈妈，顾此失彼，疲于奔命，竭尽全力保护同学们不受伤害。

徐克被一个青年农民抓住，拳脚交加。

赵老师赶过去高声喊道："要打，你们打我！打我呀！我是老师，是我带他们来的！狗东西，你还打我的学生！"他向那青年农民扑去。

于是他们扭打成一团，在雪地上滚来滚去。

同学们当然不会袖手旁观，小拳头小脚对那青年农民又打又踢。

青年农民骂赵老师："带领学生来抢我们！还骂老子！打你就打你！"他捡起了棍子。

赵老师刚欲爬起来，头上挨了一棍子。

田野渐渐寂静了——一些"坟"包被扒平了。只有同学们围着躺在地上一动不动的赵老师。他们或站，或跪，或伏在他身上，哭着，喊着，叫着。

"老师！老师！"

"老师！你可别死呀！"

一些农民，见此情形惶惶不安，也聚拢来。

一位老农急急忙忙走过来，分开同学们，将赵老师从地上扶起来，让赵教师靠在自己怀里。接着他解开棉袄，从衬衣上撕下条布，替赵老师包扎头上的伤。

那农民的破棉袄内，只穿一件旧衬衣，而且没有扣子，用衣角对系在身上，瘦瘪瘪的胸膛半裸露着。

吴振庆说："咱们要替老师报仇，和他们拼了！"

于是男同学们扑向为数不多的几个农民，用头撞他们，用雪球打他们。

吴振庆一头将一个农民撞倒。

老农对农民们喊："谁也不许还手！让孩子们打！让他们出气！"

张萌和郝梅劝阻着男同学们。

张萌弯下腰，声嘶力竭地喊："你们别打啦！你们别再逞能啦！还嫌闯的祸不大呀！"

农民们不还手，男同学们只好又聚到老师身边。

老农埋怨道:"唉,你们老师也是……这么冷的天,咋也带你们来。"

郝梅说:"我们……我们学校里号召向灾区捐粮捐菜……老师不带我们来,我们……就完不成数量。"

老农抬头望着他们:"你们呀,还往哪儿捐呀!我们这儿就是灾区!今年国家若不救济,非饿死几口子不可!"

一个农民说:"地里这些菜,是军菜。我们也不敢分了。被你们抢光,我们拿什么给咱们解放军吃?他们若饿着肚子,一旦打起仗来,怎么保卫咱们老百姓?"

同学们一个个低下了头。

老农将老师背起往村里走。

农民们或领着或背着同学们,跟在老农后面。

老师被安顿在一个农村老大娘家的火炕上。他半昏迷半清醒地说:"别打我的学生,别打他们,要打就打我。"

老大娘说:"这是怎么说的,这是怎么说的……你放心吧,哪能打孩子呢?逼俺们打,俺们也下不了手哇。"

她盛了一碗掺菜的苞谷面粥,看着老师喝光。

她又叨叨:"刚盼着能过上几天好日子,又闹灾荒。老天爷不睁眼,干吗这么和咱们中国人过不去呢?"

她伤心落泪,用衣袖拭眼睛。

她从炕洞里扒出烤熟的土豆,分给跟老师来到她家的王小嵩、郝梅等几个同学。

下午农民们用马车将老师和同学们送出村,一直送到铁路沿线的一个无名小站。同学们带来的一些袋子,都装上了冻菜。

孩子们不知道应不应该接受这些菜。

老师说:"同学们,那就收下吧。他们也是一番诚心诚意啊!"又对农民们说,"等年成好了,我一定再带同学们来看你们,来做客……"

他下了车深深地向农民们鞠了一躬。

几天后,同学们在教室里望着窗口,看着一袋袋干菜、冻菜被装上卡车。

卡车开出了校门。

徐克说:"上课铃都响过半天了,老师怎么还不来上课哇?"

张萌走入教室,同学们围住她。

郝梅问:"教导主任叫你去什么事?"

"通知说放三天假。"

大家不禁欢呼起来。

吴振庆说:"全校都放三天假吗?"

张萌摇了一下头。

韩德宝说:"那,就咱们年级?"

张萌又摇了一下头。

"就咱们班?"

张萌点了一下头。

郝梅问:"为什么?"

张萌说:"我也不知道。我也觉得奇怪。"

吴振庆抢白地说:"那你干吗不问个明白?"

张萌说:"党支书和校长也在场,都挺严肃地板着脸,我……我不敢问。"

同学们似有什么预感,面面相觑。

三天后。上课铃响了,一位四十多岁的男老师走入教室。

他踏上讲台,不苟言笑地说:"我是新调来的老师。我姓陶。唐朝有位大诗人陶渊明,我和他同姓。从今天起,我就是你们的班主任。"

同学们默默地困惑地望着他。

陶老师说:"怎么?看你们这样子,似乎不太欢迎我?"

吴振庆说:"我们赵老师呢?"

"他嘛,当然不再教你们了。"

王小嵩问:"为什么?"

"他已经没有资格教育我们伟大社会主义的接班人了。"

郝梅也问:"为什么?"——她问得那么庄严。

不料陶老师生气了，用黑板擦拍了一下讲课桌："为什么，为什么！哪来那么多为什么？现在还不到告诉你们的时候，翻开课本！"

王小嵩看见吴振庆将自己的课桌抬起一角，猝然一松手，课桌腿击地，发出很大的响声。

陶老师问："谁？谁弄的响声！"

没人承认。

他的目光在同学们脸上扫来扫去，王小嵩一接触到他的目光，赶快避向别处。

陶老师盯着王小嵩："是你吧？"

"不是我。"

陶老师问王小嵩同桌的郝梅："是不是他？"

郝梅说："不是他。"

陶老师踏下讲台，走到王小嵩跟前："你站起来。"

王小嵩站起来了。

"你要诚实地回答我，"陶老师严厉地说，"你看没看见是谁？"

王小嵩摇头。

韩德宝暗暗向男同学们发出"信号"。

陶老师也摇头："我看得出来，你在撒谎！"

王小嵩说："你干吗缠住我没完没了的呀？"

韩德宝做了一个手势。

男同学们顿时都用双手拍桌面，并跺脚，齐声喊：

"我们要见赵老师！"

女同学们也立刻效仿，也喊：

"我们要见赵老师！"

"我们要见赵老师！"

吴振庆说："咱们到教员室去，把赵老师请回来！咱们不要这个'陶渊明的陶'！"

于是全体站起，拥出教室。

吴振庆"一马当先"和同学们闯入教员室。

教员室没有赵老师。

郝梅指着一处:"赵老师的桌子原先就在那儿。"

显然——赵老师的桌子被搬走了。

吴振庆问:"我们赵老师呢?"

徐克问:"他到哪儿去了?"

韩德宝说:"为什么不让他和我们见上一面,不让他和我们说几句告别的话?"

几位男女老师,有的低下头,掩饰似的在整理什么东西,有的,则干脆起身躲出去了……

陶老师追来了:"你们也闹得太过分啦!你们简直放肆得没边啦!好,我现在告诉你们,他在课堂上说,我们国家有的地方正在饿死人,有的地方像旧社会一样农民四处逃荒,你们谁敢说他没说过这种话?你们知道这是什么性质的问题吗?这是在我们社会主义的神圣课堂上,对我们社会主义进行诬蔑!他如果真的同情农民,为什么还亲自带你们到郊区去抢农民的菜?回答呀!校领导接到家长的反映,批评他,他还拒不认错!还当面对校领导继续说一些反动的话!这样的人还能让他继续当老师吗?他还配吗?"

同学们一时全都呆愣住了。尽管看得出来,他们心里都有些不服,都在替赵老师愤愤不平。

郝梅说:"不是抢的!是农民送给我们的!"

一位女老师说:"郝梅!你不应该这样!你是你们班品学兼优的好学生之一嘛,你怎么能够将自己混同于一般同学,也跟着乱来呢?这是阶级斗争的表现,同学们,等你们今后长大了,渐渐就都能明白了!快都回去上课去吧!"

还是那一条胡同口。

吴振庆和徐克拦住了张萌。

吴振庆厉声呵斥:"说!怎么回事儿?"

张萌说:"什么怎么回事儿啊?"

吴振庆从兜里掏出一把小刀:"是不是你向学校打的小报告?不说老实话,一刀把你鼻子削下来!"

张萌吓哭了:"不是我!你们怎么认为是我呀?真的不是我!"

徐克动了恻隐之心,将吴振庆扯走了。

张萌回到家,她父亲在看报。她母亲在熨衣服。而她趴在床上哭泣。

母亲说:"好啦!别哭啦!这么丁点儿事儿,哭起来没完。"

张萌嚷着说:"就哭!就哭起来没完!谁叫爸爸欺骗我!"

她哭得更凶了。

父亲放了报纸:"我怎么欺骗你了?"

"你让我把学校里的事经常对你讲讲的。你说过你只是听听,了解了解的!你不守信用!"

母亲说:"这孩子!满嘴乱说些什么呀!你爸爸是区委书记,了解到了一个学校里发生了不该发生的事情,能不做出指示吗?"

她放下熨斗坐到了床边,爱抚着女儿:"那是他身为领导者的责任!他不做出指示,他就是失职。若比你爸爸更大的领导了解到了,要拿他是问的。这怎么能叫不讲信用呢?这叫……"

父亲说:"这叫革命原则!我知道你们那个老师对你挺好的。那我也不能因为他对你好,就放过他。"

母亲突然跳起来高喊:"哎呀,我的衣服!"赶快扑过去拿起熨斗,衣服已经冒烟了。

王小嵩回到家,看见弟弟妹妹一人手中拿一本小人书,却不看,而趴在窗玻璃上朝外看。

王小嵩放下书包后问:"你们往外看什么?外面有唱戏的呀?"

弟弟回过头来说:"看三奶家。"

王小嵩问:"你们知道三奶家怎么了吗?进进出出的那么多人!"

妹妹也回过头来:"广义哥哥跟别人到郊区去抢菜,被火车轧断了腿。"

王小嵩呆住了。

弟弟说:"咱妈下班的时候,正赶上三奶哭得昏过去……咱妈没进家门就送三奶上医院去了,叫你晚上还煮苞谷面粥。"

王小嵩从书包里取出了一本小人书——是屠格涅夫的《木木》……

他一页一页地抚平小人书的卷角。

眼泪落在手上。

眼泪落在书上。

全班又在端坐,严肃地听有线广播。

喇叭箱里传出的又是校党支部女书记的声音:

"对于有关阶级斗争的现象,我们抓起来绝不手软。希望广大同学,擦亮自己的眼睛,明辨是非。事实向我们证明,阶级斗争可能就发生在我们身旁。

"对于扰乱校纪的学生,我们也不能不做出严肃的处理。故此,校领导一致决定,给予吴振庆、韩德宝、徐克、王小嵩记大过处分。郝梅同学承认错误态度较好,免予处分,给予公开警告……"

陶老师走进教室。

张萌喊令:"立!"

全体起立。

张萌喊令:"礼。"

全体敬礼。

张萌喊令:"坐。"

全体坐得无比齐,无比端正。

陶老师踏上了讲台——他一脸胜利者的矜持和得意。

陶老师说:"将课本翻到第二十三课。"

全体同学,仿佛翻书本的动作都受过专门的训练似的一致。

看来,他们是被教育得完全臣服了。

在讲台上讲课的陶老师很投入,讲得很自信,一会儿转身在黑板上唰唰地飞快地写了一个词,一会儿做着手势侃侃而谈。

王小嵩却什么也没听见。

远远的梆声传来,那令人不寒而栗的梆声。

5

春节到了,鲁迅先生说过:"旧历的年底,毕竟最像年底。"王小嵩家也一样。房子虽然破旧,却也经过了认真的打扫,迎了灶王,供了祖宗,现在母亲刚刚剪完拉花。她和王小嵩一个站在炕上,一个站在桌上,将第二条拉花拉了起来。

王小嵩站在桌上仍不够高,脚下还踩着小凳,弟弟妹妹怕他摔了,两个人四只手紧紧把牢小凳。

两条拉花的交叉点,悬着一只纸叠的花篮。

母亲坐下来,抬头欣赏地说:"看,妈做的,不是和卖的一样好看吗?"

墙上贴着一张新年画——扎肚兜儿的白胖小子,怀抱一条大鲤鱼。

年画的主题是——年年有余。

贴了窗花的窗子。

点了丹红的馒头。

王小嵩从桌上蹦下,也抬头欣赏着,说:"比卖的好看!"

他将母亲剪剩下的一些红绿纸归在一起,似乎想揉了扔掉。

母亲急忙制止:"别揉,别扔!留着。留着明年妈还给你们做……"

母亲过来用一张旧报纸将这些红绿纸夹起来,四处瞧瞧,一时也没地方留存,照例压在炕褥底下。

王小嵩和弟弟妹妹分糖——大约半斤没有糖纸的"杂拌糖"盛在一个盘子里,他在往三小片儿纸上放糖,口中还说着:"你的、我自己的、你的、你的、我自己的……"

母亲一边铺一块旧桌布,一边说:"你那么大孩子了,还和弟弟妹妹平均分,好意思吗?"

王小嵩便有点不好意思起来,问弟弟:"多给小妹妹五块,行不?"

弟弟并不怎么情愿地说:"你说行,就行呗。"

母亲又开始规整抽屉。突然,她说:"坏了!"

王小嵩和弟弟妹妹一起惊异地抬头望母亲。

"妈,怎么了?"

"还剩一斤今年的粮票没用,明天哪里都关门,过了春节可就作废了……"

母亲皱眉瞧着手中的一斤粮票,那样子,显然认为这是一件相当严重的事。

母亲回头看王小嵩,当机立断地说:"快,给你弟弟妹妹们穿好衣服,妈给你两元钱,你带他们去下馆子!"

弟弟妹妹欢呼起来:"下馆子喽!下馆子喽!"

王小嵩说:"妈,三个人,两元钱,能吃什么呀?"

母亲很慷慨:"那就再多给你们一元!反正你今晚得把这一斤粮票给我花出去。这年月,要是白瞎了一斤粮票,不是罪过吗?"

王小嵩率领弟弟妹妹匆匆走到马路上,弟弟妹妹不时打滑溜儿。

他们走过一家又一家小饭馆儿,家家都关门了。

大年三十儿的马路上,却是冷冷清清的、静静悄悄的。某些单位的门外斜插着旗杆——红旗在寒夜之中静止地垂悬着。

妹妹说:"哥,我冷。"

弟弟说:"我的脚和手都快冻僵了。"

王小嵩说:"你们看,前边那不是有一家小饭馆吗?快跑!"

于是他带头跑起来。

他和弟弟从两边儿扯着妹妹的两只手跑。

他索性背起了妹妹跑。

王小嵩放下妹妹后，说："我有个主意，如果里边还有别的吃饭的人，咱们就把这粮票卖了。"

妹妹问："卖了？那咱们自己不下馆子啦？"

王小嵩说："一斤粮票，能卖两三元钱呢！咱们把卖粮票的钱给妈妈。妈妈给咱们的钱，咱们一人一元，做压岁钱！不好吗？"

弟弟毫不犹豫地说："好！"

妹妹问："哥，什么叫压岁钱呀？"

王小嵩迫不及待地说："回家再告诉你……"

店里只有一个顾客，他背对着门，独占一张桌子。

一位老师傅，双肘平放在柜台上，颇有耐性地望着那个人。

老师傅看见孩子们进来了就说："哎哎哎，孩子们，别进来了！什么吃的都没有了。马上就关门了！"

背对着他们的那个人，一动未动。

王小嵩看看老师傅，请求地说："大爷，我们只不过是先进来暖和暖和。"

"暖和暖和？"

弟弟却已走到了那个唯一的顾客身旁，问："你买粮票吗？五元钱一斤！"

那人一怔，头微微侧向弟弟，接着摇了摇。

弟弟望着王小嵩。

老师傅也满腹狐疑地打量他们。

王小嵩不禁显得失望，不得已出示了那一斤粮票："大爷，不管是馒头是烧饼，能卖给我们点儿什么，就卖给我们点什么吧。"

老师傅说："你们……我刚才不是说过了吗，什么吃的都没有了！"

王小嵩说："我妈妈翻出了一斤粮票，让我们无论如何把它用了。如今谁家舍得白瞎一斤粮票哇？"

"那你弟弟刚才怎么问……"

王小嵩说:"他瞎问!他总好那样!"

弟弟不满地哼了一声,坐在一张桌旁。

王小嵩说:"我们为了花这一斤粮票,走了挺远挺远的路。我们手和脚都快冻僵了。"

老师傅心软了:"唉,你们这一斤粮票,可真算是花在了关键时刻!好吧,还有几个烧饼和一点豆浆。豆浆我给你们热热,谁叫你们大年三十儿的,挺远地扑奔这地方来了呢。"

王小嵩和弟弟妹妹团团围着一张圆桌,一边喝着豆浆吃着烧饼,眼睛一边看那个顾客的桌上——两盘饺子,已快吃光了一盘。还有一盘白菜豆腐干和一小碟花生米。

妹妹说:"哥,我也要吃饺子!"

王小嵩说:"明天是初一。明天你就能吃上饺子。"

"我现在就要吃嘛!"

"别再胡闹!再闹我揍你了!"

那个顾客起身,端起一盘饺子走过来,放在他们桌上。

王小嵩忙说:"叔叔,这不行!这……老师?!"

他竟然是赵老师。

赵老师也认出了他:"王——小——嵩?"

王小嵩不知所措地要往起站。

赵老师说:"坐着坐着。不用那么礼貌……"

赵老师穿一身棉工作服,有几处破了的地方,露出烧焦过的棉花。

他手中夹着一支吸了半截的烟。

王小嵩说:"老师……您……吸烟了?"他的目光,却望着老师工作服的左上方——那儿印着一个白色的"改"字。印在一个白圈里。

老师下意识地用另一只手捂那个地方。刚捂住,又坦然地放下了手。

老师说:"是啊。我曾要求你们,劝你们的家长别吸烟,现在我自己却吸起来了!"他苦笑。

王小嵩说:"老师,我想你……我们都想你。"

老师久久地望着他,渐渐低下了头。

"老师,您现在在哪儿?我好告诉同学们,我们好去看您。"

老师迅速地擦了一把眼睛,抬头注视着他说:"你们不必去看我,你替我给同学们捎个话,就说我嘱咐大家,我希望……大家都要好好学习……天天向上。"

王小嵩庄重地点了点头。

饭店老师傅刚才把头伏在手臂上,好像在打瞌睡,现在不知为什么他又抬起了头说:"哎,我说,你们别在这儿聊哇。一个大人和一个孩子,有什么好聊的呢?"

老师自豪地说:"这是我学生!我当过他班主任!"

老师傅又"友邦惊诧"了:"学生!噢,好哇,好哇,桃李满天下嘛!不过,那也别在这儿聊啦。"

妹妹说:"哥,我要撒尿。"

"等一会儿!"

"我憋不住了!"

王小嵩说:"真烦人!这么大了,还连裤带儿都不会解!"

他起身带妹妹往外走。

老师傅说:"走远点啊!别让我这儿门口冻一片尿冰!"

王小嵩带着妹妹回来时,老师不在了。

他问弟弟:"我老师呢?"

弟弟说:"你刚出去,他就走了。"

王小嵩对老师傅说:"您怎么让他走了呢?"

老师傅说:"你这孩子。我留下你们吃了喝了,就不错了。还有义务替你看着你老师吗?他长腿的一个大人,要走,我能拦住他吗?"

王小嵩推开门大喊:"老师……"

寒夜之中,远远地传来稀疏的鞭炮声——这里一响,那里一响。

当天夜里，黑暗之中王小嵩大喊："妈，妈，快开灯！"

灯亮了，母亲欠身问："怎么啦？做噩梦了？"

"妹妹尿炕了！"

妹妹却仍熟睡着。

母亲赶快将妹妹挪入自己被窝，瞧着被尿湿的褥子沮丧地说："唉，刚刚拆洗过的褥子。"

王小嵩又一次惊叫："不好啦，弟弟又尿了！"

母亲推推弟弟："小二小二，憋住一会儿，你快给他端尿盆来呀！"

王小嵩蹦下地端起了尿盆。

弟弟却推而不醒，在被母亲扶起时，已尿出了一大半。

王小嵩只端着尿盆接了一小半。

母亲说："瞧，刚刚拆洗过的两床褥子，都尿了！大冬天的，这可怎么整？"

母亲紧接着埋怨王小嵩："你说你带他们吃点什么不好？干吗喝豆浆呀？而且还每人喝两大碗！"

王小嵩也不分辩，放下尿盆，自己也睡眼惺忪地对着尿盆哗哗撒起尿来……

大年初一。

王小嵩在看锅煮饺子。

母亲向窗外望望说："有点儿太阳了。"抱起褥子出去晒。

母亲回来又抱起第二床褥子时，瞪着弟弟妹妹说："你们干的好事！这大年初一的，多让人笑话！"

弟弟妹妹似乎无地自容的样子。

王小嵩和弟弟妹妹津津有味地吃饺子时，母亲却站在桌子那儿，背对着他们又说："坏了！坏了！"

王小嵩和弟弟妹妹住了口，一齐不安地瞧着母亲。

母亲转过身，手掌心又托着一斤粮票："妈昨天晚上忙乱中，给了你们一斤新发的粮票。该花掉的这一斤,却没花掉!唉,唉!"

母亲又埋怨王小嵩:"你花时也不看看!"

王小嵩嘟哝地说:"我怎么知道你会给错了呀!"

母亲又是惋惜又是自责地说道:"罪过罪过,真是罪过。"

外面传入喊声:"电报!出门接电报啊!"

母亲急忙出门去。

弟弟说:"哥,会不会是爸爸生病了!"

王小嵩瞪了弟弟一眼:"大过年的,别满嘴胡说!"

母亲进屋了,将电报递给王小嵩:"快看看,上面写的什么!"

王小嵩看电报,继而看母亲,高兴地说:"我爸要回家过春节了!"

弟弟妹妹更高兴:"爸爸要回来喽!"

"爸爸一定会给咱们带新衣服!"

母亲脸上也露出了笑容:"今天都初一了。他还没到家!要等到哪一天才回来呀?还说回来过春节呢!"

王小嵩又看了一眼电报:"就是今天!"

"今天?"

王小嵩说:"九点半到站的一趟火车。电报上还写着让接。"

妹妹说:"那一定带了好多好多东西!"

弟弟说:"没你的份儿!"

"有!有!"

王小嵩说:"别乱吵!吃你们的饺子!"又对母亲说,"妈,你和我一起去接爸爸吧?"

母亲说:"我才不去。妈连件体面的出门衣服都没得穿!"

"那……那我找吴振庆和徐克陪我一块儿去吧?"

"行!你再吃点饺子。吃饱了快去吧!"

王小嵩说:"不吃了!我这就去!我怕去晚了接不着。"

他匆匆穿戴了出门。

母亲一下子将妹妹搂抱在怀里:"这一回咱们全家该过一次团圆年了!

你们的爸爸都三年没探家了！"

尽管是大年初一，在火车站上下车的人仍不少。

吴振庆对王小嵩说："傻帽儿！咱们别在这儿站着呀！快到卧铺车厢那儿去！六七天的路程呢，能不坐卧铺吗？"

三人向卧铺车厢跑去。

没有上车的人，也没有下车的人。站台上的人已经寥寥无几了。

他们眼巴巴地盯着车门。

列车缓缓启动，开走了。

吴振庆说："这可怪了！你看清电报了吗？"

王小嵩默默从兜里掏出电报递给他。

徐克也凑过来看："没错！写得明明白白，是今天！是这一趟车！你说你爸路上会不会出什么意外呀？"

王小嵩一听转身便跑。

吴振庆捣了徐克一拳："你乱说些什么！把他脸都吓白了！小嵩！小嵩！"

他们追赶他。

路上，吴振庆和徐克走在王小嵩一左一右，他们你一句我一句不停地对他说着什么，显然是在安慰他。而王小嵩脚步走得飞快，脸上淌着泪，似乎心里有某种不祥的预感。

王小嵩人和声音同时进了家门："妈！我爸没有在那趟车上！"

紧跟在他身后进来的是吴振庆和徐克。

他们同时看见一个瘦长的、满脸胡楂的男人，怀抱着妹妹，一手端着带把的小茶壶，正坐在小炕桌后面安泰地呷茶。

他放下小茶碗冲王小嵩笑。

母亲和弟弟妹妹冲王小嵩笑。

吴振庆和徐克瞅瞅他，也冲他笑。

王小嵩喊了一声："爸爸！"

他忽然哭了。

父亲问:"哭什么?"

吴振庆说:"没接着您,他回来时,一路可替您担心啦!"

"你们在什么地方接的我呀?"

徐克说:"在卧铺车厢,我们以为六七天的路途,你肯定在卧铺车厢。"

父亲说:"你们这些孩子,想得倒奢侈,我一个工人,坐卧铺谁给我报销哇?"

母亲说:"那也怪你!发电报的时候,为什么不写明在几车厢呢?你再花钱仔细,那几个字的钱就花不起了?"

父亲说:"不是花不起那几个字儿的钱,六七天得转三四次车呢。我哪能知道我会上了哪节车厢?一路上,车上一半是逃荒的人,连个座号都不讲了,能挤上哪节车厢算哪节车厢。行了,行了,别哭了。算爸爸的不对!过来,到我跟前来。"

吴振庆推了王小嵩一下——他不哭了,走到父亲跟前。

父亲扳起他下巴看了看他脸,又用手握了握他腕子,表扬地对母亲说:"你有功,我猜想我几个孩子还不定是什么皮包骨的样子哪!还行。"

王小嵩笑了。

母亲骄傲地说:"我当然有功啦!"

吴振庆和徐克看看满地的大包小包,惊讶万分:"大叔,你可怎么带回来的呀?"

父亲说:"背着、扛着、拎着,就差没用嘴叼了!"

徐克说:"大叔你真有能耐!"

母亲问父亲:"还认得他俩不了?"

父亲说:"哪能不认得他俩呢!这个是柱子,那个是狗子!"

"错了!我是狗子,他是柱子!"

母亲说:"别叫人家小名!孩子之间都不叫小名了!"

父亲挠挠头笑了:"难得你俩有心也和小嵩去接我,大叔送你们点东西,算大叔一点儿心意!"

于是父亲下了炕,打开那些大包小包——里面无非尽是些旧工作服、劳保手套、翻毛劳保鞋、旧皮帽子什么的。

父亲挑了两顶旧皮帽子给吴振庆和徐克:"有的是大叔自己节省下的,有的是工友给的。你们可别嫌弃。"

虽然是旧的,虽然戴在他们头上几乎盖住了眉眼,但毕竟比他们自己的要好得多。他们都很高兴,连说谢谢。

徐克说:"我这顶破棉帽子早该扔了!"

吴振庆说:"别扔,让你妈剪成鞋垫多好!"

父亲说:"对喽,这话我爱听。劳动人民的孩子,从小就要知道东西有用嘛!"

外面有人敲门。

王小嵩开门——门外站的是郝梅。她一身新,还扎了好看的辫结,围着条毛围巾,显得异常漂亮。

王小嵩一愣。

郝梅说:"我来给大婶拜年。"

她进了屋,看看吴振庆和徐克:"你们也在这儿啊?那我也给你们拜年啦!"

屋里已没落脚的地方,她只好站在门口。

吴振庆和徐克显出对她不屑一顾的样子,其实都是自惭形秽。

王小嵩也显得不自然。

母亲说:"小梅,快里边来坐!"

郝梅越过大包小包,坐在炕边。

父亲惊奇地看着她。

郝梅说:"是大叔吧?"

母亲说:"是,刚到家。"

"大叔过年好!"

父亲说:"好!好!"

母亲说:"你不认识她了?"

父亲又挠挠头："记不得啦。"

母亲说："她小时候，我看过她嘛！"

"噢……想起来了！"父亲说，"我和你爸还是同行哪！"

母亲一撇嘴："人家是建筑工程师，你是个工人，却和人家攀同行！"

父亲说："怎么是攀呢！没有我们建筑工人一砖一瓦地盖，再高明的工程师，他的图纸还不是废纸一张啊？"他问吴振庆和徐克，"大叔说得对不对？"

吴振庆和徐克大声地说："对！对！"

郝梅尴尬地垂下了头。

母亲说："小梅，瓜子！"抓了把瓜子欲塞给她。

郝梅说："大婶我不……你家现在人多，我待会儿再来。"

她起身跑出去了。

母亲冲着父亲说："你看你，说得多不好！人家孩子可仁义啦，年年过春节都来给我拜个年。"

父亲奇怪地问："她是生气走了？我说得不对？"

王小嵩也急忙转身跑出去，冲郝梅背影喊："郝梅，你别生气，我爸说话就那样。"

郝梅只顾低了头往前走。

吴振庆和徐克也出来了，他们戴着王小嵩父亲给他们的皮帽子，手中拎着自己的棉帽子。

徐克摇着手中的棉帽子："咱们工人有力量！嘿，工作起来……"

他分明有点幸灾乐祸，完全是唱给郝梅听的。

吴振庆捣他一拳："唱什么唱！"又自言自语地说，"其实郝梅一向对咱们挺友好的。不像张萌那么讨厌。倒是咱们常和人家过不去。"

王小嵩怅然地望着郝梅远去的身影……

初一夜。

王小嵩、吴振庆、徐克和几个孩子放小鞭玩儿。

有的孩子打着灯笼，有的孩子甩着"滴答筋"——今天的孩子们所拥有的花鞭花炮，乃是他们当年所不敢奢望的。

打灯笼的孩子排成一长队，一边扭秧歌一边唱《解放区的天》。

王小嵩故意将燃着的小鞭扔向徐克，吓了徐克一跳。

于是徐克还击。

小鞭落在小嵩身上。

王小嵩高喊："我投降！我投降！我穿的是新衣服。"

吴振庆说："咱们去三奶家拜年吧。白天光顾玩了，也没给三奶拜年。"

徐克说："对！给三奶拜年去。自从广义哥出事儿，我再也没见过他。挺想他的。"

吴振庆吸吸鼻子："什么味儿？"

于是三个人都吸鼻子，都闻到了某种味儿。

吴振庆对王小嵩说："别动！"绕着他转了一圈，终于有所发现，"你衣服着了！"

他立刻揉搓王小嵩棉袄后背。

徐克从地上抓了一把雪帮着搓。

吴振庆说："好了好了，没事了。"

王小嵩急忙问："我新棉袄咋样了？"

吴振庆对徐克说："准是因为你刚才扔在他身上那个小鞭！"

徐克低下头。

王小嵩一时傻兮兮地瞪着徐克。

徐克说："小嵩，咱俩是好朋友，你可千万别让我赔。我赔不起呀！"

王小嵩仍什么也不说地瞪着徐克。

徐克说："要不……要不让我妈给你补一补，行不行？"

吴振庆说："你妈瘫在床上，你不是又惹你妈生气吗？"

王小嵩说："那我妈我爸就不生气吗？我爸从几千里地以外给我带回来的。"

王小嵩哭了。徐克也哭了。

两个好朋友不禁互相抱着哭成一团。

吴振庆说:"都别哭了。哭有什么用?都到我家去吧,看我妈有什么办法没有?"

同样室无长物的吴振庆家,三个孩子围聚在吴振庆母亲周围,盯着她一针一线给王小嵩补袄。

吴母补得非常认真。

补好后,吴母捧着看了看说:"线比衣服颜色浅了点儿。去,把你钢笔拿来。"

吴振庆取来了钢笔递给母亲。

母亲用钢笔仔细地涂染线痕。

母亲说:"得,织女也只能补成这样子。记着,一进屋就脱袄,脱了就反过来叠着。千万别让你爸爸发现。发现了够他生气的。"

王小嵩答应:"嗯。"

吴振庆指着墙:"看,我哥又寄回来一张奖状!今年他立了三等功!"

墙上,旧镜框里镶着奖状。下方是一张军人的小黑白照片。

母亲说:"显摆什么?不过是个三等功。"

三个孩子用充满敬意的目光注视着镜框。

三奶家门口。三个孩子碰到了王小嵩的父亲。于是老少四人一齐到三奶家拜年。

三奶的家里,男女大人居多。都在嗑着瓜子聊天。

王小嵩的父亲进门后高声嚷着:"嚯,差不多都在这儿呀!三奶,我给你拜年来啦!"

三奶老眼昏花:"谁呀?"

王小嵩说:"三奶,是我爸回来啦!"

吴振庆和徐克的父亲也在。他们各自叫了爸,找个地方蹲下。吴振庆的父亲和徐克的父亲同时起身拉王小嵩的父亲过去。

王小嵩的父亲说:"我不能坐啊,我还没磕头哪!"

三奶说:"就免了吧!"她的精神面貌已大不如前。

"哪能免了呢。三十儿我没能赶回来磕这个头,初一晚上得补上。您是咱们这儿几十户人家中的老寿星,给您磕头是我高兴的事儿啊!"

于是老王郑重地跪下磕头。

在徐克的暗示之下,王小嵩趁机将棉袄脱下,里朝外抱在怀里。

老王起身落座后,老吴说:"瞧你家小嵩,多知道爱惜新衣服!我们小庆这一点就不如他!"

老王慈爱地望着儿子:"长大了,该懂事了!"

三奶说:"他叔,听他婶讲,你,现在当了官了?"

"哪里啊!"

王小嵩说:"我爸当建筑队副队长了!"

老王忙说:"这孩子,大人说话你别插言,刚夸你两句就放肆!"

众人皆对老王刮目相看起来。

三奶说:"那……你总归是有了些权力了?"

"咋说呢,也不好偏说完全没有……"

"那……你就不能用用你那份权力,调动你那个建筑队,回来把咱们这一带破烂屋都扒了,盖几幢大楼让街坊邻居们住上?"

老吴说:"那敢情好。我第一个带头给你王大哥烧香磕头!"

老徐说:"那我就给你立座碑。"

老王挠挠头,声音低了:"咱哪有那么大的权力呀。"

三奶没听见,说:"你怎么不说话?"

三奶的儿子,也就是广义的父亲,冲着三奶耳朵说:"妈,他说他没有那么大权力。"又对老王说,"自从广义这孩子出了事,我妈眼力耳力都一天不如一天了!"

三奶叹了口气。

老王问:"咋又不见广义呢?"

广义他妈说:"成天躲在小屋里,任谁也不见。躺在他那小床上看课本,大学的梦是做不醒了。这可咋办呢?"

气氛一时沉闷。

一个男人挑起话头："旧社会有句话，'泥瓦匠，住草房'，这新社会了，还不是这样！"

老王说："话可不能那么说。咱们才建国几年啊？又赶上这场自然灾害，国家有心体恤咱们老百姓，也没这份力量啊！"

老徐说："老弟，你……八成是入党了吧？"

老王说："那倒暂时还没有。我先不着急入。"

老徐说："听你这口气，倒好像什么时候想入，和党打个招呼就行了似的。"

老王说："我还没和党打过招呼，党倒赶着找咱们打过招呼了，还给过我一张表。我才会写几个字？自己填不了，找人填又怕人笑话……到现在还压在褥子底下。"

三奶说："他叔，你走南闯北的，见多识广。你说这共产主义——就是住楼房，大米白面可劲往饱了吃的那种好日子，究竟有没有个谱？"

老王说："三奶，别的你可以不信，这共产主义，你一定得信！"

"那还得等多少年呢？我能赶上那一天？"

"也就十年八年吧，快了，兴许五年就实现了！您可一定要好好活。到时候咱们街坊邻居住的那幢楼，我一定带人回来亲自盖！"

于是众人都笑起来。

王小嵩等三个孩子也笑起来。

老王却站起身告辞："三奶，我不能多待，先走一步了！"

广义妈说："是啊大哥，好不容易千里迢迢回来一次，快回去多跟大嫂亲热亲热吧！"

老王说："小嵩，穿上袄，跟我回家吧。别在三奶这儿添乱了！"

他望望紧关着的小屋的木门，想了想，走过去，隔着门说："广义，你连大叔也不出来见一面，大叔并不怪你。你心里边的苦，大叔全明白。记着大叔一句话——一条腿的人要比两条腿的人有多一倍的志气，才能活得像个人样！"

众人都低下了头。

广义妈用衣裙拭眼睛。

广义爸冲门大声说:"你到底听见你叔的话没有?"

小屋里静悄悄的。

三奶的瘪缩的嘴唇哆嗦着,老人情感坚毅地控制着感情,但眼角毕竟淌下了泪。

广义爸说:"广义,你今天得给我出来!"

老王朝他摆摆手,摇头叹息着,走了。

夜里,王小嵩家。弟弟妹妹发出甜睡时的呼吸声。

黑暗中,父母在低声交谈——母亲紧贴着墙仰躺着,用胳膊支着头。

"家里你以后不必担心。说说你那边的生活吧!"母亲说。

父亲说:"大西北比内地更苦哇。冬天里风沙那个大。我们有一个工友,夜里出去解手,正赶上风沙起来了,一时天昏地暗,就找不到帐篷了。白天发现冻死了,才离帐篷几十米远。根本就见不着一片儿青菜。我们全队人,一冬天只靠一坛臭豆腐下饭。还缺水,我们喝的水,是用小毛驴拉的水车,到黄河边抽上来的,像黄泥汤一样,沉淀好几天才能做饭。干旱季节,老牛跟在我们的水车后面,用舌头舔滴下来的水,一跟跟几十里。渴死的牛,牛皮都剥不下来,因为牛身子里缺水。那肉,也像糟木头一样难吃……你哭什么?"

母亲说:"我还能哭什么?就不兴人家心疼你了?"

"唉,有时那是真想家呀!"

"光想家啊?"

"想家还不就是想孩子们嘛!"

"那你把孩子们带走好啦……"母亲向墙壁翻过身去。

父亲说:"我也没说一点儿不想你吗,真是的。"

父亲说着,一只手臂去搂母亲的身子。

母亲又转过身子,轻轻拨开了父亲的手臂。

父亲说:"你有根白头发,我给你拔下来。"

母亲说:"黑灯瞎火的,你就能看见我有白头发?"

父亲向母亲俯过身去。

王小嵩悄悄将头缩入被子里。

白天。

父亲像准备出门流浪似的,背起一个打成卷儿的包袱。

弟弟妹妹坐在炕上,以留恋的目光望着父亲。

母亲说:"就不能再多住几天?"

"不能。来回十二天假。我是副队长,得为工友们做榜样……谁也不用去送我。"

站在母亲身边的王小嵩说:"爸,就让我去送送吧!"

父亲不容商量地说:"用不着。"他抚摸着他的头又说,"你是老大,要听你妈的。除了好好学习,还要帮你妈多做家务,照顾弟弟妹妹。你妈不容易。记住我的话了?"

王小嵩点点头:"嗯……"

父亲抬头望着母亲:"我这次回来,最高兴的是——街坊邻居和我们的关系还像从前那么好。这一点对咱们穷老百姓很重要,嗯?"

母亲表示明白地点点头。

父亲说:"我不挨家挨户地告别了。我走后,你替我跟他们打个招呼。"

父亲的目光望向弟弟妹妹,最后望向王小嵩。

王小嵩问:"爸爸,明年你还回来探家吗?"

"明年哪行。三年一次……"父亲在王小嵩肩上用力拍了一下,一转身迈出了家门。

外面飘着鹅毛大雪。

王小嵩和母亲扶着门框,目送父亲在大雪中渐渐走远了。

冬去春来,树上结满了诱人的榆钱。

王小嵩背着书包站在别人家的"板杖子"外,仰望着。

有人在他肩上拍了一下——他回头看,见是吴振庆和徐克。

徐克看着榆钱说:"明天上学时,带个竹竿,带个钩子。"

吴振庆说:"说不定明天就看不见了。"说罢,他将自己的书包往王小嵩脖子上一套,想蹬"板杖子"去撸榆钱。

不料里面传出一声凶猛的狗叫。

吴振庆吓得从"板杖子"上摔在地上,被王小嵩和徐克扯起便跑。

在回家的路上,吴振庆说:"那是什么人家?还养得起狗?"

王小嵩说:"我早打听过了,听说住的是一户苏联人。"

徐克说:"是'老大哥'家呀?那咱们可不能撸人家的榆钱儿!"

吴振庆说:"什么老大哥不老大哥的!我听大人们讲,他们已经变修了!明明知道咱们闹灾荒,还逼着咱们还债!要不咱们中国人也不至于这么挨饿!"

"他妈的,那咱们明天就给他来个不客气!"

忽然他们都不说话了,都盯着同一个方向——一个男孩子背着一个口袋,几个男孩子跟着追问:

"在哪儿撸的?"

"在我爸工厂!"

"你爸工厂在哪儿?"

"告诉你们也白搭!你们进不去,有门卫!"

"那……分给我们点儿行不行?"

那男孩子加快了脚步。

跟随着的依然跟随着:

"不给,也不告诉,我们可抢啦!"

"抢!"

于是跟随者们一拥而上,从那男孩子肩上抢去了口袋,互相争夺着。

那男孩子不顾一切地捍卫自己的"果实",被推倒了。

吴振庆高喊:"不许欺负人!"

三个好朋友路见不平,跑了过去。

"强盗"们用单帽、衣襟和兜,抓抢着撒在地上的榆钱儿。

等三个好朋友赶到,"强盗"们已经没影了,满地散布着榆钱儿。

那个男孩子哭着走了。

徐克说:"哎,你别走哇!我们帮你搂起来。"

那个男孩子头也不回地走着。

吴振庆说:"哎哎,你还要不要了!"

男孩子抹着眼泪走远了。

三个好朋友不由得同时从头上摘下单帽铺在地上,捡起了榆钱,捡着捡着,不知什么时候,有一双枯瘦的老手也伸了过来。

他们抬起了头,原来是三奶。

吴振庆说:"三奶,您怎么走到这儿来啦?"

三奶不言语,光自捡了榆钱儿往衣襟里放——看得出,她神经有些不正常了……

他们将他们帽子里的榆钱儿,都倒入三奶衣襟。

王小嵩和徐克一边一个搀着三奶回家。

徐克倒退着走在三奶前边,说着:"三奶,明天我们保证给你撸老多老多榆钱儿!那才大呢!"

夜里,王小嵩做了一个梦,梦见他牵着一条大狼狗,巡逻在一片榆树林中。树树榆钱儿肥绿诱人。

吴振庆和徐克骑在树枝上,边撸边吃。

一些男孩儿女孩儿走入树林,他挡住他们——而他们出示写有"允许证"三个字的证件。

王小嵩接过去,煞有介事地看——上有"王小嵩签发"五个字。

被允许的孩子们一个个行鞠躬礼走过。

郝梅也挎着个篮子来了,也要掏"允许证"。

王小嵩矜持地摇头摆着手,表示"免了"的意思。

郝梅从他面前笑着走过。

狼狗突然挣脱带子,叫着去追郝梅。

王小嵩喊叫着追狼狗。

梦醒了……

第二天,三个好朋友下了学又来到那个苏联"老大哥"的墙外。他们伫立在树下,仰头一望,傻了。一夜之间,树枝上的榆钱儿不但被撸光了,连有些树枝也被折断了——显然是被人从外面干的。

他们互相瞧着,神情沮丧至极。

晚上。王小嵩在捅炉子,有敲门声。

妹妹拍手:"妈妈下班喽,妈妈下班喽。"

母亲的话音:"慢点儿,抬高脚,好,进门槛了……"

母亲领回一个人。那人站在外屋灯光的黑影中,王小嵩看不清她的面容。但见那人穿着肥大的工作服,脸很黑,像个卸煤的工人。

母亲说:"看,我这家,就是这么个破乱样子。你要不嫌弃呢,你就住下。反正像你这么个大姑娘,总蹲火车站可不是回事儿。"

那人低头未语。

母亲说:"你不说话,就证明你愿意住下了。"兑了盆热水端到外屋:"先洗洗脸!"

母亲脱下工作服,吩咐王小嵩:"把火捅旺,今晚咱们正正规规地做顿晚饭吃!"

"大姐,有梳子吗?"是女人的腼腆的声音。

王小嵩扭头一看——母亲领回的竟是位十八九岁的大姑娘!有一张淳朴的、俊秀的、使人信任的脸。

她羞涩地冲王小嵩笑笑。

王小嵩回她一笑,笑得也有些羞涩。

她走入里屋,坐在炕沿一端,从母亲手中接过梳子梳头。

她已将肥大的工作服脱在了外屋,里面穿的是碎花衣,蓝布裤子,脚着扣襻儿鞋,羞羞答答的样子。

王小嵩只顾打量她。

母亲一边动手削萝卜,一边说:"我给你们捡了个小姨,你们喜欢不喜欢？"

弟弟妹妹齐声说："喜欢！"

母亲说："那还不赶快叫小姨？"

"小姨！"

母亲说："听到了吗？孩子们喜欢你呢！"

小姨指着王小嵩："还有这个侄子呢！"

王小嵩说："小姨。"

母亲端详着小姨："我现在才看出来，你这么俊！"她又向弟弟妹妹，"妈给你们捡回这个小姨俊不俊啊！"

"俊！"

小姨低头笑了。

晚饭后，小姨欲抢着收拾碗筷，母亲拦她："今天你还算个客，明天就不拿你当外人啦！"

小姨顺从地退到一旁，见王小嵩掉了一颗扣子，说："来，小姨给你钉上扣子。"

王小嵩走到小姨跟前，小姨从随身带的包袱里翻出针线纽扣顶针，给他钉衣扣……

他一动不动地站着，看着小姨的手，那是一双多么好看而又灵巧的手呀。

王小嵩心中好像有个声音在说：我愿意有一个小姨，我愿意有这样一个小姨……

王小嵩和弟弟妹妹已钻入被窝，他们趴在枕上看小姨补弟弟的裤子。

母亲一边展被，一边说："别补了，脱了睡吧，咱俩盖一床被。"

小姨"嗯"着，却不开始脱衣服。

母亲推了她一把："听话，快脱。"

小姨扭头瞥了王小嵩和弟弟妹妹一眼，他们正都如同欣赏一张年画似的看着她。

小姨说："怪难为情的。"

母亲恍然大悟，笑了，喝道："都给我侧过身去睡！"

小姨刚开始脱衣服，王小嵩和弟弟妹妹们的头，又都忍不住一起扭了过来。

"这些孩子，你们还没看够哇！"母亲拉灭了灯。

王小嵩的母亲从未捡到过什么，小姨是母亲唯一捡到的。她给这一家带来了特殊的亲昵，带来了笑声，带来了清洁，带来了此前从没有过的一种愉悦的时光。

从此以后，王小嵩家变了样——墙壁粉刷过了，窗子明亮了，家具摆放协调了，该铺什么布罩块什么布的家具铺上罩上了，被子叠得整齐了。弟弟妹妹也干干净净显得可爱了……

一天，王小嵩一家正吃晚饭，小姨兴冲冲地捧着收音机进了家门。

母亲说："哪哪都不给修吧？"

小姨说："修好了！"

母亲说："怪了，怎么我去修几次，都说太老太旧，不给修呢？"

"大姐，我比你嘴甜呀！"

小姨接通电源，按下了开关，收音机里传出歌声。尽管伴着杂音，但还听得过去，唱的是《公社是棵常青藤》。

小姨和全家侧耳聆听，互相望着，都情不自禁地笑。

母亲对小姨说："快吃饭吧！"

小姨兴奋地说："待会儿吃。大姐，我家寄东西来了！"

"寄的什么？"

"你猜。"

"这么高兴，准是一身新衣服呗！"

"大姐你猜错了！是菜籽和花籽。我写信让家里寄来的。"说着，小姨找出一个大纸包，打开来，里面是些小纸包。她说：

"这是一包白菜籽儿，这一包是豆角籽儿，这一包是茄子籽儿，这一包是黄瓜籽儿，这一包是倭瓜籽儿……剩下的全是花籽儿！"

母亲说："可真全，往哪儿种啊？"

小姨说:"我要把外面那些土堆土坎儿,变成菜地和花圃!"

母亲怀疑地问:"能长吗?"

"能!"

在小姨的指导下,王小嵩和她改造屋前屋后的土堆土坎。

小姨忽然叫了一声:"哎哟!"

王小嵩问:"小姨,怎么了?"

"手上扎刺了……"——她使的铁锹的把,是用带棱的木棍临时充当的。

王小嵩放下自己的锹,走过来,用一种大人对孩子似的口气说:"让我看……"

小姨将一只手伸给他。

王小嵩握着小姨的手指尖儿,看手相的先生似的,细瞧小姨的手:"这儿呢,小刺,我给你拔出来。"

他替小姨拔出了手上的刺,却并未放开小姨的手,赞叹地说:"小姨,你的手……真美!"

小姨笑了:"瞧你说的!干活儿的手,粗粗拉拉的,还美呢!"

"那也美!"

小姨抽出手,摸他的脸蛋:"你这么说,是因为你喜欢小姨。"

王小嵩将小姨的手按在自己的面颊上,用面颊亲偎着。

小姨又笑了,又抽出自己的手:"小姨也喜欢你……快干活吧!"

王小嵩一边干活,一边从旁偷望小姨。

小姨干活的姿态、动作,在他看来,仿佛也是那么美——尤其是,小姨那一条粗而长的大辫子垂在胸前的样子,以及小姨朝背后撩甩辫子的动作,使王小嵩看得有些发呆。

小姨发现了他在看她。

"傻看着小姨干吗呀?"

王小嵩又放下锹走到小姨跟前异常庄重地说:"我告诉你个话儿。"

"说吧,小姨听着。"

"你蹲下，我对你耳朵说！"

小姨蹲下了。

王小嵩手搂住小姨的脖子，俯耳悄悄说："小姨，等我长大咱俩结婚吧！"

他说完，放开手，虔诚无比地望着小姨。

小姨也凝眸望着他，一时没听懂他的话似的。

小姨忽然笑起来，笑得不能自已，笑得坐在了地上。

王小嵩呆望着小姨笑，脸色渐变，如同被当面羞辱了似的，眼中一时涌满泪水。

他一转身欲跑开。

小姨一把拽住了他。

小姨笑着说："怎么，你生我气了呀？"

王小嵩不语，扭头，掉泪。

小姨说："小姨一定把你的话记在心里，行不？"

"那你笑！"

"小姨错了。小姨给你赔不是……快快长，好好儿长。小姨等你……等你到你长大那一天！"

她替他抹去腮上的泪。

母亲走来："这是怎么了？跟你小姨闹别扭了？这孩子！"

小姨说："没有。小嵩才不跟我闹别扭呢！跟我好着呢！是不是小嵩？"

王小嵩庄重地点头。

母亲参加了劳动——三人有掘坑的，有点种的，有浇水的，干得很默契。

晚上，王小嵩家。地上放一大盆，盆里的水冒着蒸汽。

洗过了澡的弟弟妹妹，趴在被窝里看小人书。

小姨问："洗得干干净净的，好不好？"

"好。"

"以后，小姨每个星期都要给你们洗一次！还要给你们每人买条小手绢儿。淌了鼻涕，再也不许用袖子擦！来……都抹点儿雪花膏。"

小姨给弟弟抹过雪花膏，朝外屋问："小嵩，你干吗呢？"

小嵩说："劈柴呢！"

"明天再说吧，活也不是一天就能干完的，先进屋来。"

王小嵩进来了。

小姨说："脱，小姨换了盆新水给你洗！"

王小嵩忸怩不动。

小姨说："快脱呀！待会儿水凉了！"

王小嵩却去端盆——又哪里能端得动！

小姨问："你端盆干什么呀？"

"我端到外屋自己洗去。"

"毛病！小姨给你洗还害羞呀！"

她替王小嵩脱起衣服来。

脱得赤条精光的王小嵩蹲在大盆里，小姨替他洗后背。

弟弟妹妹朝他刮脸蛋儿羞他。

他只有佯装不见。

王小嵩的心里说："是小姨使我们的家变了样，是小姨使我们养成了清洁卫生的习惯，是小姨使我们低矮的屋子变得好像宫殿一样。"

小姨双手捧过王小嵩的脸，往他脸上搽雪花膏。

王小嵩目不转睛地瞧着小姨秀美的脸。

王小嵩的心里仍在说："小姨，我把那木头做的、涂了墨的驳壳枪，我那十几颗花瓣玻璃球，我积攒的全部的糖纸和烟盒纸，我一切一切宝贵的东西统统都加在一起，也抵不上你——小姨对我们宝贵啊！"

确实，王小嵩家的这个小姨还带给了他们一片绿，带给了他们一个无比美的夏天……王小嵩觉得，他从没度过那么美好的一个夏天。

屋前屋后，这一处土堆上生长着绿油油的蔬菜，那一处土堆上盛开着散紫翻红的鲜花——彩蝶飞舞其间。

王小嵩、吴振庆、徐克在瓜架间相互背课文。

门前空地,母亲和小姨对面坐在小凳上,拆毛线,绕线团;弟弟伏在母亲膝上,妹妹伏在小姨膝上,如一幅家趣图。

徐克一边背课文,一边朝小姨望,背得结结巴巴。

吴振庆说:"你到底能不能背下来?"

徐克说:"我要是也有个小姨就好了!"

王小嵩说:"我的,还不就是你的?"

徐克说:"你小姨就是好!"

火烧云在西天变幻着图案。

月在中天。

如水如银的月辉之下,小姨不知在对母亲讲什么笑话,母亲大笑。

夏虫长吟短唱。

秋天,王小嵩家吃上了自己种的菜,可小姨却从他们家搬到厂里去住了,厂里终于在集体宿舍给她腾出了一张床。

一天深夜,外面风雨交加,雷声不停,闪电透过低矮倾斜的窗格子,在王小嵩家的破屋子里闪耀出一瞬瞬的光亮。王小嵩全家都已躬下了,但还没有入睡。忽然,王小嵩似乎听到了轻轻的拍门声。

王小嵩说:"妈,有人敲门。"

母亲说:"深更半夜的,哪会有人来!"

王小嵩肯定地说:"妈,是敲门声,你听!"

母亲侧耳倾听了一会儿,果然是敲门声。

母亲却不敢下地去开门。

敲门声又响起了。

"大姐……"

他们都听出了是小姨的声音。

"快……"母亲一下子坐了起来。

王小嵩迫不及待地跳下去开了门。

小姨默默进屋,像从河里刚被救上来的落水者,衣裤全湿透了,神色木讷、凄然。

母亲问："怎么不打伞就来了？"

小姨苦笑。

"你……你怎么了？"

"大姐，我……没怎么。"

母亲说："我给你找身衣服换上！"一边找衣服，一边回头疑惑地瞧小姨，见王小嵩在望着小姨发呆，忙吩咐，"还不快给你小姨兑盆热水！"

王小嵩兑了一盆热水端到外屋。

小姨掬一捧水洗脸，她的双手久久未从脸上放下。她分明在无声地哭。

母亲捧着衣服，不安地望着她。

第二天，躺在床上的小姨，见老中医进了门，将身子一翻，面朝墙壁。

母亲说："你这么拗，我可要生气啦！"

老中医说："让她把手伸出来就行。"

母亲像哄小孩似的："听话，把手伸出来。"

小姨的一只手缓缓地从被子底下伸了出来，同时用另一只手往上扯扯被角，盖住脸。

老中医为小姨诊脉。

弟弟妹妹从外屋溜进来，凑到床边。

老中医起身，示意母亲单独说话。

老中医跟母亲踱到外屋，母亲将门掩上。

王小嵩将门推开道缝，偷听。

老中医说："当然，感冒是感冒了……不过……她……她怀孕了。"

母亲说："可她……她还是大姑娘！"

老中医说："是呵是呵，女人生小孩前，都是大姑娘。可她确实怀孕了。"

弟弟妹妹在里屋欢呼："嗯，嗯，小姨要生小孩儿喽！小姨要生小孩儿喽！"

老中医走了。

母亲将王小嵩和弟弟妹妹赶出家门。

王小嵩绕到屋窗前,偷窥、偷听。

母亲扶起小姨,使小姨靠在自己怀里,一手端着碗,命令地说:"红糖水,喝下去。"

小姨喝完,母亲放她躺下,坐在炕沿,盯着她的脸,冷冷地说:"你瞒得过我的眼睛,能瞒得过别人的眼睛吗?还能瞒多久哇?"

小姨脸向墙,不回答。

母亲:"说,什么人的?"

……

"说话呀!你哑巴了?"

小姨的脸缓缓转向母亲:"大姐,我不能告诉你,我谁也不能告诉。"

"你……"母亲生气了,倏地站起,又忍气坐下,语气更严厉地说:"好。我也不多问了。只问你一句,事到如今,为什么不结婚?"

"大姐,我……不能和他结婚了。"

"什么?你怀上了他的孩子,你倒自己说不能和他结婚了。"

小姨闭上了眼睛,两颗很大的泪珠,滚落下来。

母亲又站了起来:"你认我大姐,我就对你负着份儿责任!你这样能对得起你父母吗?你要什么都不肯说,不能在我家住了。我也不愿让人指我脊梁骨,说我收留了个大姑娘,在我家生下个不明不白的孩子……"

小姨睁开眼睛,噙泪望着母亲:"大姐,你放心。我好点儿……就走……绝不连累大姐你的名誉。"

母亲说:"走?你除了回农村,还能往哪儿走哇?"

小姨又扯被角盖住脸,被角微微耸动。

"唉……"母亲长叹了口气,重新坐在炕沿儿,又是怜悯又是恨地说:"你呀你,你这都是为了什么呀?"轻轻掀开被角,用手掌心擦去小姨脸上的眼泪。

土堆上,凋零败谢的花,开始枯黄的瓜豆的藤蔓。

萧瑟秋风掠过，各类叶子哗哗作响。

王小嵩从藤蔓上拧下最后一个倭瓜。

从家中突然传出小姨的叫声。

他倏地抬起头望着家。手里倭瓜掉在地上。他跃下土堆，奔向家中。

王小嵩呆立在家门口。

弟弟冲了出来。

王小嵩一把拉住弟弟："小姨怎么了？"

弟弟挣脱，答非所问："妈叫我快去找吴大婶！"

王小嵩猛转身向别处跑，仿佛要逃离那叫声，那呻吟声。

他跑到一幢房子的山墙后，背抵土墙，蹲下了，双手捂住耳朵。

婴儿的初啼响亮而高亢……

王小嵩慢慢往家中走，轻轻推开门，无声地进入家中，见母亲和吴振庆的母亲在洗手。

母亲说："他婶，多谢了。哪承想，说要生，就生！"

吴母说："谢什么！"吩咐王小嵩，"去把水倒了！"

王小嵩端起了那盆红色的水，默默地走了出去。

小姨被认为是一名品行不端的临时工，不久被工厂开除了。她的农民父亲把她接走了……

小姨与王小嵩一家依依惜别。

她头系围巾，怀抱婴儿，双膝给母亲跪了下去。

小姨说："大姐，我不是个忘恩负义的人……我……我永远记住你和孩子们。"

小姨的父亲侧过身去，不忍看这情形。

母亲连忙扶起小姨："你……你可要多多保重啊！好歹……你把孩子拉扯大。"

小姨凄然点头。

母亲将王小嵩和弟弟妹妹推到小姨跟前："还不跟小姨道个别？"

王小嵩流着眼泪："小姨。"

弟弟妹妹左右扯住她,哭了:"小姨我们不让你走。"

小姨摸摸王小嵩的脸颊:"要好好学习啊,小姨和你妈一样,盼着你将来有出息。"

小姨的父亲扯着小姨,说:"走吧,因为你是团支部书记,队里才抬举你,让你进城来支工……"跺了下脚,又说,"谁叫你这么丢人现眼!"

母亲脱下了外衣,罩在婴儿身上。

小姨三步一回头地跟她父亲走了。他们走远了。

王小嵩全家目送着。

王小嵩突然奔上一土堆,大喊:"小姨!我长大了一定……"

母亲也奔上土堆,捂住他的嘴。

经过一番挣扎,王小嵩已全没了力气,只是咬牙切齿地说出三个字:"杀了他!"

母亲扇了他一记耳光。

他怔怔地瞪着母亲。

母亲掩面奔下土堆,冲进家中。

他呆呆地站在土堆上。

他的视野中已没了小姨的身影。

秋风扫落叶,聚在他脚下……

第二章

1

从一九六三年起，报上不再开辟专栏教授某类野菜的几种不同吃法了。用淘大米和高粱米的水经过沉淀加工成的"人造肉"，在人们不经意间，从各食品商店的柜台里消失了。据说那一项发明还在当年荣获过什么成果奖……

真正的常识概念的猪肉，开始大量向市民供应。到一九六四年，曾一度取消了肉票。而且，最价廉时，才四角八分一斤。又能有新鲜猪肉充实进战备肉库了。据说肉库已经存放不下了，存期太久的肉，便破例供应给老百姓了。面粉由每人每月三斤增加到五斤。大米由一斤增加到两斤。豆油由三两增加到了五两。肥皂、面碱、火柴、灯泡，虽然仍旧凭票，但毕竟凭票可以买到了。于是普通的老百姓，又觉得生活离共产主义确实可能不远了。一九六五年，共和国长子长女们的身体，在饥馑年月刚刚过去的日子里，以"大跃进"的速度加紧发育和成长。仿佛一旦错失良机，便再也没有条件发育和成长了似的。

如果说人们的头脑中还存在着什么忧患意识，那就是——战争……反帝反修，七亿人民七亿兵。

这一年，城市老百姓家里的每一扇窗子都贴着防空纸条，凄厉的空袭警报时常凌空骤响。

学校里静悄悄的走廊——所有的教室门猝开，学生们有秩序地一队队朝楼下跑，进行"防空防爆演习"。

学生们出了教学楼，来到操场上——操场正中有位老师持旗指挥，队形四散开去……

广播声："注意！现在……左前方出现原子闪光……"

面向前方的学生们，立刻背转身，匍匐在地，同时用双手做"八指"捂眼、两个拇指按耳的动作。

有些老师和学生，将硬纸板剪成的圆片儿，放在匍匐着的学生身上。上面写着"头部""背部""胸部""左腿""右臂"等等——这表示，他们身上的这些部位已经"负伤"。

广播声宣布："冲击波已过……"

一队队学生从楼内迅速跑出，她们大部分是女学生。她们代表着"救护员"，用白布三角巾替那些"负伤"的同学包扎。

他们做得相当认真。

一名女同学见附近的"伤员"都有了救护者，拿着三角巾一时不知该救谁好——她是郝梅——她已差不多是个亭亭玉立的大姑娘了。

"哎，郝梅，救我，救我……"趴在地上悄悄招呼她的是徐克——他也长成了一个半大青年……

郝梅走了过去，蹲下问："徐克，你哪里受伤了？"

徐克有些不好意思地向她亮出了攥在手里的圆牌儿——上面写着两个字是"臀部"。

徐克说："其实我更愿意头部受伤……"

"别说话！"郝梅自己却又问，"左臀还是右臀？"

徐克看看手中的牌儿："这上没写。你就当是整个臀部吧。"

于是郝梅包扎。徐克胯骨太宽，巾角系不到一起。

徐克说："鞋带儿！快解我鞋带儿。"郝梅赶快解他鞋带儿。

哨音……

广播声又命令："停止。现在开始检查各班情况……"

郝梅很是沮丧。

在他们教室的黑板上写着两行字：

一、我们反对战争。

二、我们不害怕战争。

说来也巧，除了张萌分在另一班，我们书中的几个主人公，不但考入了同一所中学，而且在同一班级。

站在讲台上的女老师说："刚才演习过了。下面，同学们自由发言，总结一下经验，也可以谈谈感受……吴振庆，你说吧！"

吴振庆已长得又高又壮。他放下手站起来说："老师，冲击波过后，我们的教学楼还能存在吗？"

"当然不可能存在了！"

"那，救护员们，又怎么可能从楼里跑出来呢？"

"嗯，这个问题提得有道理……"老师开始在小本上记。

徐克举手说："老师，原子弹爆炸，我们就这样……"他做"八指"捂眼，两指按耳的动作，"然后往地上一趴，究竟有什么意义？"

"你得假设，它离你很远很远。"

"多远啊？它要是远在地球的另一边爆炸，我还在中国往地上趴干什么？可是它如果就在离我不远的地方从天而落呢？"

"那就算你倒霉呗！"一个男同学说。

老师呵斥那男同学："严肃点儿！"又对徐克说，"坐下，就你经常提些怪问题！"

徐克嘟哝着坐下："怎么是怪问题呢？"

老师看了看大家，又说："韩德宝，你就坐在那儿说吧！"

韩德宝却还是站了起来："老师……我……上厕所。"

"事多，刚入教室又上厕所！"

韩德宝像是发愁似的说："其实上节课我就想去来着，可是警报响了……"

"快去快回！"

韩德宝偷偷向同学们做了怪相，跑出去了。

王小嵩犹犹豫豫地举起了手——他不但明显地长大了，而且模样变了，却仍属于清秀型。

老师高兴了，说："王小嵩可是不太主动发言的，你说吧。"

王小嵩说："老师，我……不适合当救护员。我一见到伤口和血，自己就会先晕过去的……"

老师已准备记，听了他的话，索然地将拿着小本儿的手放下了。

吴振庆说："对。他是那样。他患恐血症！"

几名同学笑了。

老师说："不许笑！"

一名男同学站起来发表意见。一名女同学似乎不同意他的话，站起来反驳。几名女同学站起来表示支持。

……

上厕所回来的韩德宝，踊跃地参加了争论，指手画脚侃侃而谈。从女同学的表情看，他显然是站在她们的对立面。

老师左顾右盼，不知该听谁的。

在战争阴影的笼罩之下，他们的中学时代进入了一九六六年。第三次世界大战并没有很快地打起来，中国却发生了一场史无前例的政治运动——叫作"文化大革命"……

2

王小嵩和郝梅伏在郝梅家窗台仰望天空。

鸽子在天空飞翔。鸽哨音时远时近。

群鸽变成满天传单，似雪片纷纷落下。

仰望着的王小嵩的脸和郝梅的脸……

他们来到马路上，臂上都戴着红卫兵袖标。

许许多多仰望着传单的脸。

传单落地，人们拥上去捡。

王小嵩和郝梅也拥上去捡。

撒传单的手……

被踩的手……

王小嵩和郝梅同时捡到一张传单。

传单被扯了。他们互相望着，都觉得不大好意思。

他们将传单对起来一块儿看。

一群人追逐一个男人跑过去，他们发现那群人里有韩德宝……

王小嵩喊："韩德宝！韩德宝！"

韩德宝站住，王小嵩拉着郝梅的手跑过去，问："那人怎么了？"韩德宝说："那是位画家……"他发现王小嵩和郝梅仍拉着手，揶揄地说："你们两位红卫兵战友，真够小资情调的啊！"

两人这才意识到仍拉着手，立刻松开。

郝梅说："去你的！别瞎说。"

王小嵩解释："我去市里看大字报，碰见了她。"

韩德宝说："得啦得啦，甭解释。我只关心国家大事，才不管你们是不是碰见的呢！"

郝梅问："那些人，追那画家干什么呀？"

"他画了一组画——孙悟空臂戴红卫兵袖标，到西天去取革命真经。"

王小嵩不解地说："这也没什么呀。不是到处都引用毛主席的两句诗词——'今日欢呼孙大圣，只缘妖雾又重来'吗？"

"他还画了一尊袒着大肚皮的如来佛，手捧三卷'红宝书'，笑嘻嘻地送给孙悟空——这不等于是公开地、恶毒地丑化伟大领袖毛主席吗？"

那中年画家终于被抓住了，正被人扭住两条胳膊往回走，从他们眼前走过……

画家一边走一边又急躁又委屈地自我辩护:"同志们,同志们,革命的同志们,我怎么敢丑化伟大领袖毛主席呢?我哪儿有那份狗胆啊!我是真心实意地拥护'文化大革命',支持红卫兵小将的一切革命行动,才连夜赶画了……"

一名看来是高中生的红卫兵扇了他一耳光:"住口!谁跟你是同志?谁知道你什么成分?"

他们默默地看着那些人走过……

韩德宝同情地说:"这下他可完了。弄不好会定成个现行反革命!"

郝梅说:"那你还跟着追?"

"当时周围的人们一喊打现行反革命,我也不知道怎么的,稀里糊涂地就跟着追了起来……哎哟,我大概扎脚了!"

王小嵩和郝梅低头看他脚——原来他赤着双脚。

王小嵩问:"你怎么光着脚?你鞋呢?"

韩德宝蹲下从脚上拔出什么:"嗨,别提啦。我那双刚买的高级球鞋,被人逼着给脱下来了。说鞋底儿的胶纹,走一步能踩出一个'毛'字……"

郝梅掏出手绢,蹲下替他包扎脚,一边说:"光着双脚你还有那么高涨的革命热情。要是还穿着那双高级球鞋,不得跳到云端里去喊'造反有理'呀?"

韩德宝说:"全国一齐停课,还不就是为了让咱们闹革命嘛!听说没有?今年升高中,取消考试了,要以在'文化大革命'中的表现为主……"

郝梅关心地问:"真的?"

王小嵩忽然往前方一指,说:"那边着火啦!"

远处一缕浓烟升起……

韩德宝说:"那是在烧鞋!情愿的不情愿的,被脱下了几百双我那样的鞋呢!集中一块儿,一把火全烧了。让人看着怪可惜的。"

一个光脚的大高个子男人走过(看去可能是个运动员),见韩德宝也光着脚,对他苦笑了一下(韩德宝还以苦笑),那人刚刚笑过,大概立刻意识到了自己的表情成问题,马上说一句:"'文化大革命'万岁!"

韩德宝接下句："万岁万万岁！"

郝梅目睹这颇具喜剧意味儿的一小幕，忍住笑问韩德宝："你出门怎么不戴上红卫兵袖标？"

韩德宝说："戴了，又摘下来揣在兜里了。光着双脚丫子，我怕有损咱们红卫兵的形象……"

郝梅说："快戴上。不戴，万一谁觉得你的样子哪不对劲儿，把你当'黑五类'盘问一顿怎么办？"

"对，对。你说得对……"韩德宝赶忙从兜里掏出红卫兵袖标，举起双臂，让王小嵩替他戴。

两人望着戴了袖标的韩德宝一瘸一拐地走了。

郝梅不无忧虑地说："要是真取消了考试，不知道我还有没有资格升高中。"

王小嵩安慰她："别想那么多。你虽然不是正宗'红五类'，可你是'红外围'啊！只要你能积极参加运动就没问题。"

郝梅说："咱们全班，就剩我没给咱们老师贴大字报了。"

"还有我呢。"

"咱俩合写一张吧？要不该被认为是'保皇派'了，你说呢？"

王小嵩说："可是，写什么呢？"

郝梅想了想，说："我记得有一次，老师在班会上讲，'三好'学生，应当是学习好放在第一位，咱们就批判她向学生灌输'白专'思想吧，行不行？"

"也行……"

郝梅说："这个问题的性质，不至于太严重吧？"

"可太轻描淡写也不行啊！那还不如不写。报纸上广播里，不是天天都在讲，革命的大批判不能轻描淡写吗？"

"是啊。这样吧，你起草，我抄。"郝梅说，"我一定把咱们的大字报抄得字迹工整。你不是认为我的毛笔字比钢笔字还好吗？"

王小嵩点了点头。

郝梅说:"你可一定要有分寸,千万别一张大字报,把咱们老师推到了敌我矛盾的立场上去。"

"放心,我不会的。"

不经意间,他们踏上了一条用红漆写在地上的竖标语——"誓将无产阶级'文化大革命'进行到底!"

两人发现后,王小嵩扯着郝梅,一跃跳开……

王小嵩说:"不好,有人在望我们,快跑!"

他拉起郝梅的手就跑。

他们气喘吁吁地在另一条马路口站住——郝梅闭着双眼胸脯起伏着,身体向后一倾,靠在王小嵩胸前。而头向后一仰,担在了王小嵩的肩上——她的嘴唇几乎触在王小嵩脸颊上。

王小嵩意外地呆立着。

这情形会使人们忆起《保尔·柯察金》这部苏联影片中,保尔和冬妮娅赛跑后的情形——近处有大字报专栏,火药味儿十足的标语,远处有阵阵口号声、广播批判声,"要是革命就站过来,要是不革命就滚他妈的蛋"的歌声……

他们之间不由自主的这一种纯洁的亲昵,与周围的时空是那么不协调。

郝梅说:"我都喘不上气儿来了。"

王小嵩情不自禁地用双手揽住了郝梅的腰肢。

郝梅说:"要是什么声音都听不到,该多好哇。"

仿佛专和她的话作对,近乎喊叫的广播声突起:"前区委书记张尔泰,一贯执行资产阶级反动路线,长期与毛主席的无产阶级革命路线分庭抗礼。今天,终于被广大革命群众拉下马,揪出来游街示众了!"

王小嵩的手从郝梅腰间放下。郝梅身体也立刻脱离了他的胸前。

一辆被语录牌标语牌四面遮挡得像装甲车似的"游斗车",缓缓出现在街口。车上的被游斗者戴着高帽,弯着腰,挂着牌子。他们注视着那辆车驶过。

王小嵩发现郝梅神色异样,问:"你怎么了?"

……

"你……认识的人?"

郝梅猛醒地说:"那是张萌她父亲呀!……我经常到她家去……不会认错!再说牌子上也写得清清楚楚……她家离这儿不远。"

"那,咱们快到她家看看她去。"郝梅点头。

一辆卡车停在张萌家的街口,戴袖标的人正在从她家里往外搬东西。

王小嵩、郝梅隐在观望者中,不敢贸然上前……

那些人将东西装上车,也上了车。车开走后,人们渐散。

王小嵩轻轻地对郝梅说:"把袖标摘下来,别让看见的人把我们当成红卫兵中的同情者。"

两人摘下袖标,揣入兜里,迅速跑入张萌家。

一片抄查过的凌乱情形。

几个房间都贴了封条,只有一扇门没封,他们轻轻走过去。郝梅踩到了什么,险些滑倒,幸被王小嵩扶住——脚下是一条金鱼。

王小嵩用脚尖将鱼拨开。

郝梅基督徒犯了天条似的不安:"哎呀!它被我踩死了。"

"它早已经死了!"张萌出现在那扇没封的门外,也就是她的小房间的门外。她的话冷冰冰的,表情也那样。

两人这才发现,地上不止一条金鱼,还有几条,有的还在动鳃。一地鱼缸的玻璃碎片。

张萌说:"他们说——你家还养两缸金鱼。就把鱼缸捧起来摔碎了。"

郝梅蹲下,从地上捡起一条仍苟活的金鱼,望着张萌:"这一条还活着。快找个能盛水的东西,救它一命!"

张萌说:"谁对我发善心?"

郝梅手托那条金鱼,转目四顾,见脸盆中还有半盆水,将金鱼放入了脸盆。

张萌说:"盆里兑了药水儿。我大爷在国外。他们怀疑我父亲里通外国,用盆里的水泡过信件。"

鱼在盆里扭动，似乎比干在地上更加痛苦。郝梅不忍地立刻转过了脸。

王小嵩蹲下捡地上的碎玻璃。

张萌说："你别捡。兴许一会儿还来一批人，扎了他们的脚才好！"

她脸上浮出一种怪异的冷笑。

碎玻璃又从王小嵩手中落到地上——他缓缓站着，望着张萌一时不知再说什么。

郝梅问："你妈妈呢？"

"她也在妇联挨批判呢。"

郝梅不禁和王小嵩对视一眼。

张萌冷冷地问："你们来干什么？"

"我们在街上看见……"

王小嵩赶快拦住："别说了……"

张萌说："说吧，看见了游斗我父亲的情形是不是？从现在起，已经没有什么事情能使我感到震惊了。"

郝梅说："张萌，先到我家去住几天吧！我爸爸妈妈一向挺喜欢你的，绝不会歧视你。"

"你爸爸妈妈从前喜欢我，那也许因为，我从前是区委书记的女儿，而现在我是'走资派'的女儿了。"

郝梅的善意遭拒也不禁愣怔无言。

王小嵩不平地说："张萌，你怎么诋毁她的一番好意呢？你这么说太……太……"

张萌说："太不厚道、太不近人情、太不识好歹、太不公正了是不是？可什么叫公正呢？"她将目光移向郝梅，"你知道吗？我父亲的罪状之一，就是在城建方面，重用你父亲那位资产阶级出身的工程师。也许明天你父亲就是我父亲的陪斗人。"

她们彼此对视着。

郝梅眼中涌出了泪，她猛转身跑出去了。

王小嵩谴责地瞪着张萌："你！"

张萌从地上捡起相册，翻看着说："他们勒令我及早和我父亲划清界限。我回答他们——见他们的鬼去吧！"她说着，手捧相册，走到了王小嵩跟前，"于是他们扯掉了我的红卫兵袖标。"

王小嵩这才发现，她的衣袖都被扯破了，别针却还在衣袖上。

张萌垂下目光瞧着王小嵩的衣兜——他的红卫兵袖标露出一部分在兜外……

张萌说："可你，尊敬的红卫兵小将，为什么不将袖标戴在臂上，而要揣入兜里呢？"她一只手缓缓拽出了他的袖标，用两根指头捏着，"怕引起我的嫉妒，是吗？"

王小嵩气呼呼地一把夺回了袖标。

张萌突然发火，双手举起相册打王小嵩："滚！滚出去！我根本不需要你们的同情！快滚呀！"

王小嵩护着头逃出了张萌家。

她家传出张萌的哭声。

王小嵩追上了郝梅。他说："你千万别生张萌的气。我敢肯定她不是有意要伤你的心。她平时除了对你还友好些，在别的同学面前却骄傲得很，她怎么能一下子接受得了这样的现实呢？"

郝梅无语，只是快走。

王小嵩说："是你找我陪你到市里来看大字报的。街上挺乱的，我得把你送回家才放心啊。"

郝梅仍无语，但看得出，她同意。

到家了，郝梅拍门。

郝梅母亲的声音："谁呀？"

"妈，是我。"

门没开，仍然只能听到母亲的声音："小梅呀，就你自己吗？"

王小嵩说："阿姨，还有我，王小嵩。"

"就你俩吧？"

"就我俩，妈，你快开门吧！"

不见母亲露面，只见门开了一半——他们一进去，门立刻又关上了。

厨房里飘出的烟，使郝梅一进门就呛得咳嗽起来——而母亲颈上挂着口罩。

郝梅问："妈，你在干什么呢？"

母亲用身体挡着厨房的门，掩饰地说："饭焦了。你们快进屋吧。"

王小嵩欲在客厅门口换鞋。这是他来她家的习惯。

母亲将他推入客厅："别换了，都'文化大革命'了，还换什么鞋啊！"

客厅。

书架几乎空了——只有几本《毛选》和建筑设计方面的厚书，孤零零地摆在书架上。

王小嵩和郝梅对视。

郝梅不安地问："妈，家里来过人了吗？"

母亲的声音从厨房传来："没来，什么人也没来。"

"那……书呢？"

母亲的声音："该留下的，不还在吗？多余的，我今天没事儿，替你父亲处理处理。"

郝梅急忙转身冲入厨房——没来得及"处理"的书仍堆在厨房地上，母亲正蹲在炉旁，继续往炉火里塞书。

郝梅在书堆中翻找着——《莎士比亚全集》《希腊悲剧选集》《俄罗斯小说选》《爱情诗选》《五四小说选》《中国古典小说选》……

郝梅哭了："妈，妈你这是干什么呀！都烧了，我将来看什么呀？"

母亲说："小声点儿，让外人听见！烧了，心里就干净了，也免得因为这些书惹是生非的。"

郝梅在书堆中挑拣着，拿起这本，又舍不得那一本，她坐在书堆上，像母鸡伸开翅膀护着身下的小鸡一样，护着书堆，哭着望着母亲。

母亲严厉地说："别哭，起来！又不是小孩子了，该懂事了！"

王小嵩把郝梅拉了起来："听你妈的，烧就烧了吧。"

郝梅捡起两本抱在胸前，泪涟涟地说："妈，就让我留下这两本吧，求求你啦！"

母亲费力地从郝梅手中夺下了那两本书——一本是《牛虻》，另一本是《钢铁是怎样炼成的》。

她犹犹豫豫地将《钢铁是怎样炼成的》还给了女儿："这本可以，但不许借给外人看！"却将《牛虻》扯了，投入了炉火中。

郝梅将仅被允许留下的一本书按在胸前，哭着冲出厨房，冲入自己的小房间。

王小嵩欲跟去劝慰，被郝母扯住。

郝母说："小嵩，阿姨有话跟你说。"

王小嵩随郝梅的母亲重入客厅。她坐在一只沙发上，指着另一只沙发对他说："你请坐吧。"

一个"请"字，使王小嵩表情极其庄重起来，他缓缓坐下了，却只坐在沙发边上。

郝梅的母亲无比信任地说："小嵩，实际上，小梅她父亲，今天已经被隔离审查了。要他坦白交代区委张书记的问题。她父亲那种性格的人……我想……是不会使对方满意的。小梅这孩子，没什么大毛病，就是从小有点娇惯。因为你母亲看过她好几年，所以，你成了她唯一交往的男孩子。她爸爸是资产阶级出身。因为她在班里在学校人缘儿好，有你和吴振庆几个同学庇护着她，本没资格当红卫兵，却也戴上了袖标。我们家在本市没亲戚。就是有，今后怕也指望不上了。万一我和她父亲……"她说到伤心处，侧过脸，落泪了。

郝梅悄悄出现。

郝母说："小梅，你过来。"

郝梅走到母亲身边，蹲下："妈，我爸爸不会有什么问题吧？"

"放心。你爸爸什么问题也没有。"母亲抚摸着女儿的头，"你从小任性惯了。真该有个哥哥管着你点儿……你想不想有个哥？"

郝梅看了王小嵩一眼，低头不语。

"说话呀！"

郝梅难以启齿地说:"妈……"

母亲说:"如果你想,妈妈做证,你就叫小嵩一声哥吧。"

郝梅复望王小嵩,难以叫出口。

"这有什么害羞的?叫呀。"

王小嵩说:"阿姨,别为难她了……我……还有我母亲……我们一定,一定会像您一样关心她的。"

郝梅和王小嵩互相注视着。

王小嵩在大字报"夹墙"之间边走边看。一张只有几行"龙飞蛇舞"的毛笔字的大字报吸引住了他的目光——"杨玉芬,你为什么经常往自己身上喷洒香水儿?勒令你回答!回答!必须回答!!!"

署名是——革命学生徐克。

徐克分明有意给被"勒令"的老师留下了半页空白。

那叫杨玉芬的老师也明白其意,用那空白的半页纸以秀丽的小楷体写的是——"我很羞愧。因为我有腋臭。出于为同学们着想,所以上课前要往身上喷些香水儿。无产阶级'文化大革命'胜利万岁——杨玉芬。"

这张大字报,横一行竖一行,红的蓝的黑的,写了一行行的铅笔字、钢笔字、红蓝铅笔字。

王小嵩驻足,凑近细看:

"理由充足,情有可原。""腋臭的臭味儿,对我们革命学生并不可怕。你带入课堂的那股香水儿味,对我们来说才是真正可怕的!""批驳得好极啦!""这张大字报哗众取宠!""注意,别泼冷水,小心站到运动的对立面去!""要时刻把握运动的大方向,反对在枝节问题上大做文章!""小是小非也要辩个清楚!"……

一只手拍在王小嵩肩上——他一回头,见恰是徐克。

徐克将钢笔朝他一递:"加几行字,支持支持我吧!"

王小嵩低声而责备地说:"你没什么事儿可写的啦?你这叫杨老师今后还怎么有脸站在讲台上给学生上课?"

徐克仍纠缠他,硬往他手中塞笔:"把你这种看法写上也行!我希望我这张大字报破个纪录，能有一百条争论观点！"

王小嵩生气地推开他："哼，我看就你哗众取宠，简直无聊透顶！"

徐克光火了："你站住，你说谁哗众取宠？你说谁无聊透顶？"上下打量他，"你有水平！你多有水平啊！你和郝梅一张大字报，就把咱们老师横扫到牛鬼蛇神一块儿去了！我的大字报，起码不会一棒子把人打死！"

徐克说完便气呼呼地走了。

王小嵩愣怔在原地。万万没有想到，由他起草，由郝梅抄写的那张大字报，真的把他们班主任老师打倒了。

王小嵩郁郁寡欢地走下楼梯。

他走到走廊上。

他的班主任老师恰好从厕所出来，一手拎着桶，一手拿着笤帚——衣服左上方贴着一块白胶布，写有"资教"二字——乃"执行资产阶级教育路线的教师"之缩写。

王小嵩真诚而内疚地说："老师……我……"他想向老师解释什么。

不料老师立刻诚惶诚恐地闪到一旁，不但肃立，而且深深弯下腰去，连连说："我有罪，我该死，我有罪，我该死……"

王小嵩无地自容，望着老师张了张嘴，什么也没说出来。

他低着头从老师跟前跑过去了。

教学楼后，他背依楼梯缓缓蹲下。

哗啦……

三层楼上一块玻璃从里面打碎了。

"要文斗！不要武斗！"

"好人打坏人活该！"

又一块玻璃碎了……

王小嵩躲开，仰头望着。

"马克思主义的道理，千条万绪，归根结底就是一句话，造反有理！造反有理！……"

歌声从三楼飘扬而出。

3

这一年,毛主席发出了最高指示:"革命的最终目的,是为了争取政权。"

一间教室里,课桌摆成了圆桌形,二十几个看去是各派头头的男女同学围桌端坐,双手翻"红宝书",齐声朗读:"有了政权,就有了一切,丧失了政权,就丧失了一切……"王小嵩也在其内。

教室门突然被推开,又来势汹汹地闯入一伙红卫兵。为首的是吴振庆。站在他身旁的是徐克。

原在教室内的一个男同学霍地站了起来,厉声问:"你们干什么?"

吴振庆不甘示弱地说:"干什么?你们商议成立全校革命委员会这样的大事,为什么不邀请我们派代表参加?"

那男同学说:"为什么一定要邀请?"

吴振庆说:"没有邀请,便是对我们的蔑视!"

"那又怎么样?"

吴振庆将始终背在身后的一只手高举了起来:"保皇派的头头们,对不起得很,我们已经先于你们,一举成功地夺取了政权!"他手中拿的是学校的图章。

他的目光轻蔑地扫视着,具有挑衅的意味儿——他的目光和王小嵩的目光相遇。

他略微一愣,转脸对徐克悄声说:"告诉战友们,如果打起来,谁也不许碰小嵩一指头。"

徐克望着王小嵩,对另一"战友"悄声耳语——于是一个一个望着王小嵩,一个一个悄声传下去。

对方一个同学问:"你们又以什么名义单方面夺取?"

徐克说:"以革命的名义!"

对方回答说："抢！把政权夺回来！"

于是一场混战开始。

但是已经夺取政权的一派，却没有一个理睬王小嵩。他握着双拳，摆出准备进攻和自卫的架势，却没有谁向他进攻，他也没有主动进攻别人的勇气。

对方的一个人被别人推得趔趄数步，撞在他身上。

他终于感到有了一个机会，也似乎有一个正当的理由可以还击了。他从后面拦腰抱住对方，企图将对方摔倒在地。不料对方一下子挣开了他的手，轻而易举地将他摔倒在地。

对方飞起一脚要朝他身上踢去，却又并没有踢。

原来对方是徐克。

倒在地上的王小嵩仰望着徐克。

徐克哼了一声——转身对付别人。

"政权"，也就是那枚图章，在他们脚下滚来滚去。

一场混战结束，原在教室里的二十几个同学，显然属于多少吃了些亏的一方。有几个女生还在痛哭，男生们表示革命友爱地围着她们。

王小嵩在离他们较远的单独一隅。他从兜里暗暗取出一把小刀，暗暗地朝自己胳膊扎了下去。

血……

一个女同学说："咱们秘密在这儿开会，他们怎么知道的？"

另一个女同学说："我们之中肯定有奸细！有叛徒！"

一个男同学说："我看，谁没受伤，谁就值得怀疑。"

于是大家的目光一齐望向王小嵩。

几个男同学慢慢朝他走来，围住了他。

他们吃惊地看到血从王小嵩指缝渗出……

吴振庆和徐克又走到他们的"那条"胡同，王小嵩突然出现，拦住他们。

王小嵩一条袖子挽着，胳膊用手绢扎着。

吴振庆对徐克质问他："我不是指示了，谁也不许碰他一指头吗？"

徐克说："不是我！我敢保证，绝不是我们的人。"

王小嵩对徐克说："你为什么不打我？当时你为什么不打我啊！"

徐克看着吴振庆说："我……"

王小嵩一步步逼近。徐克一步步后退。

王小嵩说："今天，我这个保皇派，就是要打你这个造反派，你还手不还手！"

他狠狠一拳朝徐克打去。

吴振庆连忙以身遮挡。

拳落在吴振庆脸上，嘴角出血了。

吴振庆抹了一下嘴，看看手上的血，瞪着王小嵩。

王小嵩冲动过后，不免后悔。

徐克急忙插身二人之间："算了算了，何必呢！"

王小嵩低下头，转身走了。

徐克望着他背影，遗憾地嘟哝："我真搞不明白，他怎么会加入'老保'们那一派？"

吴振庆教诲他："这就叫——革命的复杂性。"忽然问，"哎，图章呢？"

徐克说："不是一直由你拿着吗？"

吴振庆说："后来我不是又交给你了吗？"

徐克拍全身上下的衣兜："坏了，丢了。"

吴振庆说："刚刚到手的政权，你却把它丧失了！我们怎么向战友们交代？"用舌头顶了顶牙，又说，"他那一拳可真够狠的，把牙都打松动了！"吮了吮，往地上啐了一口……

王小嵩家。

母亲给弟弟一张字条说："快念念，这上写的什么？"

弟弟念道："妈妈，我和郝梅去大串联，请不必为我们担心……"

一列飞驰的火车……

红卫兵在天安门广场接受检阅的场面，真正是空前绝后的壮观。

弟弟仍在读信："妈妈，我和郝梅都幸福地被毛主席他老人家检阅过了！被毛主席检阅过的红卫兵，就是谁也不敢怀疑革命精神的红卫兵了。我们今天离开北京，去四川参观大地主刘文彩的'收租院'……"

母亲一下子跌坐在床沿说："又跑四川那么远去啦！看他回来我不打死他！"

吴振庆的母亲惶惶而入，她说："他婶，你说可让人上火不？我们振庆带着老徐家狗子串联去了，都一个多星期了连封信也见不着！老徐家她婶急得天天哭，又瘫在床上。你说这俩孩子要是有个什么意外……"说着，她坐在母亲身旁抹起泪来。

母亲安慰她："快别急，急也没用。我们小嵩不是也串联去了嘛！他们都会平安回来的。"

吴振庆的母亲说："你说，咱们背地里说句不革命的话……咱们拉扯大的孩子，还不都成了毛主席他老人家的孩子吗？他老人家在北京一句话，就都扑奔到他老人家身边去了，全不顾咱们当妈的替他们担着心，天天夜里睡不着觉……"

母亲说："快别这么说！背地里说也不好。他们热爱毛主席他老人家，咱们应该高兴才对。"

4

串联回来后，王小嵩跪在自己家的地上。

母亲手拿笤帚说："你还要带着郝梅！幸亏她也回来了！她要是有个三长两短，你负得起责任吗？你能对得起她爸爸妈妈吗？"

王小嵩说："妈，我再也不去串联了。"

"小二，拿剪刀来！"

弟弟将剪刀递给了母亲。

王小嵩说:"妈,您饶了我吧。"

母亲严厉地说:"低头!"

王小嵩低下头去……

剪刀剪动,一绺绺头发落地,妈妈狠心地给王小嵩剃了个"鬼头",不让他再出去胡乱串联。剃完头,妈妈又说:"明天你到乡下,看你小姨去吧,现在她在一个气象学校。"

王小嵩答应了。

气象学校。

校园绿地边的长条椅。

王小嵩和小姨坐在那里。

小嵩说:"小姨,我真想你,总想来农村看你,可现在太紧张,刚刚串联回来,又得到学校开经验交流会,还要继续抓党内走资派。"

小姨问:"去串联挺有意思的吧?那能见见大世面呢!"

小嵩有点兴奋:"是,见到毛主席了,他老人家真健康,对红卫兵小将可关心了。他接见我们时,大家都哭了,还见到了林副统帅,那么多记者给我们照相。"

小姨沉思起来。

小嵩问:"小姨,你怎么啦?"

小姨醒悟:"啊,我在想,我这次来气象学校,本想学学气象,可我当村支书的哥哥也被打成走资派了,气象学不成了。"

小嵩急忙问:"那你去我家吧?"

小姨摇摇头:"我爹妈身体都不好,家里的活我都得干,还有秀秀呢。"秀秀就是小姨那年在他家生的孩子。

王小嵩说:"对了,秀秀呢?我得见见她。"

"在屋里,走,咱们进去。"

在林荫路上,五岁多的秀秀迎面跑来,她喊着"妈妈"。

小嵩、小姨迎过去,小嵩抱起秀秀。

小嵩抱着秀秀说:"秀秀都这么大了!秀秀,认识我不?"

秀秀摇摇头,又说:"认识,你是小嵩哥哥。"

小姨笑了:"对,这就是小嵩哥哥。"

秀秀说:"小嵩哥,我早就认识你,妈妈天天念叨你。"

小嵩亲了一下孩子,唱:"新盖的房,雪白的墙,屋里挂着毛主席的像……"

三人有说有笑地向屋里走去。

从农村回来,王小嵩的主要工作是——家务劳动。

他光着脊梁,高挽着裤筒,在中午的太阳光下做煤饼。他的头因为被母亲剪成"鬼头",所以戴着单帽,样子有点怪。

一个妇女向他家走来问:"小嵩,做煤饼子啊?"

"是啊大婶,今天太阳好,想多做些。"

妇女夸奖他:"这孩子,真帮家!怎么光着脊梁,倒戴顶帽子啊?"

王小嵩支吾:"怕晒久了……头晕。"

妇女心不在焉地应着,走入了他家。

又一妇女走入他家。

又一名妇女走入他家,进门前还四方窥测一番,仿佛怕有跟梢的。

王小嵩不禁犯疑。不做了,悄悄走入家里,在里屋门外倾听。

母亲和四名妇女正在商讨什么。一个个愁眉不展、六神无主的样子。

"要是我们不揪出个人来,游斗一番,那些红卫兵小将,还会再来的!"

"可不咋的,肯定还会再来的!"

"昨天他们吆五喝六的,可把我吓死啦,俺可没见过那阵势。"

"也不知是谁家的孩子,干吗偏偏跑到我们这么一个街道小工厂'煽风点火'啊!"

"唉,五洲震荡!"

母亲说:"就算是演场戏给那帮孩子看,也非演不可是不是?"

女人们说:"是啊是啊……"

"张厂长创办了咱们这个小厂，咱们这帮家庭妇女才有了干活挣钱的地方。再说人家又没什么过错，为咱们一年到头辛辛苦苦的，不容易。"

母亲说："我听说他女人有心脏病，他是四个半大孩子的父亲，咱们可不能做伤天害理的事啊！"

"是啊是啊，所以姐妹们才推举我们四人，找你来商量商量。大家都说你是个能拿大主意的女人。"

"按说，不该把你扯到这件事儿里，你刚申请入厂，还没批准正式上班嘛。"

"姐妹们说了，如果你能替姐妹们，替厂里，其实也就是替你自己受点儿委屈，那大家将来一定将你当活菩萨供着。"

"你想想，要是听凭那些孩子们，把个小厂给搅黄了，你不是也没处上班了吗？"

母亲听出点意思来，她问："你们的意思是——"

"干脆开门见山地说吧，你……你能不能舍出自己一次脸面，假装一回'走资派'？反正那些半大孩子，也不知究竟谁是真的、谁是假的。"

母亲一愣，渐渐地矜持起来。渐渐地又觉得可笑，不由得笑了："我？假装一回走资派？哪个姐妹这么有眼光，单看我行？"

"这个……"

"嗨，大家的眼光呗，凡事都走群众路线嘛。"

女人们的表情皆有些不自然。

王小嵩闯入里屋，怒吼："你们怎么不假装一回'走资派'？我妈不当活菩萨！将来也不到你们那个小破厂去上班！"

母亲劈面扇了他一耳光："大人们的事儿，哪有你参与的份儿？还不给我滚出去！"

王小嵩仍想说什么，母亲又举起了巴掌，他只好悻悻退出。

母亲说："我看，在我这方面，也没什么不行的。"

"恐怕，还得戴高帽。"

"那就戴吧。"

"少不了还要挂块牌子。"

"那就挂吧。"

"也得涂鬼脸啊，假戏，可是要真唱的呀！"

"那就涂吧。"

"还得剃鬼头……"

母亲顿时正色道："那不行！脸抹黑了，回家洗洗就能出门了。剃了鬼头，还叫不叫我见人？非要剃鬼头，你们就另请高明！"

众妇女忙说："不剃了不剃了！"

"你别急你可别急，说说而已嘛！"

王小嵩气得在门外狠狠往土墙上擂了一拳。

晚。

王小嵩家。

月光照在炕上，弟弟妹妹睡着了。母亲睁大着双眼，望屋顶。

王小嵩凑向母亲说："妈，你傻了？"

母亲说："妈不傻。妈不过想有活干，有钱挣，让你们能吃得好一点儿，穿得好一点儿，上学交得起学费，再也不必妈为你们四处开免费证明。"

王小嵩说："那你也不能……妈，我求求你，明天别任人家摆布。"

母亲说："说出去的话泼出去的水。已经答应了，不能反悔。"

三辆敲锣打鼓的游斗卡车。车上，一些戴高帽、挂牌子、涂鬼头的书记、主任、处长、厂长……弯腰低头，已"各就各位"。

同样戴着高帽、挂着牌子、涂了鬼脸的母亲，被女人们"押"至车前。

母亲上不去车。她向车上的人伸出只手，有些生气地说："嗨！你们就不能拉我一把啊？眼睛都瞎了？"

于是几只手同时伸向她。

女人们也从后托举她。

母亲上了车，嘟哝着："挺大些个男人，都没个眼力价！"

母亲左右瞧她的伙伴——见她左边的一个胖男人，挂牌子的铁丝，深深勒入脖子的肌肉里。

母亲批评他："你怎么能'同意'他们给你做这么重的牌子？"

那胖男人略微抬起了一下头，用瞧火星来人那种眼光，惊愕地瞧着母亲……

母亲说："这时间久了，还不把头勒掉了哇？你这人也真傻，还不担在车板上。"她替那人将牌子拎起了一下，放下时，一角担在车板上。

那男人却说："这样子不行，这样子不是老实的态度。"

他自己又恢复了刚才的挂法。

这一回轮到母亲以惊愕的眼光看着他了。

王小嵩夹在看热闹的人群中，心情复杂，远远望着母亲。

车开走时，母亲也望见了他，大声嘱咐："把豆角掐了！晚上妈给你们炖豆角！"

将被游斗的人送到市郊区。得徒步走回来，不许乘车。天不黑不许进入市区，这叫作"送瘟神"……

王小嵩家。

三个孩子在掐豆角。

"小嵩，跟我接你妈去！"王小嵩和弟弟妹妹一抬头，见是吴振庆的父亲，他拎着一个行军水壶和一个用带子系着、可以背背的暖水瓶。

王小嵩和弟弟妹妹同时站起。

吴振庆的父亲对弟弟妹妹说："你们别去，给我在家老老实实待着！"

弟弟妹妹见他说得严厉，不无畏惧地坐下了。

他对王小嵩说："带一条湿毛巾。"

市郊公路上，吴振庆的父亲骑自行车驮着王小嵩。王小嵩背着用带子系着的暖水瓶。

王小嵩问："叔，振庆他们来信了吗？"

"来了，和二狗在广州哪！我他妈的还没去过广州呢。等他回来。我也要像你妈治你一样，给他剃鬼头！"

在岔路口，吴振庆的父亲说："下车吧！"

两人都下了车。

吴振庆的父亲说："前几批'瘟神'，都是被送到那边的野树林里。我估计你妈他们也被送到那儿了。你去找吧！"

王小嵩望望树林，望望老吴，踟蹰不前，似希望老吴陪他去。

吴振庆的父亲看了忙说："我不可能陪你去，儿子找妈，谁也扣不上什么罪名；我是大人，我陪你去，那问题可就不一样了。这点儿革命道理你还不懂？"

王小嵩说："那么远，我和我妈怎么回去呀？"

"一会儿二狗子他爸也骑车来。我们在这儿等你们娘俩儿，偷偷把你们驮回去！"

"那……那些人呢？"

"那些人我当然就不管了！这又不是郊游，还包接包送啊！"

王小嵩只身前去。

吴振庆的父亲在其后叮咛："壶里的水是给你妈洗脸的！脸不洗干净了可不敢驮你们，进了市口就得被拦住！"

静幽幽的野树林。

黄昏的夕照洒入林间。

王小嵩边叫边寻找："妈，妈！"

他发现了一个人影，快步奔过去："妈！"

背对着他的人回过头来，不是母亲，是一个男人。他那被涂黑了的脸，那麻木的神情，使王小嵩骇然。

王小嵩后退。

那人缓缓扭过了头。

这里那里，"瘟神"们的背影或蹲或站，王小嵩仿佛在怪梦中。

他终于发现了母亲……母亲弯腰在草中树根下采什么。

王小嵩叫了一声："妈！"

母亲挺起腰抬起头："你怎么来了？你看妈采了多少蘑菇！"

母亲用她戴的高帽装她采的蘑菇。

王小嵩从身上取下行军水壶，缓缓倒水，母亲接水洗脸。

行军壶中的水光了，他又取下暖瓶，倒暖瓶中的水。

忽然几双手都伸过来接水——几个"瘟神"不知何时聚来，争先恐后。

水又倒光了，然而他们的脸却并没有洗净，一个个不黑不白的。

母亲擦完脸，将毛巾递给一个"瘟神"。

他们争抢毛巾。

王小嵩将高帽中的蘑菇倒在母亲衣襟里，一脚将它踢开。

母亲却去捡一块牌子，撕去其上贴的白纸。

母亲又捡一块牌子，边捡边说："都捡回家去，过日子能用得上的。"

远远地望得见城市的轮廓了。

两辆自行车前后分别驮着王小嵩和母亲。

王小嵩还夹着几块捡来的三合板。

在他们背后，夕阳如血……

至夜，王小嵩和母亲回到了家里。

和弟弟互相搂抱着缩睡在墙角的妹妹扑向了母亲，审视母亲的脸。

母亲说："不黑了吧？我说的嘛，妈还是你们从前的妈，一点儿都不会变。"

弟弟下了炕，将盛豆角的篮子捧到了母亲眼前："妈，豆角儿全掐完了！"

母亲说："妈累了。明天再炖吧。"

弟弟指桌子："妈不用做饭了，你看！"桌上摆着几个饭盒。

母亲打开一个饭盒——雪白的精米饭和炒鸡蛋。

又打开一个饭盒——馒头和两条煎小鱼。

母亲问："是你们吴婶家和徐婶家送来的吧？"

妹妹抢着回答:"不是。是来过的那些阿姨们送的。二哥说要等妈回来一块儿吃!"

"什么阿姨,都是些坏女人!"王小嵩拿起一饭盒欲摔。

母亲拦住他,轻轻打了他一下:"去,取两个碗来。"

母亲从饭盒里往碗里拨菜——拨出了一个纸卷。

母亲打开纸卷,内中是钱。

她将纸递给王小嵩,命令地说:"念念。"

王小嵩不情愿地念道:"大姐,避几天风口浪尖儿,你就悄悄来上班吧。这十几元钱是姐妹们凑的,你先花着……"

5

吴振庆和徐克串联回来了,他们和王小嵩一样整日也只是龟缩在家里。一日,吴振庆跟在父亲身后从家里出来,一手拿贴饼子,一手拿块咸菜,咬一口贴饼子,啃一口咸菜。

韩德宝走来,召唤他:"振庆,你过来一下。"

吴振庆看看父亲——他也头戴一顶单帽,果然也像王小嵩一样,被剃了"鬼头"。

父亲不置可否。

吴振庆问:"什么事儿,你说吧!"

韩德宝见吴振庆的父亲不那么太欢迎地瞪着他,不敢贸然走过去:"你过来一下嘛!就几句话!"

吴振庆只好走过去。

韩德宝说:"你说,总得有人将无产阶级'文化大革命'进行到底是不是?"

吴振庆看也不看他,咬一口贴饼子,啃一口咸菜。

韩德宝又说:"革命不分先后嘛,你们革那阵子,我是逍遥派。现在你们不革了,正好我革,这也算前仆后继是不是?"

"我又没死，你后继什么！"

"对对对，我说错了。我的意思是——一些人有一些人的历史使命，是不是？"

"别跟我讲大道理！你究竟想要我干什么，直说吧！"

"我要……政权……就是咱们学校那颗图章……反正你们也不到学校去了，握在手里对你们也没什么意义。"

吴振庆恍然大悟："那东西呀？你找徐克要去！我记得他说他又找到了。他如果乐意给你，我没意见！"

他说罢转身就走。

徐克头戴单帽，光着脊梁在自己家门前脱大坯。

韩德宝走来，蹲在他旁边，搭讪道："你这不行！草少了，干了准裂！"

徐克看看他："不行吗？那你就帮我铡草哇！"

"嘿嘿，我还有事儿呢！"

徐克说："那你就办事儿去！"啪地往模子里摔了一大捧泥，溅了韩德宝一脸泥点子。

韩德宝说："你这小子，干吗对我不友好？"

"我这儿干着，你旁边指手画脚，你说你烦不烦人哪！有什么事儿，你快说，说完快走！"

"好，我说！咱们关系咋样？"

徐克郑重地说："咱们挺好的啊！谁挑拨咱们关系了？"

"那倒没有。你……你把学校那颗章子给我吧！我们组织很需要它！"

徐克沉吟地瞧着他，并不马上回答。

韩德宝说："振庆已经同意了。"

徐克一声不吭，站起来便往家走。

韩德宝急忙说："哎哎，话还没说完呢，你别走哇。"

徐克不回头……

韩德宝嘟哝："真不够意思。"——站起来也要走。

徐克从家里出来，喊住他："德宝！"

韩德宝一转身，见徐克用一只泥手拎着个小红布包。

他跑了回来，在徐克面前肃立，伸出双手，弯下腰："我代表我们'反到底'战斗队，接受'学闯道'战斗队移交的政权！我二十一名队员发誓头可断，血……"

徐克说："什么？才二十一个人你们就想接管政权！"

他将手背到了身后。

韩德宝说："你别这样嘛！中国共产党，还是从几个人发展壮大的哪！你不给，不就等于耍我嘛！"

徐克问："振庆真同意了？"

韩德宝说："骗你不是人！"从头上一把抓下了单帽，"这顶军帽给你！真正的军帽！你看，部队的番号印在帽里儿上呢！"说着，将帽子一折，塞进了徐克裤兜。

徐克无言地将图章给了他。

包图章的是红卫兵袖标——韩德宝一手托着，一手展开袖标，见真是图章，立刻把手抓紧，感激地望着徐克。

徐克说："你们这叫攫取革命果实。"

韩德宝说："你脱坯干什么呀？"

徐克说："国家大事，我现在顾不上管了。我家厨房漏了，也太小了。我想盖一间小偏厦子。"

韩德宝说："等我们巩固了政权，我亲自带人来帮你盖！"他友好地捣了徐克一拳，困惑地又问，"哎，你们究竟为什么不革了？你们不是很穷吗？"

徐克说："要是革了还穷呢？又不许分田分地！"

韩德宝说："风物长宜放眼量嘛！"

"那好，等你们革到全国山河一片红的时候，我们跟着沾革命的光吧！"

又一些泥点子溅到韩德宝的脸上，他拍拍徐克的肩，站起来说："放心，到那时候我封你是帮助过革命的民主人士什么的！"

大雨如泼。吴振庆父子拉车过一处铁路线，车轮卡在铁轨中——父子二人拼命抬车——车被抬出，但是失控地往前冲，轮子轧过了吴父的一条腿……

吴振庆扑向父亲，将父亲上身搂在怀里，大声呼叫。

他撸起父亲的裤腿儿——血。

吴振庆举目四顾，无人——只见车栽在路旁。

他求助地朝八方喊叫着……

雨淋在他哭泣的脸上。

吴振庆家。

里屋的门半开半掩——可见炕的一角及父亲上了夹板的腿。母亲自言自语："这可怎么好，一家人靠你一个人吃饭呢！"

父亲恼怒的声音："别叨叨啦！我愿意的吗？"

吴振庆垂头坐在小凳上，王小嵩和徐克同情地望着他。

吴振庆倏地站起来，冲里屋大声说："妈，我要代替我父亲拉车！"

母亲的声音："你能拉得动？说大话行！"

吴振庆说："拉不多，不可以拉少吗？力气是重活练出来的！"

徐克拍拍他肩："我有空儿，就帮你去拉！"

王小嵩说："还有我。"

中午，炎日之下。

徐克和王小嵩一前一后帮吴振庆拉车。

他们坐在路边休息——吴振庆掏钱买冰棍。

吴振庆说："三根五分的。"

徐克说："三分的吧！"

卖冰棍的老太太瞧瞧这个，瞧瞧那个，不知该听谁的。

王小嵩坚决地说："三分的！"

吴振庆说:"那,听他俩的吧。"

老太太说:"都挣钱了,还舍不得吃根五分的冰棍?"

徐克故作严肃地说:"毛主席教导我们:'财政的支出,应该本着节省的方针。'"

老太太愣神儿地看着他。

三个好朋友坐在人行道沿上吮着冰棍,望着眼前戴各种袖标的人来往,望着宣传车缓缓而过,似乎都显得很漠然。

徐克家,小土坯偏厦子已经基本盖起来了——三个好朋友,一个在房顶铺油毡,一个在抹墙,一个在安装窗框。

晚。王小嵩家——一家人正在吃晚饭。

敲门声——王小嵩放下饭碗去开了门,门外站着的是郝梅。

母亲说:"小梅快进来,吃饭了没有?"

郝梅摇头,双手掩面,侧身哭泣。

郝梅说:"我爸爸和我妈妈,都被送到干校去了,我们家被别人家占了。"

母亲惊愕:"怎么,连你的小屋都占了吗?那也别愁,别哭,先吃饭。吃完饭带你找他们讲理去!"

郝梅说:"我的小屋倒没占。可出来进去的,那一家大人孩子,都不拿好眼色看我,我不敢和他们住在一起。"

母亲一时也没了主张,不言语了。

王小嵩说:"妈,先让郝梅住咱家吧!"

"这,行倒是行。可……"

郝梅说:"我不嫌挤,晚上有个睡觉的地方就成。我还愿意帮着干家务活儿。"

母亲走到郝梅跟前,替她擦眼泪:"瞧你说得可怜劲儿的。咱们家也没那么多家务活儿。只要你自己不觉得委屈，你就住下。"

妹妹说："妈，小姨住在咱家的时候，不都睡开了嘛！"

母亲朝炕上望望，又望望王小嵩，似有不便明言的顾忌。

王小嵩说："妈，徐克家的小偏厦子已经能住人了。我可以到他家去睡，和徐克做伴儿。"

母亲说："就这么定了，郝梅也能睡得宽松些！"又对郝梅说："孩子，你就拿这儿当家。一点儿别见外才好。"

郝梅看看王小嵩，点了点头："嗯……"

吴振庆、徐克、王小嵩三人依次雄赳赳地来到了郝梅家。他们都臂戴红卫兵袖标，胸前别着主席像章。吴振庆不知从哪儿搞了一套军服穿，腰间还系着军皮带。他们擂门。

宅内传出气势汹汹的问话："谁？"

吴振庆也来者不善："我！"

"你是谁？"

"少啰唆！开门！"

门开了——三人不由分说，往里便闯。

"哎哎哎，你们干什么？这可是私人住宅，你们知道不知道？"开门的中年男人，脖子上搭着毛巾，下巴和腮帮子全是肥皂沫儿，手里拿着刮胡刀。

吴振庆一只手往腰间一卡："是你家的私人住宅，还是别人家的私人住宅？"

"这……原先是别人家的……现在……现在是我家的了。"那人有点儿被吴振庆的来势唬住了。

吴振庆问："哪方面批准的？"

"我们区委一个革命组织。"

"据我所知，你们区委十几个组织呢！谁知道你那个组织究竟是不是革命组织？"

"是，是！肯定是！我们是第一批起来造区委反的。我们那个组织是'捍江山'战斗队。"

吴振庆微微侧脸问王小嵩："听说过吗？"

王小嵩轻蔑地摇头："从没听说过。"

吴振庆说："量你们也不过是一小撮儿！所以我的部下连听说也没听说过。"

那男人说："你是……"他狐疑地上下打量吴振庆。

徐克厉声喝道："放肆！要称'您'。"

那男人被吓得一抖："三位红卫兵小将别误会。千万别误会，咱们可不能大水冲了龙王庙，一家人不认一家人啊！"

吴振庆傲慢地说："谁跟你是一家人？"

徐克说："我们是'鬼见愁'联合行动总指挥部的！鬼、见、愁！能明白是什么意思不？"

"明白明白……"

王小嵩说："他是我们联合总指挥部敢死队的大队长！全市造反派攻占省委大楼的战役中，他立下过汗马功劳！"

吴振庆说："这幢房子，本来我们敢死队早就看好了，准备以革命的名义征用的。既然你们在不了解情况之下占了，也就占了。但是，说不定哪一天，我们可能就来收复。收复时如果发现哪一件家具损坏了，唯你是问！"

那男人说："我们一定爱护，一定爱护。"

一个五六岁的男孩儿从郝梅的小房间探出头，不安地窥望。

徐克对他做了个恶相，把他吓哭了——那男人赶紧把他拉走。

电话响了——王小嵩走过去接电话，对吴振庆毕恭毕敬地说："吴大队长，副司令的电话。"

吴振庆接电话："嗯，是我。这家人家还算识趣儿。我看，就让他先替咱们看守着这幢房子吧。"他一手卡腰，将电话朝那男人一递："我们副头儿要指示你几句。"

"副头"就是韩德宝，他在学校里打电话。他说："你老老实实听着，如果胆敢对我的部下稍有不恭，稍有违抗，我五千'鬼见愁'战士，将对你们那个组织予以毁灭性打击！包括对你本人！我们的革命宗旨是，顺我者昌，逆我者亡，对抗者，严剿不怠。"

那个男人连声说："不敢，不敢！红色恐怖万岁，万岁！"他彻底被威慑住了。放下电话后惴惴地望着吴振庆他们。

吴振庆对徐克指示："你们该拿什么，就拿什么吧。"

于是徐克和王小嵩走入郝梅的小屋——王小嵩熟悉地从床下拖出一只旧皮箱，两人将有用的没用的，能塞入皮箱的东西，尽量塞进去。

在客厅——吴振庆此时已换了副嘴脸，在做手指游戏，逗那男人怀中的孩子："老头儿老头儿出来！老头儿老头儿没了，老头儿老头儿又有了……"

那孩子笑了。

吴振庆说："叔叔并不那么可怕吧？叔叔们今天'造反有理'是为了你们这一代，以及下一代，将来不受二遍苦，不遭二茬罪。"又问那男人："对不？"

"对，对，咱们革命的大方向都是一致的。"

徐克和王小嵩从郝梅的小屋出来了，一个拎着一只看去很重的大皮箱，一个肩上斜背着一个不小的用床单扎成的包裹。

王小嵩还拎着手风琴箱。

那男人问："你们这是……"

吴振庆说："我们要对这家的女儿实行监管。遵照毛主席发扬革命人道主义的教导，这些常用的东西由我们带给她。"

王小嵩说："我们走后，你要把这个房间封起来；不经我'鬼见愁'联合行动总指挥部允许，任何人不得擅自闯入。"

"照办，照办……"

三人携带着东西走在路上。

韩德宝率领十几人，骑着自行车迎面而来。

韩德宝刹住车，一只脚踩在人行道沿上问："这么快就办完了？我那个电话起到点儿威慑作用了吗？"

吴振庆说："何止起到了点儿！我在旁边都听到了。你那几句话说的，那真叫……"没形容词儿，他看王小嵩。

王小嵩张口就来："黑云压城城欲摧！"

韩德宝得意地笑了："这不，我还不放心，亲自带人来给你们助威的！"

吴振庆感激地说："一辈子不忘你的革命正义行动！"

徐克问："哪儿弄来这么多车辆啊？"

韩德宝说："向老师们征用的！给郝梅带个好！我忙，还得组织老师们学习无产阶级革命教育路线。真像毛主席说的那样，巩固政权比夺取政权难得多啊！"他掉转自行车，率众而去。

三个好朋友望着他们，似乎一时又都不无羡慕。

徐克看着吴振庆说："本来应当咱们掌握政权的。"

吴振庆说："算了，你没听他说巩固政权比夺取政权还要难嘛！"

三个好朋友拥挤地躺在徐克家的"偏厦"中，里面有几块用木板临时搭的床。

王小嵩望着门，对徐克说："你的木匠手艺还真行！"

徐克说："没有你给我那几块胶合板，这门我也做不成。"

王小嵩说："不是我妈，我也捡不到那几块胶合板。"

通向里屋的门内，传出了徐母的呻吟声。

徐克赶紧蹦下"床"，顾不上穿鞋就奔入里屋。

徐克问妈："妈，妈你怎么了？你觉得哪不舒服？"

徐母说："快……水……心口堵得慌。"

徐克端来水说："妈，你慢点儿喝，别呛着。妈，等我把小屋彻底收拾好了，给您再盘一面火炕，您就再也不用整天躺在这间见不着阳光的屋里了……我盖那小屋可朝阳啦！我现在就背您到小屋看看？"

一会儿徐克从里屋出来了。

王小嵩说:"徐克真孝顺!"

吴振庆说:"也就是最近吧。他惹他妈生气那些事你都忘了?"

三人重新躺下后,吴振庆忽然想起一个人来。他像是自言自语地说:"很久没见到张萌了,也不知道她的情况怎么样。"

王小嵩说:"是啊。我们毕竟是'红五类'。不过家里都穷点儿,政治上比她和郝梅却要乐观得多。"

吴振庆说:"她处境还不如郝梅呢,郝梅还有咱们关心关心。"

徐克说:"你们真多余,张萌根本用不着咱们去关心她!我看她活得挺不错,还和从前一样那么傲气!"

吴振庆说:"你怎么知道?"

徐克说:"我又见着她一次,和一个男的,手拉着手,慢悠悠地走着,还有说有笑的。"

吴振庆问:"手拉着手?我不信!"

徐克白了他一眼:"那男的,是市红代会的一个头儿。二中高一的。你们还记得那一次红卫兵誓师大会,有个小子带头喊'踏平伦敦,解放巴黎,占领纽约,光复莫斯科'吗?就是那小子。我一眼就认出了他!张萌也看见了我,把头扬得老高,装没看见。"

吴振庆说:"这不可能。这根本不可能!张萌她心里对每一个戴红卫兵袖标的人都恨死了——我知道这一点!"

徐克说:"我也没非逼着你相信不可啊!"

王小嵩沉思着:"我看,也没什么不可能的。"

吴振庆烦了,说:"咱们说她干什么?说点儿别的。"

徐克说:"是你先提起她的。"

吴振庆说:"我……我不愿遭她恨。她家被抄那一天,我也围着看来着。她发现了我……其实我不是幸灾乐祸地去看热闹,是想偷偷找个机会,安慰安慰她。"

徐克说:"那你还总对她那么凶!"

"我也不明白自己是怎么回事,好像不那样对待她,就不知该怎么对待她似的。也许，我对她只能那样吧。"

徐克问："什么叫只能那样啊！"

"那我对她还能哪样？"

"也可以像小嵩对待郝梅那样嘛！"

吴振庆叹了口气："她小时候，我妈要是也看过她就好了。"

徐克欠身，研究吴振庆的脸。

"看我干什么？"

"得，我全明白了。"

"连我自己都不明白，你能明白什么？"

王小嵩说："这些天，我总想唱歌。"

徐克说："男愁唱，女愁哭。"

吴振庆说："唱郝梅总爱唱的那首歌吧！"

王小嵩问："那首苏联的'三套车'？"

"别唱。'老修'的歌有什么好听的！"徐克说。

吴振庆说："唱！"

王小嵩来了个调和："我用口哨吹吧！"

于是他吹起了《三套车》。

于是吴振庆和徐克也随着哼了起来。

吴振庆眼角渐渐淌出了眼泪。

几个月后，他们都不得不报名下乡了。包括郝梅。连在学校里掌握了一阵子"政权"的韩德宝也没能侥幸例外。

快走了，三个好朋友和郝梅、韩德宝，分上下两排坐在江堤的台阶上，望着在月光下悠悠流去的松花江水。

徐克忽然站起，欲脱背心。

吴振庆问："你干什么？"

"两天后就去北大荒干活了，再痛痛快快游一次！"

吴振庆严厉制止说："就你那两下子狗刨，逞什么能？沉底了我都看不清你在哪沉底的，救不了你。坐下！"

徐克倒也听话，乖乖坐下了。

韩德宝说："早知道都一样对待，我还满腔热忱地掌什么权啊！"

一对情侣的身影从他们面前经过。他们的头一致转动，随望着……

徐克看着吴振庆问："是张萌吧？"

韩德宝说："像她的背影。"

郝梅试探地喊："张萌！"

苗条的身影站住，扭头朝他们望来——两个身影分开了。

徐克忙说："挽着她的，就是'红代会'那个头儿。"

两个身影又往前走去，重新互挽着。

徐克说："我看她明明是认出了我们。"

韩德宝说："他们倒他妈的怪有情调的！"

郝梅站起跑下了台阶。

王小嵩叫："郝梅！"

郝梅追上了两个身影，拦在他们面前。

张萌抬头："郝梅？"然后对她的伴侣说，"我小学同学，你在前面等我。"

他打量了郝梅一眼，只好独自往前走。

郝梅问："我叫你，你没听出我的声音？"

"听出了。"

"听出了，却不愿理我？"

"不愿理他们几个。"

"他们怎么了？却愿和那家伙像一对恋人似的？"

张萌说："不是像。"

郝梅惊道："你！……在全区的批斗大会上，他用皮带抽过我父亲，也抽过你父亲！"

张萌说："但也正是他，打算进行说服工作，早日'解放'我父亲，并且争取早日将我父亲结合进'革委会'。"

郝梅说:"可我父亲因为不愿昧着良心揭发你父亲,和我母亲双双被发配到农场改造去了!"

张萌说:"我父亲过去重用过你父亲,你父亲现在为我父亲受点委屈,你有什么可气愤的?"

郝梅说:"可耻!"

台阶上,王小嵩欲站起来。吴振庆抓住了他的膀子:"你别去!咱们男生不要介入她们两个女生之间的事!"

张萌说:"我可耻?可是我将继续留在城市。你们光荣,可是你们将在广阔天地里炼一颗红心,滚一身泥巴,磨两手老茧……而且——永远……"

郝梅气得说不出话。

张萌又说:"恕不奉陪!"双手拎了一下裙裾,做了一下"屈膝礼",扬长而去。

郝梅气得流泪了……

台阶上,徐克猛地站了起来,大喊:"张萌!你勾搭的那小子是我干儿子!"

张萌的伴侣摔开张萌的手臂一往无前地朝徐克大步走来。

吴振庆站了起来,从容踏下台阶。

徐克、韩德宝、王小嵩都随后踏下台阶。

对方不由得站住了。

吴振庆他们却还在往台阶下走。

张萌见势不妙,跑过来将她的伴侣拽走了。

王小嵩家。三个好朋友加上郝梅各自背着行李捆,拎着网兜、提包什么的,在和大人们告别。王小嵩的母亲、吴振庆的父亲、徐克的父亲,在一起送他们。

郝梅望着王小嵩的母亲说:"大婶,麻烦您想办法,告诉我爸爸妈妈。"

母亲说:"我会的。你放心去吧!……"又对王小嵩说,"要好好照顾小梅,啊?"

王小嵩依恋地看着母亲,默默点头。

吴振庆的母亲说:"你们一定要求分在一块儿,千万别分开,互相也好有个照应。"

吴振庆的父亲对吴振庆说:"你给我听着,你最大,你他妈的最有主意,你就是他们大哥。他们哪一个出了差错,或者不学好,你别打算再回来见我!"

吴振庆说:"爸,我一定记住你的话!"

徐克对父亲说:"爸,你……给我妈……在我新盖那小屋里盘个火炕吧!她都多少年没见阳光了。"

徐克像孩子似的呜呜哭了。

徐克父亲也落泪了,情不自禁地搂抱住儿子。

吴振庆说:"爸,你有空儿,帮我徐叔,给他们家那小屋再抹一层墙泥,要不冬天会冷的。"

"这还用你嘱咐嘛!"

家长们久久地目送着儿女们——当父亲的当母亲的,全都流下了眼泪……

经过在火车站几乎像是诀别的告别场面后,火车缓缓开动了。车轮一动,车厢里突然响起一个女同学失控的哭声——哭得那般绝望,那般失落。

韩德宝站起朝哭声传来处看了看,坐下后说:"是张萌……"

吴振庆等人面面相觑——看来她究竟没有留下来。

火车、汽车、马车……最后是靠着一双双在草甸子中吃力行走的脚,他们终于来到了北大荒。

第三章

1

一片齐腰高的荒蒿野草——它的纵深处传来拖拉机被陷住时发出的闷吼。隐约可见拖拉机的烟筒顶端,喷吐出时浓时淡的烟缕。一面旗帜在更远处飘扬,仿佛没有旗杆,旗杆被荒蒿草遮蔽了。

拖拉机的闷吼声变得畅快了——它终于摆脱了淤陷。

荒蒿野草向两旁倾倒,如被巨蟒的身躯轧过。

一台泥头泥脸的拖拉机突然出现在蒿草地域的边际,履带糊满泥巴,绞着花草。

一位着旧军装的中年男人拨开蒿草——他是连长。他衣上溅了不少泥浆点子,挽着裤腿儿。看不出他脚上穿的究竟是一双什么鞋,因为那已经是一双泥鞋。

展现在他眼前的是一望无际的开阔地——这里那里,野花烂漫。

连长朝后一招手,大声而且充满乐观地喊:"都来吧!到连队啦!"

蒿草分拨开处——吴振庆、徐克、王小嵩、韩德宝、郝梅、张萌等一批知识青年依次出现。他们一个个泥猴儿似的不成个孩子样儿。

他们面面相觑——这就是"连队"吗?怎么仍然是茫茫的野草,不见一所房子,我们究竟住在哪儿呢?他们最后都将目光投在连长身上。

吴振庆鼓起勇气说:"连长,连队……在哪儿?"

连长却已蹲在地上,从拖拉机上抠下了一大块泥巴用手攥着,赞叹地自言自语:"嘿,太肥啦!能攥出两手油来!"

开拖拉机的老战士跳出驾驶室,问连长:"这一大片都归咱们连啦?"

"不归咱们也得行啊!"

一些老战士、老职工也拨开蒿草出现了——扛着知识青年们的行李箱,拎着他们的网兜手提包之类。

一名老职工刚要把他扛着的柳条箱放在地上,立刻遭到一知青的抗议:"哎,你别把我的柳条箱放地上哪!这又是水又是泥的,能放吗?"

分明地,那老职工想抢白一句什么,但却忍住了没说,只好将柳条箱扛在肩上。

替知青扛着东西拎着东西的老战士、老职工和一个个心灰意冷的知识青年,都望着连长。

连长说:"大家先扛会儿!谁叫你们是老战士老职工哪,这点儿义务还是应尽的嘛!"

他走向拖拉机,从驾驶室取出两把镰刀,给了开拖拉机的老战士一把,紧接着一弯腰,唰唰,割倒了一大片草。

韩德宝、徐克等几名知青悄悄怂恿吴振庆:"你倒是问问啊!"

吴振庆说:"我不是问过了嘛!他不回答,我有什么办法?"

徐克说:"刚才他没听见,你再问一句怕什么?"

吴振庆说:"我也不能老做出头鸟哇!你没听说过枪打出头鸟这句话吗?"

开拖拉机的老战士也割倒了一大片草,他将两片草集中在一起。

连长对知青们说:"东西都放在草上!"

徐克问:"连长……"

连长回头看他:"嗯?"

他指着吴振庆说:"刚才他问你……咱们连队在哪儿啊?"

连长说:"肯定就在这儿!找找,没错儿!"

他说完继续割草。

徐克百思不得其解地嘟哝:"找找?"

老战士老职工们窃笑。

郝梅忽然有所发现,她用手一指:"在那儿——"

知青们的目光一齐顺着她手指处望去——泥土中钉入一块牌子,上写"十三连在此!"

……

连长吩咐老战士老职工们:"都先忍着点儿烟瘾吧!天黑前,抓紧时间支起帐篷,垒好炉灶,把晚饭吃到肚子里边去!"

于是他们极其顺从地扔了烟,开始从大爬犁上往下卸东西……

王小嵩轻声然而很清楚地说:"他骗了我们!"

连长回头:"嗯?谁说的?"用目光在知青中寻找说话之人。

郝梅向王小嵩使眼色,希望他缄默。

吴振庆挺身而出:"我说的!"

连长说:"又是你。你叫吴振庆,对吧?"

"对。没有过第二个名字!"

知青对峙地瞪着连长。

卸东西的老战士老职工们默默关注着事态。

连长说:"这你可得好好给我说清楚。我怎么骗了你们?我也不能平白无故地承担骗子的罪名啊!"

王小嵩说:"动员我们来的时候,可没讲这儿连住的地方都没有!讲的是砖瓦房、沙石路,完全机械化,上工下工,卡车接送……"

一名老战士教导他:"谁这么骗你们的,你们将来找谁算账去。可不许跟连长胡闹!从今天起,你们就都是兵团战士啦!是战士,就得懂点儿战士的规矩。"

另一名老战士揶揄地说:"一句骗你们的话不讲,你们就能唱着歌儿来了。"

"都一边儿去！没你们的事儿！"连长说，回头又对知青们说，"我也觉得，你们如果都是听信了那样的话才来的，当然等于是上当受骗啦！不过，我可没到城里去动员你们是不是？咱们一路上，我总是不断地对你们说，要充分做好应付艰苦的思想准备是不是？"

韩德宝凑到了连长眼前，用商量的口气说："连长，那……我不在这个连队了行不行？不是有三十几个连队吗？再把我分到别的连队吧……您不是从骑兵部队转业来的吗？我爸也当过骑兵。兴许你们还是战友呢，我爸叫……"

吴振庆厉声呵斥："韩德宝！"

连长说："嚯，刚来就跟我套交情，现在要求调到别的连队去可晚了。我实话告诉你们，这儿离最近的连队，有四十里，不，四十公里。"

知青们又一阵面面相觑。

王小嵩说："够啦！你还好意思告诉我们这一点，反正你们都是一伙的，尽管你没亲口骗我们。"

郝梅跺了下脚："小嵩！"

她走过去，将王小嵩拉到一边。

连长笑了笑："他这么一说，我还真有点儿不好意思。因为他起码说了一个事实，不但我和那个对你们讲假话不讲真话的人是一伙，而且，今后和你们也是一伙的。棒打不散。今后咱们都是北大荒的人，还不是一伙吗？"

知青们都只有默默听着。

连长说："我理解你们，风餐露宿三天多，满心希望能洗上个热水澡儿，被请进一切都布置好的砖瓦房里，往热炕上一躺，美美地睡一觉，第二天各处参观参观，发现自己来到的地方，比梦里梦见的更理想、更美好。砖瓦房，其实是有的……"

韩德宝迫不及待地问："在哪儿？"

连长说："在你们将要盖起它的地方！"

郝梅却从拖拉机链上拔出一株小花儿,在鼻子底下嗅了嗅。问连长:"连长这是什么花儿啊?"

连长说:"我也不知道。"见她似有些失望,又说,"以后知道了我会告诉你的。不过咱们现在没时间上植物课。吴振庆!"

"干什么?"

"要答应'到'。"连长又叫,"吴振庆。"

"到!"

"现在我正式任命你为知青班班长。咱们是部队编制,你们十二个人,正好够一个班。希望你好好干。将来知青多了,争取当排长。"

连长说完,帮着卸东西去了。

知青们又都将目光集中在吴振庆身上——他们的目光是复杂不一的——有嫉妒、有依赖、有毫不掩饰的不服气,还有的在乜斜着吴振庆冷笑。

徐克问吴振庆:"咱们……老站在这儿啊?"

吴振庆没好气地说:"你愿意老站这儿,那你就老站这儿!"他一转身也帮着卸东西去了。

徐克看看韩德宝说:"他干吗冲我来啊?"

王小嵩和郝梅对视一眼,默默地也向大爬犁走去。

徐克和韩德宝猛醒似的,挪动了脚步。

其他知青,情愿的,或者不那么情愿的,都仿佛被某种无言的命令所驱使,开始和老战士老职工们一起搬卸东西。年轻人是那么有意思。一旦投身于集体劳动中,即使不情愿的,看起来也干得挺欢。

突然有一个知青指着一个知青对吴振庆大声问:"班长,她怎么就可以那么特殊!"他指的是张萌。

张萌背对着人们,守着她的皮箱和她的东西,孤零零地坐在草堆上。

吴振庆喊:"张萌!"

张萌缓缓侧身望着他。

"张萌!"

张萌缓缓站起:"干什么?"

"要回答'到'！张萌！"

"到。"

"你怎么就那么特殊！"

"我……胃疼。"

王小嵩悄声说："真的胃疼，我看到她在路上吞药来着。"

吴振庆嘟哝："胃疼可以帮着卸点儿小东西嘛！"

连长走过来拍拍吴振庆的肩："小吴啊，当班长了，今后要学会关心战士了啊？"从身上取下军用壶递给他，"我也有胃疼病，这里不是水，是草药汤，胃疼时喝一口就管用，去，给她……"

连长轻轻推了吴振庆一下。张萌望着吴振庆向自己走来，眼泪在眼圈里打转儿，不知是感激连长，还是内心里充满了委屈，或二者兼而有之。

2

夜，降临在这一块荒无人烟的草地上，临时帐篷总算搭起来了，可是，谁知第一天就发生了真正的恐慌，一条蛇钻进了女知青的帐篷，而且咬伤了最怕蛇的郝梅（不知是什么情形，据说郝梅被蛇咬，与张萌有关）。幸而老兵团战士闻声赶到，打死了蛇，及时地治疗了郝梅的蛇伤。

第二天连长替郝梅的腿缠纱布，缠好后说："明天给我好好躺着，绝对不许弄脏弄湿伤口。在这地方感染了可不是闹着玩的！"

连长又望着众知青们说："明天起，先放你们两天假。洗洗衣服，美化美化咱们周围的环境。我呢，亲自给你们做顿三鲜汤！"

一名女知青问："哪三鲜啊？"

连长说："鱼，青蛙，还有那条蛇。你们就尽管守着锅可劲儿'造'吧，那才叫补呢。"

众知青似信非信……

嘹亮的号声。

帐篷里，知青们纷纷醒了。

韩德宝揉着眼睛嘟哝："不是说放两天假吗？"

徐克说："放假就等于可以躺在被窝里睡懒觉哇？起来起来！是战士就得闻号而动。"

知青们端着脸盆依次钻出帐篷。

最后欲钻出帐篷的是张萌，她似乎想起了什么，在帐篷口站住，回头望郝梅——郝梅低头系鞋带。

郝梅一抬头，两人目光遭遇。

张萌立刻旁视，嗫嚅地说："都怪我……"

郝梅问："怪你什么啊？"

"要不是因为我把帐篷掀开了一道底缝儿，你也不会被蛇咬！"

"怎么能怪你呢，你又想不到蛇会钻进帐篷。"

张萌见郝梅起身端脸盆，又说："你别出去了，我把洗脸水给你打回来。"

"我不至于……我可不愿一个人整天待在帐篷里。"

小河边，知青们在洗漱。张萌对郝梅说："你千万别碰水，弄湿了伤口可不得了。"说着拿起郝梅的盆，从河中打了盆水端到郝梅跟前放下。

吴振庆、王小嵩、徐克、韩德宝凑在一起洗漱。

徐克说："你们看，你们看。"

韩德宝问："看什么？"

"那位骄傲的公主呗，现在落到了侍候人的地步。"

不远处，张萌蹲在地下，绞湿了毛巾，递给郝梅。

郝梅说："没想到一往下蹲还真有点儿疼。"

张萌一边替她往牙刷上挤牙膏，一边说："你别不好意思，侍候你是连长交给我的任务。"

郝梅正擦脸，一听这话，看着张萌说："连长的原话是让你照顾我。"

张萌却故意不看她，淡淡地说："反正都是一回事儿。"

"不是一回事儿!"

"好好好,不是一回事儿,那请刷牙漱口吧!"张萌将牙缸和牙刷递给郝梅。

郝梅心中生气,但又不知说什么好,只是瞪着她而已。

韩德宝看见了说:"这才叫,小姐的身子,丫鬟的命!她最应该接受这种再教育啦!"

吴振庆将一口漱口水猛地吐出,严厉地说:"今后我如果再听到谁说这类话,我就对谁不客气!"

王小嵩说:"振庆……"

"叫班长!"

"班长……我看……我想……"

"什么我看我想的,有话直说!"

"直说就直说!"王小嵩说,"咱们别孤立人家张萌,她也怪可怜的。"

吴振庆瞪着徐克和韩德宝:"听见没有!"

徐克大叫:"听到了!"

王小嵩说:"也让张萌成为咱们一伙的吧!"

吴振庆说:"什么一伙不一伙的!刚来就搞小集团啊?"

"我不是那个意思。我的意思是——就像你父亲嘱咐你的那样,今后……你也对张萌关心点儿。"

"那就要看她首先对我怎样了。"

"不管她对你怎么样,你也得多关心她点儿。"

"我是你班长,你给我记着,以后别这种口气跟我说话!"

吴振庆说罢端着盆扬长而去。

韩德宝说:"你们看出来没有?刚封了他个小破班长,他就当上瘾了!"

徐克说:"小月孩儿咂手指头,他那是还不懂滋味二字哪!"

这时传来连长的呼唤声——"开饭……"

连长腰扎围裙,在帐篷前,一手持一把勺子,守着一左一右两个大盆——盆放在一木板上,木板两端垫着土块,土块是用铁锹就地挖出的,切得方方正正。临时的板案上还放着柳筐,筐内是烙饼。

男知青和老战士们取了饼,用饭盒、缸子、碗让连长盛了汤后离去,或单独或扎堆儿地吃起来。

女知青们却趑趄不前。

连长问:"你们是怎么回事儿?都怀疑我的水平?都不肯给我面子?"

郝梅说:"不是的连长,我们都不敢吃蛇肉。"

"哪还有什么蛇肉啊,肉都煮'飞'了,汤成了羹了……"

"那……我们更不敢喝了。"

连长说:"我早预料到这一点了,没有见这有两盆汤吗?这一盆是为你们做的,除了鱼没放别的!"

"真的?"

"当然!我是连长,能拿威信开玩笑?"

郝梅半信半疑地上前,连长往她饭盒里盛汤。

"你带个头儿,尝尝,不好喝,我也不勉强你们!"

郝梅尝了一口汤,对女知青们说:"鲜,真鲜!都快来放心大胆地喝吧,没治了!"

女知青们这才纷纷拥上前。

徐克喝完汤,对韩德宝、王小嵩和吴振庆说:"咱也尝尝给女同胞们做的汤什么味儿!"

他走去在另一盆里盛了一碗汤,喝了一口,自言自语:"一个味儿啊!"

他端着碗走到了女知青那一堆儿去:"哎,你们喝着好喝吗?"

郝梅说:"好喝呀!"

徐克朝连长那边瞥了一眼,小声说:"你们上当了!都是一锅汤,被连长分成两盆罢了。不过,蛇汤确实补身体。"

张萌愣愣地看他,瞧汤,忽然,放下饭盒,跑一边去吐起来。

有几个女知青也紧跟着跑一边去吐起来。

开拖拉机的老战士发现这一情形,朝连长使眼色。

连长扭头，大声喊："徐克，你过来！"

连长站起，训斥："好小子，你出卖连长！"

"连长，您别生气，我可不是成心的。"

"哼！"连长走向女知青们。

女知青们一个个不满地瞪着他。

连长低头，讪笑着吸烟。

郝梅看着连长，气愤地说："你这个人，怎么可以这样，还是连长呢！"

连长说："我说姑娘们，我先认错。不过呢，你们也得听我解释几句——从今天起，你们都得变一变了，变成什么样呢？要变成这样——什么苦都能受，什么活儿都能干，什么情况之下，说睡，倒身就能睡，哪一天断粮了，只要是没毒而又能吃的东西，管它什么，都敢吃。"

张萌问："还会……断粮吗？"

"那可保不定。今天，就算对你们一次小小考验吧。"

他说完离开。

女知青们望着他的背影——继而互望。

郝梅端起自己的碗，一闭眼，一口气喝完了汤。

女知青们讶然……

郝梅说："一来就被蛇咬过了，还怕喝蛇汤啊！我可要爱惜自己的身体——昨晚被挤出了那么多血，该补就得补！"

3

拖拉机锐利的犁头，插入这片处女地。

知青们自然而然地列成松散的一排观望着。

拖拉机手注视前方，神情煞是庄重。

连长扣上了旧风衣的风纪扣，肃立着，仿佛面前存在着某种神明，他虔诚地说："北大荒的黑土地，你，请认真听着，我们，是那么崇拜你，又是那么敬畏你。我们这些人，不管是刚来的早来的，不管是从哪儿来的，来了，就都是你的人了，为了把你变成北大仓，我们是不会在乎流汗水的。在你和我们之间，一向是只有你发脾气翻脸不认人的时候，没有我们多么对不起你的时候。这他妈的不公平，为了今后我们能好好相处，彼此善待，我们一些早来的和这些打城里刚来的孩子，现在恭恭敬敬地对你三鞠躬，求你明年回报我们一个大丰收。我们就要斗胆在你身上开犁了，你可千万别以为是冒犯你……"

他似乎还有许多话要说，可想了想，说的却是："我们对你也再没什么可说的了。咱们双方，忠不忠，看行动吧！"

他从头上摘下帽子，肃立鞠躬。

知青们在他说话的时候，也一个个不禁变成了立正的姿势。他们随着连长鞠躬。

鞠躬毕，连长对开拖拉机的老战士说："老张，谁愿意坐着跟你一块儿感受感受，你带谁一圈儿吧！"

那老战士朝知青们点点头。

于是大家一齐拥向拖拉机。

吴振庆喊道："都站住！我还没发话呢。能都坐上去吗？我说谁先上谁就得先上。别假谦让，但是争也没用！"

他的目光扫视大家。

张萌和郝梅站在一起，他望她们时，郝梅以为第一个肯定是自己无疑了，不待他开口，已向拖拉机走去。而张萌，却不禁朝后隐退。也许她心中想的是，最后一个轮到的，才会是她自己吧？

不料吴振庆说："张萌。"

张萌万没料到，一时竟有些不知所措，看看众人的反应，犹豫地望着吴振庆。

郝梅不禁停住了脚步，回望着吴振庆，以为自己听错了。

吴振庆却看也不看郝梅，不看其他任何人。

他只看着张萌一人，又大声说："张萌，你先上。"

郝梅有点儿不高兴地退回了原地。

张萌却并未显出荣幸的样子,她甚至还有些不安,以一种近乎诧异的目光,看了看众人,看了看郝梅,似乎不得不服从命令。她低着头从吴振庆面前跑向拖拉机。

拖拉机吼了一声,向前一冲,荒原上出现了一条黑浪……
许多野花被犁头切断了根茎,郝梅跟随在黑浪后面,惋惜地捡着……
老职工趁知青们不注意,赶紧跪在地上叩拜不止。
徐克捅捅韩德宝:"瞧,不但无限崇拜,而且还迷信哪。"
吴振庆白了他们一眼,小声制止:"少见多怪!"
黑浪一直涌向天边。拖拉机绕回时,张萌从驾驶室探出身来,朝大家招手。

张萌跳下拖拉机,众知青围住她,七嘴八舌迫不及待地问:"有什么感受?什么感受?"

"有自豪感吗?"

"是不是像在船上啊?"

张萌说:"我也说不清楚。反正……是有那么一种挺特殊的感受,想……喊一句什么似的!"

又有知青坐上了拖拉机。

又一股黑浪在犁后呈现。

凡留下开拓者足迹的地方,便必定有卓越的精神之闪光。纵然时代扭曲而此精神不可亵渎,纵然岁月异常而此精神不可轻薄,因为它乃是从祖先至我们,以人类的名义所肯定的奋勇……

劳动开始了。

晴天,他们踩泥、托坯、搭小房架。

雨夜,他们用各种能遮雨的东西盖罩摞起的土坯和砌了一半的坯墙。

男知青们在草甸子深处割草。

女知青们在帐篷前编草帘子。

他们的身影沐浴着朝霞在处女地上进行地块丈量。

知青们纷纷在给家里写信。

王小嵩的信——妈妈，我觉得我离开家已经很久很久了，可是算算日子，不过才两个多月。这个月底我还能给家里寄三十元钱。一想到我已经能挣钱养家了，什么苦啊累啊，我就都不在乎了。真的，妈妈，我每天都挺高兴的，千万不要挂念我……

徐克的信——爸爸，我们现在已经不住帐篷了，我们住上了自己盖的房子。我们管自己盖的房子叫"知青宫"，咱家的小偏厦子，房顶有一处还漏雨，不知道爸爸是否修过了？是否抹了第二遍墙泥？有天夜里我做了一个梦，梦见妈妈已经移住到我为家里盖的小偏厦子里了。阳光照在妈妈身上，照得她暖和和的。要是让我给咱家的小偏厦子起个名，我就叫她"母亲宫"。爸爸你千万别生气，这并不证明我心里只有妈妈。而是因为，我觉得妈妈在家太可怜。自从瘫痪以后，就没晒到过太阳……

吴振庆的信——爸爸妈妈，你们好！儿一切平安。望勿挂念。儿现身为一班之长，时时感到就好比知青大家伙儿的家长一样。儿一定牢记爸爸对儿的教导，关心知青大家伙儿，胜于关心自己。当然也要牢记毛主席他老人家的教导……

4

夕阳西照在小河湾。

吴振庆持着鱼叉，拎着小桶，沿河边寻寻觅觅地走来。

他驻足，发现了鱼，举叉——叉着一条不大不小的鱼。

他兴奋不已地从叉上取下鱼，放入小桶里，继续向前寻觅……

他忽然又驻足呆立，果然他又有所发现——不过那显然不是鱼。

他蹲下了，闭上了眼睛。

他经受不住诱惑地缓缓睁开了眼睛——不远处，有一个人在洗澡——上半截赤裸的身子背对着他，长发瀑散，遮住了颈子，分披在两肩上——是个女的……

青春的优美胴体,在夕照之下那么动人。

吴振庆看得屏息敛气。

洗澡的女知青优美的双臂不时伸展开,用毛巾擦洗着身体,她用毛巾包住了长发。

她转过身来了,是张萌……

她朝吴振庆游了过来。

咚的一声,吴振庆的小桶掉进了河里……

张萌一惊,立刻缩身水中,仅露头和肩——她转动着头四望。

她发现了吴振庆,由于意外,而一时愣愣地望着他。

吴振庆赶紧说:"我……我没看见你!我什么也没看见!"

他自欺欺人地闭上眼睛。

哗——一桶水泼在他身上,桶也飞上了岸。

落汤鸡似的吴振庆一动也不敢动,仍紧闭着眼睛。

等他终于有勇气睁开眼睛——河中已没了张萌的影子。

他捡起桶就逃,仿佛后面有只猛兽在追。

晚上,吴振庆躺在被窝里辗转反侧。

他想——如果她向连长揭发我可怎么办?她肯定会的!她似乎永远瞧不起我,尽管我讨厌她是假的,可她瞧不起我却是真的……也许她现在还没有去找连长告我的状,倒不如我主动去坦白交代……

他坐起来了,开始穿衣服。

韩德宝问:"你怎么了?闹起失眠症来了?"

一片轻微的鼾声——王小嵩和徐克都睡得很香。

"我解手去……"

"撒谎吧?解手穿这么整齐?"

吴振庆没好气地说:"你管我呢!"

知青宿舍旁是连长住的一间极小的单人宿舍……

连长也睡得正死，打着鼾。

吴振庆在一旁叫："连长，连长，连长你醒醒。"

他把连长捅醒了。

"你？"连长从枕下摸出手表看了看，"什么事？半夜三更的！"

"连长，我犯错误了。"

"明天再说。"连长又倒下欲睡。

"明天不行！明天交代就晚了！"

连长一翻身趴在枕上，瞪着他："有这么严重？那你交代吧，简单点儿！"

吴振庆讷讷地说："我……我看女知青洗澡来着……我不是故意的，我发誓，可还是被我……看见了。"

连长哭笑不得："你给我回去睡觉去！这种错误也来把我搞醒！"

吴振庆只好走向门口。

"站住！"连长叫住他，想了想又说，"明天抽空组织知青班学习'三大纪律八项注意'，以后在那条河分个男女界限。不许到远处去洗！更不许到深处去游泳！"

知青们聚集在宿舍前学"三大纪律八项注意"。

吴振庆手拿"红宝书"，一本正经地说："刚才咱们学了一遍。为什么要学呢？因为，出现了违反的现象。比如第七条——洗澡避女人，我们应该这样理解——包括女人洗澡也避男人的意思，还包括男人洗澡避女人的意思……"

知青们莫名其妙。

张萌始终望着别处，这时转过脸瞪着吴振庆说："我理解，尤其包括男人不得偷看女人洗澡的意思，这是下流可耻的。"说完又望向别处。

吴振庆说："对，张萌补充得很好。不过这样的不良现象，目前还没有发现……"

张萌又转过脸瞪他。

夜晚，知青们烧荒的壮观场面……

吴振庆围着火说:"注意,风向转了,别烧着自己!"

他见火舌扑向一个身影,而那身影似乎显得有些慌措。

他跑过去,搂着那人的头跑开了。

那人是张萌……

吴振庆很窘地放开了她——张萌也很窘。

吴振庆说:"你怎么不戴帽子,看,把头发烧焦了吧!发你的手套呢?"

张萌说:"我不戴!"

"为什么?"

"我和你们不一样,我是可以改造好的子女,我怕别人批评我娇气。"

吴振庆摘下自己的单帽扣在她头上,又摘下手套塞给她:"戴上。我不批评你娇气,谁敢?"

"班长!班长!"一男知青跑到他跟前,惶惶地说,"班长,韩德宝到营里去取信,现在还没回来!"

吴振庆说:"那他就是住在营部了。"

"可是……他骑的那马跑回来了!"

"你报告连长了吗?"

"报告过了,连长已经带着人找去了。"

徐克说:"班长,这一带可有狼。"

吴振庆说:"少废话!都跟我去找!"

黑夜中狼嚎声凄厉而长……

这里那里,四面八方照耀着火把,手电筒和马灯的光。男女知青们的呼唤声:

"韩——德——宝——"

"德——宝——"

"韩老六!你在哪儿——"

……

一双双脚在"塔头甸"的水沼中踏过。

郝梅摔倒了,可她一手还高举着马灯。

王小嵩将她拽了起来:"你那只鞋呢?"

郝梅摇头:"不知道。"

王小嵩脱下自己的一只鞋给她穿上。

郝梅哭了:"我怕……"

王小嵩说:"别怕……跟住我……别走丢了。"

郝梅说:"我是怕……他被狼吃了……那我们可怎么对他爸爸妈妈说啊?"

一声枪响。

两人不安地循声望去……

一双双脚走向一起。

寻找者们终于围拢成了一个半环,各种光亮照向中间。

韩德宝枕着装满信件和报纸的书包,酣睡在一片灌木草中,有如醉卧万花丛中。

一女知青怯怯地问:"他……怎么了?"

连长说:"这小子,吃楮柿吃的。"

吴振庆生气了:"他妈的!起来!"

他狠狠踢了韩德宝一脚。

连长将韩德宝背了起来,自责地说:"大家也别怪他了。咱们到处找他也是应该的嘛。再说,我们大家伙儿有责任告诉你们——楮柿这东西是不能多吃的,吃上一小碗,跟喝上二两酒差不多,且后劲很大。有人因为吃得多了醉过一天一夜呢!"

黑夜中,一行人的身影向连队驻地走去……

5

男知青宿舍内有人在看家信,有人在看报。

韩德宝仍在酣睡着,不时发出两声鼻鼾。

吴振庆、徐克、王小嵩盘腿坐在一张床上,静听王小嵩读信。

"亲爱的哥哥，你好！家里一切正常……"

徐克说："你弟弟这用的什么词呢！"

吴振庆说："听着，刚上二年级，能写封信就不错了！"

王小嵩继续念："振庆哥哥家，平安无事……"

徐克说："就会这么两个词儿——一切正常，平安无事。后一句还是从电影里学的！"

吴振庆说："住口，继续往下念。"

"徐克哥哥家，比较平安……"

吴振庆说："你先别念关于他们家的话，先念关于我家的话行不行？"

王小嵩抬起头说："信上怎么写的，我就怎么念的嘛！"

吴振庆一把夺去信："就一句平安无事啊？"看了一眼，沮丧地拿着信仰面倒下。

徐克将信从吴振庆手中夺过，他急切地自己看起来，结果比吴振庆更沮丧："你别心里不平，关于我家的话也就一句。"

王小嵩不禁显出很对不起两位朋友的样子："话虽少，可是概括性很强，难道不是吗？"

吴振庆说："你回信替我教训教训你弟弟，识的字应该一天比一天多了，怎么信反而一封比一封写得短了？把学的字都就着三顿饭吃了？"

徐克说："谁叫咱们两家没个能写回信的人哪！"

王小嵩夺回信，不悦地说："你们别不识好歹啊！我弟弟对你们俩又没什么义务！"

吴振庆一下子挺起了身体，气呼呼地瞪着王小嵩："你……你他妈扯什么义务不义务的？"

王小嵩也不好惹："你别他妈他妈的，我不怕你！"

其他知青们惊愕地看着他们，都不明白三个好朋友为什么忽然互相反目。

徐克息事宁人地说："哎哎哎，都别这样，都别这样，有话都好好说嘛！"

王小嵩赌气倒下，胡乱扯开被子，蒙头蒙脚地整个儿盖住了自己。

徐克凑向王小嵩，以公道的口吻对着被子说："小嵩，你呢，也应该体谅体谅我俩的心情，天天盼着家信，夜夜惦挂着家，结果就盼到一句话，我俩这心里边，能是好滋味嘛！哎哎，为什么振庆家是平安无事，而我家呢，却成了比较平安？这话里话外的，让人越琢磨，越觉得不大对劲啊！"

王小嵩突然掀开被子大吼一声："滚！"

徐克吓了一跳，默默从他身旁退开去了。

有人吹起了口琴，吹的是《远方的大雁》。这本是当年一首红卫兵怀念毛主席的歌曲，可是此时此刻听来，那曲调吹得那么忧伤、那么哀婉。

徐克和吴振庆一样，头枕着双手，目瞪房顶，不得要领而又心存不安地自言自语："比较平安……"

女知青宿舍。

一女知青看完一份报纸，兴奋地嚷起来："好消息，好消息！本月十五，有第一批家长慰问团要来咱们师慰问啦！"

几个看信的女知青立刻围了上去，争着看那份报。

有人说："今天九号，说不定会到咱们这儿来慰问吧？"

"我看不会。连条路都没有，怎么来？再说来了住哪儿啊？"

"那可没准儿。没路，咱们不是也来了吗？慰问团就应该到最艰苦的地方来慰问嘛！"

"都瞎高兴什么！好好看看，这是哪个月的报纸？"

拿报的女知青好好看了看，一时又情绪全无："白高兴一场，上个月的。"

于是那份报纸被冷落了。她们各自退回了各自的铺位。

口琴声从男知青宿舍传来，她们静静地聆听着。

张萌看完信，溜下铺位，将信投入了火炉。

压抑着哭声的——是郝梅，她用枕巾盖住脸。

女知青们的目光投向了郝梅。

一个女知青对张萌说："张萌，你和郝梅是一个学校的，小学又在一班,你怎么也不安慰安慰她?"

"就是的。她已经一个多月没收到家信了。"

张萌扭头看了郝梅一眼,语气淡漠地说:"没谁教过我怎么安慰别人。"

话音刚落,一只鞋扔在了她身上,也不知是谁打来的。

张萌无动于衷,用木棍拨散了她那封信烧成的灰烬。炉火映在她脸上。她脸上有一种心怀侥幸的表情。

吴振庆和徐克在马厩旁铡马草。

吴振庆说:"铡不少了,歇会儿吧?"

徐克说:"你是大班长,歇不歇得听你的啊!"

"就咱俩的时候,咱们是哥们儿!"吴振庆抚了他的头一下,在他身旁的草堆坐下……

徐克郑重地说:"咱俩得找个机会向小嵩道歉。"

吴振庆不以为然:"因为那天晚上的事?就是咱俩打他一顿,他也不会生气的。谁跟谁啊!"

徐克坚持说:"那也得道歉。昨天晚上咱俩当时也没仔细看看他弟弟写来的那封信。信上说他妹妹生病住院了。家里借了很多钱。"

"真的?"

徐克点头。

"那你那儿还有钱没有?"

徐克摇头。

"我也没有了,和你一样,开了工资,留下了点饭钱,其余全寄回家了。"

徐克说:"所以我说应该向他道歉嘛!"

"光道歉有什么用?咱们得替他借一笔钱寄给他家里!"

"向谁借钱啊?"

吴振庆倏地一下站了起来:"向大家伙借呗!你借。我是班长,我不好意思出头。照着一百元借吧,借不够的,我跟连里借。以后由咱俩还就是了！但这事儿得瞒着他，一点都不许让他知道，明白不？"

徐克点头。

一女知青出现在房山头，看见他们说："班长，你快来吧——张萌要当逃兵！"

她一说完，身影就消失了。

一台拖着爬犁的拖拉机正待开走，张萌拎着她的皮箱，被男女知青阻围在爬犁跟前。

蹲在履带上的开拖拉机的老战士，望着这情形摇头，卷起一支烟吸了起来。

吴振庆和徐克匆匆走来。

吴振庆大声问："张萌，你要到哪儿去？"

"到团里去看病。"

"什么病？"

"那是医生应该回答的问题。"

吴振庆克制地说："看病也应该请假。你向谁请过假了？"

"我现在向你请假也不算晚吧？"

"你如果带着皮箱去看病，我就不批准你去！"

张萌说："也许我的病很重，需要住院，所以我得带些什么，有备无患。"

一男知青说："我看你是思想病！你自己说，自从你来到这里以后，正经干过几天活？"

张萌说："一个人的能力有大小。有一分热，只能发一分光。再说我不是来接受劳动改造的。"

一女知青说："你别忘了你是'走资派'的女儿！把接受再教育说成是劳动改造，对你也是完全必要的！"

开拖拉机的老战士听了这话不入耳，他站起来说："哎，话可不能这么说啊！谁都不是来接受劳动改造的。如果你们知青是，那么我们这些老战士岂不也是了？"

郝梅走到了张萌跟前："张萌，你这样多不好。大家对你会是什么看法呢？"

张萌说："我不靠别人对我的看法活着……"转脸又对那女知青说："告诉你，以前我是'走资派'的女儿，现在我又是革命干部的女儿了！我爸爸不但被'三结合'了，而且是市革委会常委了！"

"岂有此理！"徐克气愤至极地扑上去，夺下张萌的皮箱，并将她推得坐在地上。

"不许这样！"开拖拉机的老战士跳下了拖拉机，将张萌扶起。

张萌冷冷地扫视大家之后，默默打开皮箱，只将钱包拿出揣入兜里，也不盖上箱盖，异常镇定地说："好，我什么也不带走。东西都留给你们了。你们可以全分了！"

吴振庆的表现十分复杂，他忽然命令似的说："张萌，你过来。"说完，他自己先走到一旁。

张萌犹豫地看看他，跟了过去。

吴振庆说："张萌，以前我对你……一直很不好。其实，我心里总想对你好一些……"

张萌默默地冷冷地听着……

他又说："你别走。今后，我要关心你、照顾你、爱护你，像王小嵩对郝梅那样。不，我的意思是，我是班长，我要像关心和爱护每一个知青那样……"

"将来呢？……"

"将来……将来早着呢，想将来干什么？"

"我跟你不一样，我一上中学就开始想将来了。"

"将来嘛，这儿会出现一个新连队，我们都是老兵团战士了……也不错，是不是？"

张萌冷笑："那时，你就该提出要我嫁给你了！在这鬼地方成家，生儿育女？"

吴振庆说："我……我没那么想。"

"你现在是没那么想,将来你那么想的时候,我怎么办?"

吴振庆恼羞成怒:"我……我揍你!"他举起了拳。

张萌又冷笑了:"原形毕露了吧!"

老战士匆忙挡在他和张萌之间:"谁敢耍野蛮,我修理谁!"

王小嵩和郝梅将吴振庆拖走。

张萌对开拖拉机的老战士说:"你可以不带我去。但是我今天走也要离开这鬼地方!"

老战士说:"我并没说不带你去嘛!是他们围住你的嘛!好好好,您请上拖拉机吧!"

他护着张萌上了拖拉机。男女知青围阻在拖拉机前。

老战士探出头:"大家给我个面子,还是散开吧!连长不是正在团里开会吗?我向你们保证,一到团里就向连长汇报这件事还不行吗?"男女知青终于默默散开了。徐克退到一旁后,指着张萌说:"张萌你听着,十年河东,十年河西,我一百次诅咒你父亲,他迟早还有被打倒的那一天!"

坐在驾驶室里的张萌目瞪前方,表情冷漠,仿佛什么也没听见。

拖拉机开走了。

它在男女知青们的视野内,越去越远,渐渐地连马达声也听不见了。一男知青宣泄地说:"把她的东西都烧了!"

几个女知青随即附和:"对!烧了!烧了!"

张萌的被子、褥子等一切东西都被扔在一起。

一男知青狠狠一脚将她的脸盆踩塌。吴振庆、徐克、王小嵩、郝梅、韩德宝却没有参与宣泄,他们比别人的心情更为复杂地望着,然而也没有制止。张萌的东西终于被堆在一起烧着了。人对社会的最大愤懑,归根到底,几乎全部萌发于人头脑中的公平意识。当这一点遭到蔑视的时候,他们便认为他们有理由做一切事情。当年的这一代人,尤其如此。

一只手从火堆旁捡起一张烧掉一半的照片——照片上只剩下了张萌的头部——她妩媚地微笑着……捡起它,不,应该说捡起"她"的是吴振庆。

他们情感年轮的全部遗憾在于——当他们还不善于表达爱情的时候,

却惊讶地发现，爱情已在他们内心里产生了。现实的钉子冷漠地揳入他们脆薄的蚌壳，而他们懵懂且迷惘，同时自觉羞耻，不知怎么才能把它变成珍珠。他们本能地渴望，本能地排斥……

在小河边，吴振庆看着张萌曾经洗澡的地方。吴振庆呆坐着，望着水面发呆……

河中又出现了张萌洗澡的情形……张萌只将头部和肩部露出水面，望着他嫣然而笑，说："来呀！脱了衣服下来游呀！水一点都不凉。咱俩比比，看谁游得远。"

张萌潜入了水底。

张萌在他不期然处倏地浮出水面，望着他笑笑，又潜入了水底。

这里那里，张萌不时出现，仿佛一个美丽的水妖，在故意诱惑他。

张萌最后一次潜入水中，不再出现。

吴振庆陷入幻境地四处寻找："张萌！张萌！……"他眼面前的现实的水中猛地冒出三个人——王小嵩、徐克和韩德宝。

"你给我下来吧！"

徐克猝然将他拖入河中。三个好朋友嘻嘻哈哈地一齐往他身上泼水。

吴振庆的湿衣服晾在草上。四人一溜儿坐在河边打水漂。

吴振庆说："小嵩，我向你道歉。"

"道什么歉？"

"那天晚上，我不该对你发火儿。"

"那事啊，我早忘了。"

徐克说："班长大人，你交付我的任务，我已经完成了。"

韩德宝说："别只表你一个人的功啊！"

"好，我就再补充一句，韩德宝出了不少力。"

王小嵩看着吴振庆，不知道他们在说什么："什么任务？我怎么不知道？"

徐克说："你不知道的事儿多了。不该打听的，就别打听！"

王小嵩不悦:"你们做事,开始故意排除我了,是不是?"

韩德宝说:"你别多心!你和振庆什么关系?那是我俩能比的吗?"

吴振庆说:"得啦,别说了!让你们俩越说越神秘了!"

徐克说:"说别的,说别的。哎,坦白坦白,你一个人躲在这儿发的什么呆啊?"

吴振庆说:"没有独自发呆的时候,那不成傻子了吗?"

韩德宝说:"嚯,你蛮深刻的哪!"

吴振庆回头问小嵩:"小嵩,你和郝梅,没吵过架吧?"

王小嵩奇怪:"我们吵架干吗?"

吴振庆说:"没吵架就好……我是怕你们吵架,你听着,从今以后,你要好好关心她、爱护她。"

王、徐、韩三人一齐困惑地瞧着他,不知他为何说这番话。吴振庆自言自语:"我想那样,都没个人,可以对人家那样。"

徐克说:"哟,多愁善感劲儿的!你可以全心全意地关心我、爱护我呀!"

"你?"吴振庆没把话说下去。

一队女知青,或者腰间卡着盆,或者头上顶着盆,从河对岸走过——她们的下半身皆没在草中。四人一齐望着她们……

她们明明发现了他们,可是故意忽视他们的存在,看也不看他们一眼。一段下坡路将她们婀娜的身影隐没了。

吴振庆慢慢地说:"咱们走吧……"可是他并没有动。

徐克说:"走……"也没动。

韩德宝奇怪地说:"走啊!怎么光说不动啊!"

而他同样不动……上游传来了姑娘们的悦耳的嬉笑声,一阵一阵的。

她们仿佛是故意笑给他们听似的。她们中有谁唱了起来:"九九那个艳阳天那哎嗨哟……"

众姑娘合唱下句:"十八岁的哥哥坐在小河边……"

徐克说:"班长,她们太放肆了吧?还唱起黄色歌曲来了,这不明明是向我们进行挑逗吗?"

韩德宝说:"就是!你也不管管!"

吴振庆说:"走!都跟我走!心里边希望那样,才会觉得是那样!"

他带头站了起来,徐克赖着不动,嘟哝说:"你们要走你们走。反正我不走!我在这儿还没待够哪,阳光晒着多舒服!"

他发现了什么——一件花衬衣顺流漂下……韩德宝也同时发现了:"看!……"

二人不管不顾地,争先恐后地扑入河中捞那件花衬衣,一边互相嚷嚷:"我发现的!"

"是我先发现的!"

"我去送!"

"我!"

花衬衣被扯掉了袖子——徐克闪倒在水中。

猫在上游草丛后偷望的姑娘们,开心地大笑。岸上的吴振庆和王小嵩发现了这一情形。

吴振庆"哼"了一声,一转身走了。王小嵩困惑地望着他的背影。

6

男知青宿舍里月光洒了进来。轻微的鼾声四起。吴振庆夜不能眠,静静地躺着,瞪着房顶出神。

突然外面响起当当的敲铁轨的声音……

喊声:"紧急集合,森林失火啦!全体紧急集合!"

黑夜中,人们从各个宿舍奔出。

森林中吴振庆挥舞着树枝在奋力扑火。有人在他身旁晕倒。

有一臂戴"副总指挥"的人对他大声命令:"你!照顾她!"

吴振庆奔过去将昏倒者扶起——使他意想不到的,竟是张萌!

她的衣服被烧破了好多处,短发散乱,脸上尽是灰黑;吴振庆用手掌心擦她的脸。

同时，在另一处，王小嵩边扑火边跑向韩德宝问："看见吴振庆了吗？"

"刚才我们在一起，不知道什么时候这小子不见了。"

徐克也在附近扑火，他凑过来说："刚才我看见吴振庆那小子，抱着个人往后边走了。"

王小嵩说："你胡扯！这时候他不会逃离的。"

徐克说："我是说，他也许救了个人！"

森林大火只要烧起来就是可怕的；结果生产建设兵团、农村社队、边防驻军、数千人联合出动剿扑，人们与大火较量了两天两夜，才最终将火扑灭，有数名知青死于火中，几十人受伤……

天渐渐黑了。吴振庆背着昏迷不醒的张萌在劫后的大森林中盲目地走着——显然，他们已被救火大军抛在后面了。张萌搂抱着他脖子的手忽然松开，她从昏迷状态中苏醒了。

张萌轻声说："放我下来。"

吴振庆将她放下了。

张萌问："怎么就剩下我们两个人？扑火的人呢？"吴振庆侧身而立，眼望别处。

张萌又问："你是谁？你要把我背到哪去？"

吴振庆缓缓向她转过脸。

"你？！"——张萌不禁后退了一步。表现出一种心理的戒备，一种下意识的防范。

吴振庆说："火烧到山那边去了，你在扑火的时候昏倒了。"

张萌说："我的鞋呢？"她瞪着他，冷冰冰地问，没消除戒备心理，没松懈一丝防范。

吴振庆似乎这时才发现她赤着双脚，讷讷地说："我不知道……也许……也许我背你时，从你脚上掉了。"

张萌根本不相信："把鞋还给我！"

吴振庆说："我真的不知道……"又有些恼火地说，"我要你的鞋干什么！"

他弯下腰，从自己脚上脱下了翻毛皮鞋，扔在她脚旁。

她对他的举动和他那双鞋无动于衷。她朝山那边望了一眼，火光已经暗淡，天色正黑下来，四野一片寂静。她又低头瞧着自己的赤脚，犹豫了一下，毅然转身朝山那面走去。

吴振庆拎着鞋跑到她前边，拦住她的去路："你追不上扑火的人们了。"

她一只手伸到衣襟下，瞪着他……

吴振庆说："听话，穿上我的鞋吧！我小时候经常赤脚，比你……"

张萌喊："别靠近我！"她那只探在衣襟之下的手迅速抽了出来，手中攥着一柄匕首，自卫地反握于胸前，利锋对向吴振庆——那匕首不算太长，但看去不但可自卫，还能伤人。

吴振庆怔住了。

他朝她伸出一只手，语调尽量平和地说："把它给我。它带在我身上，会比带在你身上更有用。"

她却分明将匕首握得更紧了。

吴振庆说："不管你如何对待我，我们两个，都只有在一起过夜了。"

张萌再次四面环顾，这时夜幕已开始笼罩下来。她似乎意识到——在此过夜是唯一理智且明智的选择。

她仍握着匕首，眼盯着吴振庆，一步步向后退，退到一棵大树下，身子紧靠树干站定，抬头朝树上望一眼，见树火已完全死灭，才慢慢坐在树下。她目光仍盯着吴振庆，匕首仍反腕握在胸前。

吴振庆忽然对着烧焦的树根大骂："你他妈的！"他无处宣泄地踢一脚，忘了自己没穿鞋。踢在树的断根上，疼得他抱着那只脚，龇牙咧嘴单脚蹦跳不止。

"你滚！滚得远远的！要不是扑火副总指挥命令我照顾你，我才不背你！我也不至于被甩掉。"他一瘸一拐走到一棵和张萌相向的大树前，也疲惫而瘫软地背靠大树坐了下去。

余烟、晚雾和夜幕使他们彼此都望不见对方了。

次日清晨，曙光抚慰着大森林。吴振庆双手交叉抱着膀子睁开眼，首先向对面望去，张萌不见了。

他的鞋在他身边。他立刻站起，旋转着身子，四处寻觅，终于发现了她——她坐在地上，也在望着他，似乎打算向他求助，又似乎不愿那样。

吴振庆穿上他的鞋，重新站起，看也不看张萌一眼，大步便走。走出十几步，脚步放慢，站住了，回望张萌。

张萌也仍在望着他。

他返身向她走去。

他走到她眼前，发现她已在无声地绝望地哭泣，泪流满面——她脚上有血，被扎伤了。他背对着她，蹲了下去。

张萌说："不，我不用你背我。我还能走……只要你别在这种情况下不管我。"

他说："别废话，我没那么大耐心期待着。"

张萌无可奈何地伏到了他背上。

吴振庆背着张萌走出了着过火的森林地带，但是没着过火的森林更无路可走。

张萌说："你已经背不动我了……你放下我……歇会儿吧。"他们背靠着同一棵大树的两面坐下。

吴振庆四周看了看，说："我们迷路了。"张萌突然身子向前一倾，栽倒在地。

吴振庆闻声慌忙扶起她："你怎么了？"他用手摸摸她额头，"在发烧！"

张萌说："我还饿，饿极了……又冷又饿。"

吴振庆说："我也饿，忍着点，千万别泄气，我们往回走吧！"

"得走多远啊？"

"也就两百来里地。我一定能带你走出去。你得相信我。"

"好吧……我信。"他们互相依扶着向来路走回去……

忽然张萌的目光发现了什么，她摆脱吴振庆的搀扶，独自向前走了两步,从地上捡了半个馒头,上面爬满蚂蚁。她用衣襟将馒头抚了几下,立刻狼吞虎咽起来……吴振庆估计她已吞完了那半块馒头才转过身。

张萌干燥的嘴唇上粘着馒头屑,不无惭愧地看着他,忽然捂住脸哭了。她说:"我……我真自私,别瞧不起我。"

"哪儿的话!我并不怎么饿。"吴振庆走到她跟前,又搀扶着她,边走边说,"准是扑火的人们掉的,大概咱们离森林边缘不远了。"

他们互相依扶着走。

他们忽然站住了,目光中都呈现出极大恐惧……

一头黑熊立在他们对面十几米处,熊眼眈眈地瞪着他们。吴振庆将张萌扯到身后,虽赤手空拳,却准备用生命保护她。

熊和他们对峙了片刻,像个狭路相逢的陌生人似的,缓缓落下前掌,大摇大摆地走了。冷汗从吴振庆额头上淌了下来,他身子晃了晃,几乎瘫倒,被张萌扶住。

她同时将什么东西塞在他手里。他低头一看,是那把匕首。他们又向前走。

一具被烧的动物的尸骸摆在他们眼前。他们彼此看一眼,默默绕过去。

雨……张萌滑倒了。她说:"我……实在走不动了……你自己走吧……别管我了。"

她浑身瑟瑟发抖。吴振庆说:"我就是用嘴叼,也要把你叼出大森林。"

他背起了她。

吴振庆用匕首砍树枝,割伤了手,才撑起了一个可以避雨的小小的"帷盖"。他将张萌抱起,坐到"帷盖"下。

她一动不动地偎躺在他怀里。

张萌仍在说:"你……别管我了。"

吴振庆说:"不……"

张萌说:"我知道……你内心里,肯定不像你平时装出来的那么……敌视我……其实我内心里……也是……我觉得你……挺仗义的……像个男孩子样……可是……只要我活着……就不能……爱你……为了我爸爸……

我把自己预售给别人了……我的话……令你鄙视了吗？"

吴振庆摇头，潸然泪下。

张萌继续说："我们分手时，他……给了我那把匕首，嘱咐我……时刻随身带着……为了他，用来保护我……我本来可以返城……可……手续被团里扣压了……怕因为放我走……引起知青们……扎根思想的波动……让我先在团里的小卖部，当一阵售货员……你哭了？"

"我没哭，是雨水……"

"你是哭了。"

吴振庆不禁将头埋在她胸口，呜呜哭泣。张萌说："别哭，我的脸很脏……是不？你替我用雨水洗洗吧……"

吴振庆将她的头发从脸上撩开，用一只手接着"帷盖"上滴下的雨水，替她将脸洗净。张萌抓住他一只手，轻轻握着，又喃喃地说："听着，我觉得……我要死了……身子好像泡在冰水里……冷，很冷……真冷啊……趁我还活着……我愿意把自己给予你……报答你……对我的照顾……我应该报答你……要不我心里……很内疚……我最不愿欠别人……什么……之后你用匕首杀死我……把我埋了……自己走……走吧！"

张萌昏过去了。吴振庆双手捧住张萌的脸："张萌！张萌！你不能死啊！"

他不知所措地环顾四周，大喊："来人啊！来人啊！来人救救我们啊！"大森林的雨夜异常静谧。

他慌乱地解开了自己的衣扣，也解开了张萌的衣扣，贴胸将她紧紧搂在自己怀里，用自己的体温暖她的身体。

救火大军中有一队人走过来，都扛着工具。王小嵩、韩德宝也在其中，筋疲力尽，衣服被烧破了，脸、手尽是黑灰。

徐克从林子里跑过来，累得直喘："哪儿也没有他的影子，我看八成……"

王小嵩瞪了他一眼："别胡说，他不会轻易完蛋。"

韩德宝说："咱们再去找找？"

徐克说："那几个连也有失踪的，我总有点预感……不说了。"

王小嵩沉思："我看得先去找连长汇报一下。"几个人加快脚步。

阳光照射进森林里，照射在吴振庆和张萌身上。他们仍彼此抱得那么紧。

最先缓缓睁开眼睛的是张萌——她发现吴振庆似乎仍在搂抱着自己沉睡，又闭上了眼睛。阳光映在她脸上，使她的脸看去恢复了妩媚。

一只什么鸟扑棱棱地从树上飞走，吴振庆也惊醒了。他似乎没想到自己和张萌会是那样子紧紧搂抱在一起——赶紧放开她，罪过似的替她扣上了衣扣。

张萌仍伴装睡样。吴振庆扣上自己的衣扣，又欲将她背起。

张萌睁开了眼睛："还是我们互相搀扶着慢慢走吧。"

吴振庆说："你……你可千万别以为我……夜里你烧得那么厉害，我想不出别的办法……我可不是那种……"

张萌的手轻轻捂在了他嘴上，不许他继续表白下去。她说："如果我们真能活着走出去，我一生一世都忘不了这两天两夜。"他们彼此注视着。

张萌缓缓用双臂搂住吴振庆脖子，欠起身，忽然情不自禁地深吻起吴振庆来……

他们互相搀扶着走。吴振庆忽然惊喜地叫起来："看！"

一件上衣被树杈撑开，挂在树上——衣上用树枝标了一个箭头。

他们顺着箭头所示的方向，又发现了许多挂在树上的上衣、背心……

吴振庆一下子背起张萌便跑。枪声……

金属敲击声……喊声："吴振庆！哎……嘀嘀嘀……班长……"

跑着的吴振庆猛然站住——在他不远处的对面，出现了王小嵩。

王小嵩一手拎着一片犁铧，一手攥着锤子。

王小嵩的身影在吴振庆眼中模糊了……天旋地转……

王小嵩高喊："班长！……"

然而等待吴振庆的，却是几天之后的一场批判会，因为他的一项秘密的"小制作"，被他的某个战士发现了。一枚主席像章——但塑料膜壳内，已不是毛主席像，而是张萌的头像——使我们想起张萌离开连队那一天，吴振庆在火旁捡起被烧了大半的照片的情形。

张萌在塑料膜壳内，微笑着——笑得那么自负而又自信。

7

知青宿舍里，批判会正在进行。吴振庆低垂着头坐在火炕中间，男女知青呈弧形围着他。都盘腿而坐，气氛很是凝重。

连长进来，说："还没完事儿？"

一个男知青说："他态度不好嘛！"

连长说："嚯，看来大家认为问题的性质还挺严重的是吧？"

"不是严重，是相当严重！把毛主席像章变成了情人的像章，这要是在城市非打他个反革……"

吴振庆猛地抬起头，目光恶狠狠地瞪着说话的知青。

那知青说："连长，你看他你看他……"

连长看了吴振庆一眼，摇头："在用目光威胁人？这可不好，很不好。你呀，吴大班长，你这是从哪儿学的呢？咱们连也没你的榜样啊！"郝梅说："连长，我对你有意见！"

"怎么冲我来了？"连长脱掉鞋也盘腿坐在炕上，"有意见就提吧，我洗耳恭听。"

郝梅说："身为连长，有批评教育战士的职责，可是并没有嘲笑和挖苦别人的权利。毛主席教导我们说：'很多人对于官兵关系弄不好，以为是方法不对，我总告诉他们是根本态度问题。这态度就是尊重士兵。从这态度出发，于是有各种的政策、方法、方式。离了这态度，政策、方法、方式也一定是错的，官兵之间的关系便决然搞不好。'你嘲笑和挖苦战士，又是一个什么性质的问题呢？"

徐克说："就是！"

韩德宝鼓掌："那咱们就欢迎连长做个自我批评吧！"分明地，他们企图扭转方向，保吴振庆过关。

连长说："批评得对。我虚心接受，坚决改正。"

一个女知青说："毛主席教导我们说：'在阶级社会中，每一个人都在一定的阶段地位中生活，各种思想，无不打上阶级的烙印。'毛主席又教导我们说：'在任何时候，任何情况下，所谓中心任务只能有一个。'现在咱们的中心任务就是：继续对吴振庆同志展开批判。"

韩德宝白了她一眼："你又是什么干部，怎么以这种口气说话？再说连长还坐在这儿哪！"

徐克也说："就是！"

刚才带头发难的那个男知青说："她是咱们知青中唯一的团员。就凭这一点，我看她有资格以刚才那种口气说话！"他说完讨好地望着那个团员女知青。在这间房子里，窗台下，被子旁，尽是红彤彤的语录本、毛选"四合一"，除此别无他书。

连长说："你们中有人说要'自己教育自己'，我呢，当然应该相信你们这种权利，也就同意了。每个人都应该培养自己教育自己的能力是吧？包括我。所以我就来向你们学习，不必把我坐不坐在这儿当成一回事儿。"

团员女知青说："我想向吴振庆提最后一个问题——你把那个毛主席像章里的主席头像抠出来，弄到哪儿去了？"

众人都将目光盯在吴振庆的身上，都有点出乎意料。看来谁都意识到了这个问题的严重性。徐克等吴振庆的同学和好友，皆替他暗暗感到不安。

韩德宝向徐克耳语："妈的，真要把人往反革命的边儿上推呀！"

"我……"吴振庆的头抬起一下，无话可答，侧着脸梗着脖子又不说话了，打算抗拒到底的样子。

那男知青逼问："你倒是回答呀！"

吴振庆头上掉下了汗珠儿。

连长说："在这些细枝末节方面，我看，就大可不必认真追究了吧？"

团员女知青说:"连长,这怎么是细枝末节呢?我对毛主席他老人家的深厚感情,不允许我不提出这样的一个问题。"

连长不由一愣,也一时无话可说,沉吟片刻,对吴振庆说:"小吴,你可别感情用事,想好了再回答,不许胡说八道!"

吴振庆说:"我偏不回答,又能把我怎么样?"

团员女知青说:"那我们可就要向团里反映这个案件了。"她将"案件"两个字说出特殊而又颇为得意的意味儿。

连长说:"越过连里,不大合适吧?"

那个频频配合发难的男知青说:"这就要看连里怎么处理了!"

王小嵩站起来说:"他给了我。"于是所有人的目光都集中在他身上。

团员女知青没想到,她问:"给你了?"

"是的,给我了。"王小嵩说,"他还说'反正不管保存在什么地方,毛主席都是在我心中的'。"

团员女知青怀疑地看看吴振庆,又追问:"那么你的又弄到哪儿去了呢?"

王小嵩佯装糊涂:"什么?"

"还能是什么?主席头像呗!"

王小嵩说:"那你怎么可以用'弄'这个不该用的字来问呢?"

"这……"

那个男知青说:"你别在人家字眼上做文章!你先回答问题。"

王小嵩说:"我贴到信封上了。我想,我们是响应毛主席的号召到边疆来的。再用贴有毛主席光辉形象的信封从边疆寄回城市一封信,具有特殊的意义是不是?"团员女知青显然不信地说:"口说无凭,你把那封信拿出来给大家看看!"

王小嵩说:"这你让我如何做得到呢?我已经用那信封寄家信了。"

韩德宝说:"对对对,我证明!前几天我替大家到营里去寄信,是看到过这么一封信。"

吴振庆抬头感激地看了王小嵩一眼。连长暗暗吁了一口气。

郝梅也放下心来，模样调皮地望着团员女知青，仿佛在问："看你还如何？"

徐克突然忍俊不禁，笑得倒在炕上。

于是除了那个团员女知青和她的配合者，其余知青皆笑得倒在炕上。王小嵩没笑。非但没笑，反而严肃得很。看看这个，瞧瞧那个，似乎奇怪大家笑什么。

那男知青说："我们要求改选班长！"连长正色："都别笑了！都给我坐起来！一个严严肃肃的会，看你们开成了什么样子！"

于是大家一个个止住笑，坐了起来。那男知青继续说："我们要求选一个团员知青班长！"

徐克说："你们是哪些人啊？"连长一竖手掌，制止住唇枪舌剑："毛主席教导我们说：'我们的干部，不论职务高低，都是人民的勤务员。'小小的知青班长嘛，就更是勤务员了。选勤务员，团员知青能选上更好。如果又选上了一个不是团员的呢？我看也行。不能算什么原则性的错误。你们行使你们的民主权利吧，我告辞了。"

连长说完蹬上鞋走了。在宿舍外面那开拖拉机的老战士见连长出来，探问："他们搞什么名堂？"

"选班长哪。"

"那……你得出面保一下小吴哇，那孩子不错！整天不哼不哈的，苦活儿累活儿带头干，他们还要选一个什么样的班长啊？"

连长耸耸肩："我怎么知道？这些个半大孩子，把城里那点儿派性也带来了！"

老战士跟着连长走："那你就更得……"

连长没好气地说："我更得怎么？小小年纪，心眼儿还没张开呢，就忙着谈情说爱！还把毛主席像章……我有心包庇他都不知怎么包庇！哼！"

宿舍里，徐克说："我选王小嵩！"王小嵩意外地一愣。

韩德宝说："我也选王小嵩！"推了吴振庆一把，"你呢？"

"我……赞成！"

王小嵩说："我不行我不行！我当战士当惯了，当不了班长。"

徐克说："你的意思也就是说，你拒绝当为人民服务的勤务员喽？"

"我不是那个意思。"

韩德宝说："这不是你认为自己行不行的事儿！"

郝梅说："那……我也选王小嵩。"

那男知青问："你们总得说出几条选他的理由吧？"

"理由？"韩德宝仿佛很吃惊地说，"同志们，他要理由！工人阶级的后代这不是理由吗？思想成熟。"

那男知青说："他……思想成熟？"

徐克说："当然！他刚才的发言，难道还不能充分证明这一点吗？还有，行为稳重！刚才咱们都笑得那么不严肃，他就没笑吧？"

众人的脸一齐转向王小嵩，王小嵩很不自在。

韩德宝说："同意选王小嵩当班长的举手！"

徐克、吴振庆、郝梅高高举起了手。但是算上韩德宝也不过四票。仍有四人未举手。正好四比四。

团员女知青高深莫测地沉默着。那男知青因出现了僵局而冷笑。

王小嵩说："我不是还算一票吗？"

众人目光都转向了他。

那男知青迫不及待地问："你选谁？"吴振庆等心有所虑地望着他。

王小嵩说："我——当然选王小嵩战友啦！"

他高高举起了手。吴振庆等不由得笑了。

团员女知青和她的同盟者交换了一下恼怒的目光。

8

小河边，黄昏。吴振庆在不停地打水漂。好友们在继续对他进行指责。

徐克愤愤地说:"父母是怎么希望的?希望你像老大哥一样,照顾我们几个是不是?可你自己却先摔了一个大跟头!你说你要是被打成了反革命,让我们向你爸爸妈妈怎么交代?还老大哥个屁……"

韩德宝说:"可不,你要是真成了反革命,我们都难做人!跟你划清界限吧,显得我们没情没义。不跟你划清界限吧,我们又丧失了政治立场。"

郝梅说:"吴振庆,我最生气的是,你不该虚伪,不该两面派,不该骗大家。"

吴振庆正要打水漂,瞪着郝梅,手举在半空呆住了。

郝梅说:"你心里明明喜欢张萌,为什么还要在我们面前装着反感张萌的样子呢?我们要是早知道你喜欢她,不仅不反对,还会替你们创造接触的条件。"

王小嵩似乎内行地说:"这你不懂,不要瞎责怪他。"

郝梅奇怪地问:"那你很懂喽?"

王小嵩局促地说:"我……当然也不懂!所以我就没瞎说嘛。"

吴振庆狠狠地将石头掷入水中,站起来,拍了拍王小嵩的肩,欲言又止,一转身走了。

徐克对郝梅说:"你真是的,哪壶不开提哪壶!"

郝梅望着吴振庆的背影,一时有些后悔不及。

韩德宝说:"你们没听人说过吗?爱情能使傻瓜变聪明,能使聪明人变成大傻瓜。"

郝梅说:"真的……"她不禁望望王小嵩,分明地,有几分担心他将来变成傻瓜。

王小嵩说:"你看着我干什么啊!"不自然地将脸转向了别处。

吴振庆抱着一棵树在哭。一边哭一边擂树干。一只大手轻轻拍在他肩上。

他立刻停止了哭泣,缓缓回头——是连长。连长说:"委屈?痛苦?你们俩那点儿小戏,早就看在我眼里了!没有那弯弯肚子,谁叫你吃镰刀头？跟我走走，我给你上几课……"

两人在白桦林中随意走着。

连长边走边说："我也吃过这种苦果。代价比你还惨重。当年我二十几岁，是个小小警卫排长。不知天高地厚，爱上了我们军队大院里一位首长的女儿。当然，她也很喜欢我。我爱她，她喜欢我，就这么一点点区别，注定了只能是一场爱情演习。"

"这有什么区别？"

"这区别可就要命了。可惜当初不懂。后来我们的事儿被她父亲知道了。她父亲大发雷霆，说一个小小警卫排长，竟胆敢梦想做我的女婿！我让他连个小小的排长也当不成！于是我一下子就由警卫排长变成警卫战士了。她父亲还不放心，结果我就被迫脱了军装，离开了军队大院，离开了北京，一纸复员令把我发到北大荒来了。"

吴振庆问："那……她呢？那个当女儿的呢？"

连长苦笑："她嘛，我离开军队大院时送给我一个笔记本儿，上面写着——务农光荣。还对我说：'我真的挺喜欢你！'我到北大荒三个月后她结婚了。嫁给一位比她大十二岁的男人，一位大校副师长。这么多年了，她可能早把我忘了。即使偶尔想起我来，我猜她一定会嘲笑自己的荒唐，居然会喜欢一个农民的儿子、一个小小的警卫排长。"

吴振庆问："连长，你真这么认为？"

"是啊！我也经常嘲笑自己当年的荒唐啊。居然会爱上一位司令员的女儿。"

"那……你现在还爱着她？"

"我可没那么久的常性。我干吗那么傻？非跟自己过不去？那不是冒傻气嘛！"吴振庆说："那……你已经爱上别人了？"

连长叹了口气："也没那么幸运。前几年，咱们北大荒地面上的女人，比东北虎还不容易见到。"

"你恨她吗？"

"恨？"连长看了吴振庆一眼说，"这你和我一样，多少总会有点相同的体会——一个人是没法儿真正恨一个自己爱过的女人的,是不是?"

吴振庆点了点头。

连长说:"她眼睛长得很特别。喏,就像那只眼睛一样。"连长指着一棵杨树——杨树的一只"眼睛",似乎笑眯眯地望着他们。

他继续说:"咱们连是个新点儿,刚刚盖了几幢不像样的集体宿舍应付过冬,不能接着就盖新房、盖托儿所,是吧?那是以后的事儿。所以呢,我主张,你们小小的年纪,先不必忙着谈情说爱,你们要是一对对儿都爱得发急,我又没权力批准你们早婚,岂不是也只有替你们干着急?对不?"

吴振庆难为情地笑了,点了点头。

两人离开时,吴振庆回望那棵杨树——那杨树的"单眼"笑眯眯地目送着他们。

男知青宿舍。徐克探出头,见那个在批判吴振庆时表现得特别积极的男知青走来,回头机密地说:"支好!支好!"他旋即缩回头去……

谁知那男知青走到离门不远处却没进去,原来他看见王小嵩扔下斧头,在抱木柴,于是犹豫了一下,便走过去,巴结地说:"班长,我帮你抱。"两人抱着木柴走到门口。

那男知青往旁一闪,继续巴结:"班长……你……你先进。"

王小嵩倒转身,刚用后背拱开门,一盆水兜头浇将下来,将他泼成了落汤鸡。

徐克、韩德宝掩口窃笑。王小嵩倒转身——他们始料不及地呆住了。

王小嵩愤怒地瞪着他们。那男知青明白过来后,幸灾乐祸地说:"嘿嘿,班长,早知他们这么陷害您,我就先进了。我宁可替您身受其害啊!"

这些少男少女,就这样开始在广阔天地里,接受个人和自己、个人和他人、个人和群体的矛盾的考试。他们既互相爱护,又难免时常企图互相伤害;他们既学会了保护自己的小小的狡猾、报复别人的小小的阴谋,也学会了反省自己和接受教训。而最主要的是,在艰难困苦面前,他们学会了鉴别哪些是人最可贵的品质和精神……

9

雨季快到了,知青们在房舍周围挖壕。徐克问:"连长,雨季一到,草甸子上的水,真能从四面八方漫过来吗?"

连长一边挖一边回答:"很可能的,所以咱们得提前挖好疏水壕沟。"

开拖拉机的老战士走来,站在壕沟边上小声对连长说:"连长,口粮只够吃两天的了,这万一雨季提前到了,路都淹了,可咋办?"

连长四周看看,见徐克在偷听,警告他:"不许扩散啊!"

又对老战士说:"你立刻派一个人,开上拖拉机到营里去拉趟粮。"

"好……"老战士起身离开。

连长思忖一下,跳上壕沟,追上老战士说:"口粮的问题可不是闹着玩的,派别人去我不放心,我亲自去吧!"

肮脏的浓重的乌云迅速地吞掉了最后一小块晴空。

沉闷的仿佛抑制着的雷声从远处传来……

天地间一片朦胧,一片混沌,一片如烟的阴霾,一片似雾的苍灰……

男知青宿舍里每人都拿着一个馒头,一头蒜。

王小嵩说:"知道今天早晨为什么一人只卖一个馒头吗?昨晚食堂新蒸的两屉馒头,几乎全被人在夜里偷光了!我想,绝不会是老战士们干的,也不会是女知青们干的。"

韩德宝说:"班长,你是说,是我们之中……有一个人偷的?"

吴振庆猛地往起一站:"那还用问吗?搜!小嵩,你从我的箱子开始搜!"

徐克说:"对,搜!他妈的不搞个水落石出,决不善罢甘休!"

韩德宝说:"班长,搜箱子这个方式不怎么好吧?"

吴振庆说:"有什么不好的?"

众人七嘴八舌嚷成一片:"我同意搜!"

"我也同意！不能一个人做贼，大家背黑锅！"

徐克首先打开了自己的箱子："班长，你开始搜吧！"

王小嵩说："不，我不搜。我也觉得这方式不好。大家可能还不知道，连里的口粮只够两天的了。不过大家不必心慌，连长亲自到营里拉粮去了。连长肯定不会让咱们挨饿的。所以呢，我希望那个偷了馒头的人，主动向我认个错，我保证替他严守秘密，不予追究。"

众人面面相觑，仿佛都在怀疑对方是贼。

吴振庆说："班长不会偷！我也不会偷！他，他！都不会偷！做贼的肯定在你们几个之中！"——他指的是徐克和韩德宝等。

韩德宝说："振庆，没根没据的，别这么说。"

对方几人中有一个因受辱而恼怒了，他说："我看还在你们几个之中呢！"他一指韩德宝说："都不反对搜箱子，就他一个人反对！做贼心虚吧？"

众人的目光一齐投向韩德宝。

"我没偷！"

吴振庆瞪着韩德宝看了一会儿，忽然扯着他往外便走。

"你干什么呀你？！"韩德宝的馒头掉在地上。

徐克替他捡起馒头，剥着皮。

吴振庆已将韩德宝扯到了外面，揪着他的领子，将他推到墙边站着，低声然而严厉地说："我怎么觉得也像你？你给我老实说，究竟是不是你？"

王小嵩跟了出来，对吴振庆呵斥说："你放开他！我是班长，轮不到你对他这样！"

吴振庆放开韩德宝，瞪了王小嵩一眼："接班人，对我说话开始用这种口气了？哼，我看你怎么给大家一个交代！"他一转身悻悻地进了宿舍。

韩德宝说："他、他怎么竟怀疑到我头上了！"

王小嵩拍拍他的肩膀说："别跟他计较，他这些日子心里一直不痛快。我可压根儿就没往你身上想。"

"那，是谁你心里有数？"

王小嵩摇头："没数。我也不知道究竟是谁。"

夜。男知青宿舍。外面雨下得很大……

一个人影跌入，焦急地说："都起来！跟我去接你们连长！"是一个女人的声音。

一队人影离开连队，冒雨在泥水中奔跑。

运粮路上。在几束手电光的照射之下——拖拉机陷在水坑旁，连长没在齐腰深的水中，用背抵着木爬犁——看样子，如果不是他用背顶着，爬犁定会翻入水坑。

连长喊道："先别顾我！先顾粮食！"

人们纷纷跃上爬犁搬粮食。

徐克跳入水中说："连长，我替你！"

连长看他一眼，笑笑："咱俩一块儿顶着吧！"

在既是连部同时也是连长的宿舍里，连长蹲在地上吸烟——他身后是一块垂挂着的塑料布。

塑料布突然被扯到一旁——出现一位三十多岁的女人。显然她刚才在换衣服。她的头发还湿漉漉的。

连长站了起来，扔掉烟，用脚使劲儿一踩，望着那女人。

女人问："你这么看着我干什么？"

"我好想你。"

女人说："几个新连队发现了出血热，营里本想派个男医生来的，是我自己坚决要求跟你来的。"

她一边说一边整理医药箱。

连长从背后用双手揽住了她的腰，她将头向后一仰，靠在连长肩上……

连长说："有你在，我就放心多了。"

女人说："我也想你。"

连长拧灭了马灯……

开拖拉机的老战士钻进男知青宿舍，往王小嵩枕旁一坐，一边脱鞋一边说:"知青头儿,今晚你的被窝我征用了!"

王小嵩愣了愣,什么也没说,挤入了韩德宝的被窝。

韩德宝问:"老张,怎么不跟连长一块儿睡了?"

"连长的呼噜打得太有水平了!"

"不完全是这个原因吧?"

"你这个小子!不该问的就别多问!"

老战士钻进王小嵩的被窝。

吴振庆问:"那女人是谁?"

老战士回答:"是咱们连长的那个。"

"连长不是没结婚吗?那他们怎么可以'那个'呢?"

"我也没说他们那个!我只不过说,她是连长的那个。没结婚,才不说是老婆,等咱们连明年盖起了新房子,她会来定居的,那时候你们都该叫她连长大嫂了!"

"明年,咱们要给连长盖幢又高又宽敞的房子。"

"哎,这么说,还像是连长的一名好兵说的话!"

三天以后。

吴振庆仰躺在男知青宿舍,处于昏迷状态——徐克和韩德宝忧郁地守在他左右。对面炕上,也昏迷地仰躺着两个男知青——王小嵩和郝梅在给他们换敷在额上的毛巾。

连长陪着那个女人走了进来。

王小嵩等人的目光投向那女人。

连长说:"大家心里不要紧张,乔医生很有经验。"

乔医生从吴振庆开始,检查他的眼睑、舌苔、胸前的皮肤……

之后,她沉吟不语……

王小嵩说:"还有他们俩没检查呢!"

乔医生说:"一会儿我会检查的,现在我要求你们三个,站到我面前。"

王小嵩、徐克、韩德宝站到了她面前。

乔医生说:"脱衣服!"

他们脱去了上衣，但都穿着背心。

"背心裤子都脱掉！"

连长说："快点儿！医生怎么说，你们就怎么做！"

郝梅悄悄溜出去了，在门外偷听。

韩德宝说："连短裤也脱吗？"

乔医生的声音："脱！……伸出舌苔，举起手臂……"

郝梅回到了女知青宿舍——女知青们的目光都集中在她身上。

郝梅缓缓坐在炕沿上，自言自语："在检查胸部是否潮红，腋下是否有出血点，杨梅子是否增大……"

女知青们不安起来……

一个女知青问："杨梅子是人身上的什么啊？"

郝梅说："我也不知道。"

另一个女知青说："我知道，是舌头上的小肉刺……你没听医生讲是不是出血热？"

郝梅摇头："医生没说。"

问"杨梅子"是什么的女知青，一听这话，恐惧地从昏躺在炕上的另一个女知青身旁躲避开了。

她急忙地东翻西找。

大家默默望着她找。

她一无所获，忽然哇的一声哭了："谁有小镜儿？谁有小镜儿？借我照照……"

男知青宿舍里，连长和王小嵩等在穿衣服。

乔医生检查完了另外两个昏迷的知青，望着他们说："出血热正在你们连队流行，它是由鼠类传染的。"

徐克突然尖叫："老鼠！"

他操起一只鞋狠狠砸向墙角。

瞬间无数只鞋，包括一只枕头扔向那个墙角。

半裸着身体的连长和王小嵩等扑向那个角落，互相冲撞着，用赤脚在枕头上踩，用随手抓起的什么东西盲目地打。

乔医生说："行了！老鼠早跑了。"

王小嵩拎着枕头角，将枕头拎起，又用拨火棍挑开一只只鞋，并没有看见老鼠的影子。

他们气喘吁吁地望着乔医生。

乔医生说："除了这三个同志有些初期症状，你们几个很幸运，并没被传染上。"

乔医生和连长一前一后离开了男知青宿舍，向女知青宿舍走去……

马在马棚里打响鼻。

乔医生站住，走入马棚，细看马眼，细察马身。

她离开马棚后，一边打开医药箱，取出酒精、药棉揩手，一边不动声色地说："把它处理掉吧。"

连长说："可是，连里目前只有这一匹马！而且它跟随了我多年，救过我的命。"

"它已经传染上了。没有多余的药给它用。"

他们怜悯地望着马，马似乎也在乞怜地望着他们。

在女知青宿舍除了躺着的，都站在医生面前，医生依次审视着她们。

乔医生看着刚才哭过的那个女知青说："为别人的命运哭，还是为你自己的命运哭？"

那女知青无言以对，垂下头去。

乔医生说："不管为别人还是为自己，哭都是没有任何意义的。抬起头。"

那女知青抬起了头。

乔医生掏出手绢递给她："把泪擦干净！我来到北大荒的时候，也和你们一样的年龄。就我的体会而言，男人有时比我们女人更脆弱，更容易悲观失望，内心里更容易产生恐惧……所以，他们有时需要我们用笑脸和歌声，唤起他们的刚强。女儿也应该有泪不轻弹……我现在要从你们之中选一名助手，谁自愿？"

郝梅见没人表示什么，低声说："我……"

"好吧，那么就是你了。我需要你……"

"唱歌吗……"

"不。需要你和我分头守护病倒的人。他们呕吐了，或者大小便失禁，都要替他们擦拭干净，还要提防自己被传染上，明白吗？"

郝梅的声音一下子变得极小："明白……"

"现在，你们脱光衣服……"

这时传来一声枪响。

有的女知青惊得一抖。

王小嵩、徐克、韩德宝趴在窗上朝外看——连长持枪呆立——拖拉机将马拖向远处……

天黑了。

连长坐在马灯以外的暗影里吸烟。烟头一红一红地闪。

乔医生在铺被褥，铺好坐在床沿望着他："别吸了……"

连长将烟头在鞋底按灭。

"你体温至少在 38.5 摄氏度以上，心跳至少在九十次以上。全连你的症状是最明显的。身上出血点也最多。你还装什么？还不……给我躺下。"

她抽泣起来。

连长走到她跟前，双手轻轻放在她肩上。

她不禁拦腰抱住他，依偎在他胸前说："你答应过我，明年第一次麦收的时候，要把我接到这儿来，和你结婚。"

连长说："是的，我答应过你。你等了我几年，我真觉得对不起你……我的情况暂时替我向全连保密好吗？"

乔医生仰望着他，点了一下头。

门外——伫立着开拖拉机老战士的身影。

月光下，他抹了一把脸上的眼泪，朝荒原走去……

乔医生在男知青宿舍的炉旁坐着——炉上煮着注射器。

郝梅突然闯入大叫:"不好了!连长吐血了!"

乔医生倏地站起来。

王小嵩惊醒。

郝梅在连部外面拦住王小嵩等说:"乔医生说了,不许任何人进去。"

王小嵩等脸上神情不安。

清晨,郝梅在宿舍用小刀将一个大红萝卜削去皮,切成一小块儿一小块儿。

一个女知青在洗一个罐头瓶子。

一个女知青在往水里倒白糖水,用勺搅动。

王小嵩走了进来,问:"连长怎么样了?"

郝梅说:"刚才苏醒一次,想吃水果罐头……哪去弄啊?大家就出了个主意,只好骗骗他。"

"连长还说什么了?"

"说……柞木……乔医生也不明白是什么意思……"

萝卜块儿和白糖倒入罐头瓶。

徐克、韩德宝闯了进来。

徐克说:"班长!老张不见了!哪也找不到他。"

韩德宝说:"准他妈的是自己逃命去了!可耻!还他妈的自称是北大荒人哪!"

"住口!"王小嵩说,"没弄清情况之前,不许胡说八道!"

郝梅双手捧着罐头瓶走在前面,男女知青们跟在后面,走进连部……

乔医生坐在床上,连长身上盖着被子,头枕在乔医生腿上,乔医生摸着连长长满胡楂的脸。

大家陆续走进去。

乔医生悲泪盈眶,她说:"你们……向你们的连长告别吧。"

郝梅手中的罐头瓶,掉在地上,碎了。

郝梅无声地哭起来。

大家扑过去喊:"连长……连长……我们不让你死呀!"

王小嵩流泪。

吴振庆流泪。

徐克流泪。

韩德宝流泪。

这时,那个"老战士"背着一个皮口袋走进来,他惊呆了。

吴振庆指责老战士:"老张,你昨晚到哪儿去了?"

徐克问:"你是不是吓跑了?!"

老张推开人群,一下跪在连长跟前,举着皮口袋,他说:"连长啊连长,药!我给你弄来了,弄来了……"他也哭了。

连长安静地"睡"着。

乔医生看着他。

吴振庆醒悟。

徐克回头看着老张。

王小嵩悲痛地走出去。

天空中,一群大雁正在鸣叫着远去。

知青都肃立在连部外面,在他们旁边是两台体态庞大的推土机。

推土机的排气管喷出浓烟。

驾驶室内,是王小嵩和司机老张沉默的脸。

知青们垂下头。

推土机慢慢向连部开动……

连部倒塌。

烟和灰升向天空。

吴振庆在白桦林中寻找着——他找到了那棵长着一只特别的"眼睛"的杨树。

他踮起脚,用手抚去了"眼睛"上的霜雪。

他心里说:"张萌,我要把你忘掉。就像连长忘掉他当年爱过的那姑娘一样……我要比连长忘得还彻底……"

他那只揣在怀里的手抽出来了——他手里握着一只小山雀——它颈上系着那枚用主席像章改造成的张萌头像。

他慢慢松开了手,小山雀不飞。

"去吧……"

小山雀仍不飞。

他一扬手,小山雀终于飞了。

他头也不回地离开了。

徐克从马草中扒出了一个用上衣打成的包儿,他拎着正要往外走,王小嵩出现在马棚门口。

王小嵩说:"打开。"

徐克默默打开了——里面是馒头,不过已发霉了。

王小嵩问:"你还有什么话说?"

"我……我当时,也是想为咱们几个,包括郝梅……"

"我不声张,但是,你给我去连长坟头发誓,永远不再做这么自私的事!"

徐克羞愧地点点头。

下雪了。

雪覆盖着一座坟。

一个人跪在坟前——是吴振庆。

他身后不远处是徐克,手里捧着那包发了霉的馒头。

徐克走过去,跪在坟前。

吴振庆看见徐克手里的那包馒头,神情异常;但在这里,在此时已经不必再说什么了。

10

森林,白色的森林,披着银色盛装的森林,充满着北国寒气的森林,洋溢着青春活力的森林。

吴振庆、王小嵩等知青分成两两几对，有的在伐木，有的在挥动大斧为倒树砍梢，有的在扛木装爬犁。

吴振庆双手拢在嘴边呼喊。

一株大树缓缓倒下，刮落一阵雪团。

王小嵩猛抬头发现什么险情，朝一个知青扑去，抱着他在地上滚了几滚。

沉重的大树倒在他们身旁，雪团落了他们一身——那个被救的知青正是曾向吴振庆发难的知青，他看看大树，看看王小嵩，十分感激。王小嵩却往他脖子里塞了一把雪，起身便跑。

他也抓了一把雪追上王小嵩，要往他脖子里塞。

两人嬉笑着闹成一团，又倒在林中雪地上翻滚。

……

郝梅赶着马拉雪橇来送饭。

她从爬犁上颠了下来，汤桶也颠了下来，热汤泼了她一身，使她浑身冒热气。

她爬起来看看滚落一地的馒头，要捡又顾不上捡，去追马拉雪橇。

马却跑得很快，她追不上，气得跺着脚哭。

她一边哭一边往柳条簸箩里捡馒头。

郝梅头顶着装馒头的柳条簸箩出现在伐木的男知青们面前。

王小嵩赶快接过柳条簸箩。

韩德宝指着郝梅的衣服裤子取笑她——一些白菜叶和萝卜条、葱花儿冻在她身上。

郝梅扬拳欲打韩德宝。

王小嵩将一件大衣披在她身上，将她扶走。

吴振庆等啃一口馒头，吞一口雪。

一棵树下，郝梅坐在地上，王小嵩替她换上一双毡袜、一双大头鞋。

王小嵩长兄一般加倍爱护的庄重无邪的神情。

郝梅情窦初开的眼睛注视着他，欲言又止。

韩德宝用胳膊肘拐拐徐克,朝王小嵩和郝梅那边示意。

徐克望着他们,表情十分羡慕,将嘴张得大大的,猛啃了一口馒头。他立刻又往地上吐,并从地上捡起什么放在手掌上——手掌上是自己的一颗牙。

韩德宝不禁幸灾乐祸地大笑。

知青们挤坐在雪橇上回连队,在日暮时分一路高唱。

雪橇在离连长的坟不远处停住,知青们一个个蹦下爬犁,庄重地从坟前经过。

坟上的雪融化了,一束紫色的达子香(也就是北大荒的迎春花)摆在坟前。

达子香变为一束早开的野花。

这时,连队里有了道路,路旁有了树,又有了几幢房子的架子……

秋天,一望无际的麦海、麦浪。

两台拖拉机牵引着收割机交错驶过。

王小嵩和吴振庆从拖拉机里探出头,互相招手。

一个头戴草帽的人挑着饭菜从麦海中远远走来。

徐克高喊:"郝梅送饭来了……"

吴振庆钻出拖拉机,攀上收割机,不知动了一下什么按钮。

徐克随倾斜的麦草落地,被麦草埋住。

吴振庆大笑。

他们团聚一起吃饭——郝梅给他们分盛菜和汤。

王小嵩说:"现在咱们才明白,连长生前说的'柞木'二字究竟是什么意思……"

吴振庆望着远处的拖拉机感慨无限,他说:"是啊,连长留下这一句话,给连里的麦收解决了大难题,要不,谁也想不到应该用柞木加宽拖拉机履带这个法子……"

韩德宝说:"那样可就惨了!这么一大片麦海,机械要是因为湿陷没法儿作业，万分之一也收不回来。"

郝梅在一旁说："乔医生又给我来信了，让我代问你们好。"

徐克自语道："谁知盘中餐，粒粒皆辛苦——今天才算真有点儿弄明白这句诗。"

在连长的坟前五人肃立，郝梅将一捆麦子祭在坟前。

"连长，咱们丰收了！"

王小嵩弯腰拔除坟头小草。

几只手都去拔。

收割后的麦地，景象萧索。

林中小路铺着一层半黄半绿的落叶，轧出两道深深的车辙，车辙内布满牛蹄印。

紧滞的车轴发出的"吱嘎"声由远而近。

雾中一辆牛车时隐时现。

在辙印中转动的木轮。

牛蹄子不慌不忙地稳健抬起，踏下。

郝梅靠着车上的一个大油桶，坐在车后端。

麦收后，这几个人，又担负起了在兴凯湖打鱼，为团部直属连队改善伙食做贡献的任务。

吴振庆、王小嵩、徐克、韩德宝都剃了光头。他们在兴凯湖畔的一个破庙里吃饭。

徐克说："听说城市里已经开始疏散人口了。"

"那我们家农村无亲无友，往哪儿疏散啊？"韩德宝说。

徐克说："咱们这儿倒一点儿战争迹象也没有，还不如把咱们爸爸妈妈接到这儿来。"

吴振庆说："没有战争迹象？那咱们全部都剃了光头干什么？打鱼还带着枪干什么？"

"都快吃吧！一会儿郝梅装鱼的车就该到了。"

牛车像无帆的舟影飘在大草甸子上。

太阳又红又大，悬在绿草蓝天之间。

郝梅走在牛车旁，边走边采野花——大草甸子散紫翻红，各种美丽的野花目不暇接，采不胜采。

郝梅边走边将采下的野花编了一个花环戴在头上。

她又编了一个野花环挂在牛角上。

她倒退着走在牛前，欣赏着戴花环的牛。

她乐着对牛说："你可真像个新娘子！"

她真是快活极了，一股青春的莫名的激情倏然在她心怀中萌发、荡漾。她一转身舒展双臂向前猛跑。

她仿佛突然隐入了深井，不见了。

她掉入了一个大的水坑，浑身泥浆地爬上来，花环也肮脏了，她瞧着坑里的花环发呆……

吴振庆等泛舟撒网、收网。

鱼在网中跳，鱼在舱中跳。

韩德宝说："什么叫幸福？我觉得咱们能网网打上鱼来这份……啊？幸福的感觉，肯定比他们吃鱼的人更大。"

吴振庆说："就凭你这么高的觉悟，有资格当毛著标兵到处去讲用了！"

韩德宝不屑地说："我才不干那事儿呢！……"他怪腔怪调地学起来，"同志们，亲爱的兵团战友们啊！我一共从旧棉胶鞋上抠下了六公分还多的铆眼哇！你们说他这不是吃饱了撑的吗？专收集那么多铆眼能证明他什么呢？又有什么用处呢？"

王小嵩说："你这张嘴呀！以后不许胡说八道的，小心有人打你的小报告！"

韩德宝说:"这不是在哥们儿之间嘛!"

船靠岸。
他们将船拴住,一个个跳上岸,朝破庙走去……

晾衣绳上,晾着郝梅的外衣、内衣,包括乳罩。
他们一个个不由得站住,似乎再往前走就触犯了神明。
郝梅从破庙里出来,难为情地说:"我半路掉到一个大水坑里了……也不知是你们谁的衣服,我找着就换上了。"
衣服裤子穿在她身上很肥大,使她的模样看去更加可爱可笑。
吴振庆说:"是我的。你穿回去吧,下次别忘了给我带来就行。"
郝梅将背在身后的一只手伸到了他面前,举着一只铁丝笼,里面是一只雪白的鸽子!
"想它了吧?"
"想极了!"吴振庆接过笼子,用手指逗弄着。
鸽子也仿佛因见了他而高兴似的,咕咕叫着。
韩德宝说:"自从张萌离开了咱们连队,振庆的爱好可真多,一会儿养只小雀,放了之后又养一只小松鼠,松鼠放了之后养鸽子。哪天你一旦失去了鸽子,还养什么啊?"
徐克问:"哎,振庆,想人和想别的,有什么不同没有哇?"
吴振庆说:"欠揍?"他拎着鸽子走到一旁去了。
郝梅和王小嵩同情地望着他。
郝梅责备徐克:"你以后别往人家伤口上撒盐末儿!"
她发现徐克正偷瞥她的乳罩,一把从晾衣绳上扯了下来,折起揣进兜里:"有什么好看的!看起来没个完。"
徐克委屈说:"我看了吗?同志们,我可是个正经的兵团战士!我看了吗?"
韩德宝说:"正经的兵团战士同志,你是一直在斜眼偷看来着。"

"你们坏！不理你们了！"郝梅一扭身跑进庙里。

王小嵩说："我一定建议连里，往后派个男的来！哼！"

他也向破庙走去。

徐克忙说："哎，别，千万别！你那么做不是太没人情味儿了！"

他站起来，还要跟进去理论。

吴振庆叫道："徐克！"

徐克站住，回头看他。

"你跟着干什么？！"

韩德宝说："是啊，你跟着干什么？你要跟去，不但太没人情味儿，而且太缺德了吧？"

徐克挠挠光头，嘟哝："派个男的来就派个男的来，更好，谁心里也甭醋溜溜的了。"

吴振庆将鸽子放上了天空。

鸽哨声悠悠。

三人仰望。

自由飞翔的鸽子……

鱼已装在桶里。

郝梅坐在车上赶着车走了。

四个男知青送她。

徐克说："郝梅，下次就别走了。留下给我们洗衣服做饭吧！"

韩德宝说："嚯！让郝梅侍候你？想得倒美！人家就是愿意，也侍候不到你头上呀！是不是郝梅？"

徐克说："从我这儿先开始学习学习，将来侍候别人不是经验更丰富、更周到嘛！"说罢故意用醋眼瞥王小嵩。

郝梅说："去你的！其实……我也挺愿意留下，可连里不会破例的……明令规定不许男女知青混编班组。这你们又不是不知道。"

吴振庆说："郝梅，下次来别忘了……"他向郝梅做吸烟的手势。

郝梅看王小嵩。

"别看我。我什么都不知道。"王小嵩故意把头扭向一边。

吴振庆满意地拍了拍他的肩，转身走向破庙。

韩德宝对徐克说："咱俩也识相点儿，别站在这儿依依不舍的了！"

他们也转身走了。

王小嵩对郝梅说："我送送你……"他牵起了牛缰绳。

他们一个车上，一个车下，行走在大草甸子上。

王小嵩头也不回地问："你爸爸妈妈最近来信没有？"

郝梅深情地望着他的背影："来了，他们的户口也被迁到农村去了。"

"那也没什么，农村或许会比城市里让人生活得平静点儿。"

"可……那我在城里就没家了……"

王小嵩说："谁说的？我家就是你家嘛！如果咱们俩能一块儿探家，我一定陪你看你爸爸妈妈。你愿意吗？"

"愿意……"

王小嵩仍倒背手，牵着牛，走在车前。

郝梅仍深情地望着他的背影。

她的心声——哥、哥、哥，我多想叫你一声"哥"啊！

她的嘴无声地张了几张。

王小嵩倒背手牵着牛，走着，走着。

他突然听到郝梅一声尖叫，吃惊地转过身去。

郝梅双手捂着一边脸。

"怎么了？"

郝梅说："一只马蜂蜇了我一下。"

王小嵩急忙走到她跟前，从她脸上将她的双手拿下。

她脸上显然并未被蜇过。

郝梅笑道："也许没真蜇着。"

王小嵩却没放开她的手。

郝梅深情而大胆地注视着他。

王小嵩想怎样，又缺乏足够的勇气，他不免呼吸急促。

郝梅闭上了眼睛，低低地说："那……你就替马蜂……蜇我一下吧。"

王小嵩讷讷地说："我……蜇哪儿呢？"

郝梅抿着双唇显出一丝笑意："我也不知道……哪儿都行。"

王小嵩瞧着略略仰起的脸，真有些不知"蜇"在哪儿的样子——他轻轻撩开她前额的秀发，用嘴唇在她额上轻轻贴了一下后迅速作罢。

郝梅睁开眼睛说："我……什么都没感觉到。"

王小嵩分明有些后悔地嘟哝："我也是。"

郝梅热烈地望着他："那我们再来一次吧。"

王小嵩点了一下头，郑重其事地又向她俯下头去。

郝梅闭目仰脸静静期待着……吧嗒一声——一条鱼从桶里蹦到车上，吓了他们一大跳，吓得郝梅立刻睁开眼睛。

他们见是鱼发出的声音，相视一笑，都不禁有几分难为情。

郝梅主动用双臂搂住了王小嵩的脖子——青春的嘴唇渐渐吻在了一起。一旦吻在一起，就吻得那么激烈、那么炽热、那么深长，仿佛已无法分开……

老牛不知为什么竟开始走动，一下将他们晃下了车。

他们同时跌倒在深草中。

有鸟从深草中惊飞。

连队。一个很小很小的小卖部。

卖货的女知青在给一位家属打酱油，之后从货架上拿了两盒烟给一老战士。

郝梅走入。待那老战士和家属离开，才凑向柜台，搭讪地问："小刘，忙不忙？"

女知青说："百十来口人一个小连队，忙嘛呀！我还显冷清呢！你买点儿嘛？"——一口浓重的天津腔。

"什么也不买，我是来告诉你……我采那些木耳，都不要了……都给你吧。"

"那我可感激不尽了！你这人，就是好，长得好，心眼也好！姓郝，你是姓对啦！"

郝梅难为情地笑笑："小刘，能不能再卖我两盒儿……那个……那个……"她难以启齿，干脆来了句拼音，"yan……"

"烟？"

郝梅点头……

女知青严肃起来："那可不行！上次偷偷卖给你两盒，十来天我心惊肉跳的！要是被连里发现了哪个知青吸烟，一审问，是从我这儿买的，了得嘛！"

"吸烟的人绝不会出卖你，我敢保证。"

女知青摇头："你甭拖我下水了！再说，你不等于是用木耳贿赂我嘛！"

"我……别当真……我跟你开玩笑哪。"

她失望地走了。

女知青喊着她："木耳，还给不给我了？"

郝梅回头，强装笑脸："给！一定给……"

郝梅沮丧地从一家家园栅栏外走过。

她站住了——一根竹竿上，晾着烟叶。

她向院子里望——那家门上着锁。

她四面环顾。静悄悄无人影。

她突然从竹竿上扯下几挂烟叶，掖进衣下。

一条大狗突然在院子里吠叫起来。

郝梅慌恐，转身便跑……

她没命地跑进草甸子里，鞋掉了顾不上捡。

她终于站住，喘成一团，蹲在地上。

她脱下外衣，将烟包起，用草遮住。

夜晚，湖畔的破庙外星斗澄洁，圆月含羞。

破庙的剪影非常清晰，马灯和灶火相映的微光，从断壁、檐角和庙门投出。

吴振庆靠着被子，双手捧着鸽子，在和鸽子交谈："白姑娘，白姑娘？能听懂我的话吗？我喜欢你！明白吗？明白你就点一下头儿。"

鸽子自然不明白，也不点头。

徐克说："我说，你成天像个老太太，叨叨叨，叨叨叨，让人听了烦不烦啊？哪天我非把它烧着吃了不可！"

"你敢！"

正在用胶布贴衣服的王小嵩说："你俩怎么像两只狗似的，不是你咬我，就是我咬你？"

韩德宝在闹肚子，他说："嗯……又来了。"提着裤子蹦下床。

他出了庙门，习惯地仰头望望天，继而朝湖上望去，表情渐渐发生变化……

他神色不安地退入庙内说："不对劲！"

徐克说："我看你是不对劲儿！"

王小嵩看他仍提着裤子，也说："叫你别喝凉水，你偏喝！闹肚子了吧？"

"我说的是船！多了一条船！"

王小嵩一惊说："不可能！你的幻觉吧？"

"不信你们到门口看看，三条船了！"

大家半信半疑地聚到门口——湖边果然多了一条船，比他们的渔船小，在离岸稍远的地方随浪而动……

徐克说："怪事……出鬼了。"

吴振庆说："走，去看看！"

"等等！"王小嵩转身从墙上取下枪说，"我和振庆去。你俩如果见情况不对，就从墙口跳出去跑！"

王小嵩、吴振庆朝湖边走去。

徐克、韩德宝聚在庙门口疑神疑鬼地注视他们。

两人走到湖边。吴振庆说："我先过去看看……"他也不挽裤子就走入水中。

王小嵩在岸上持枪戒备。

当水没到吴振庆胸口，他扒住了船帮——船中伏着一个人……

吴振庆背着一个人首先踏入庙内。

王小嵩放下枪，摘下马灯，举在众人头上——吴振庆正将那人放在铺位上——是一穿连衣裙的苏联少女，脸色苍白，长发散乱，衣裙已湿透，紧裹在身上。

徐克说："是个二毛子！"

"眼睫毛真长啊！"

王小嵩说："快去端碗热水来！"

徐克去端来了一碗热水，递给王小嵩。"再拿个勺来！"

徐克取来了一个勺子。

吴振庆扶起了那苏联少女，让她靠在自己的臂弯，王小嵩吹着热水，用小勺喂她喝。

她咽下一口水，缓缓睁开眼睛，见周围是四颗光头，四张小伙子的脸，目光中流露出恐惧。突然嚷叫了一句俄语，推开众人，躲到堆柴草的角落。大家面面相觑。

徐克说："她不是二毛子！是苏修！"

这句话产生了一种不寻常的作用，四人的目光一齐投射在她身上。

她紧靠墙角，恐惧的目光打量着众人，打量着破庙……

她的目光盯住了墙上的枪，猛扑过去欲夺枪。

吴振庆一下子又将她推倒在柴草堆。

王小嵩说:"别那么粗鲁,没见她怕成什么样子嘛!"
　　韩德宝说:"班长,说不定是个……特务吧?"
　　王小嵩白了他一眼:"你看朝鲜反特片看多了。咱们在连队时老战士们不是讲过,以前也常有他们的船漂到这边吗?"
　　徐克说:"班长,她冷得直发抖。"
　　韩德宝说:"一见了女的你就变成另一个人了!那你把被窝让给她得了!"
　　徐克气得张张嘴没说出话来。
　　王小嵩默默将自己的毯子抽出,盖在她身上。
　　吴振庆也将自己的毯子抽出,盖在她身上。
　　王小嵩说:"都别盯着她看了!睡觉,明天把她送到边防站去。"
　　韩德宝说:"要不要把她捆上?她跑了怎么办?"
　　"她还能跑到哪去?"
　　吴振庆将王小嵩扯到一旁,耳语了一阵,王小嵩点点头。吴振庆将枪栓卸下,压在自己枕头底下。
　　王小嵩说:"情况特殊,今天需要值岗——第一班是我,第二班是德宝,最后一班是振庆。"
　　早晨。兴凯湖水波粼粼无比平静。阳光遍洒湖上,它是那么温柔。
　　这几个小伙子当时没有想到。那个叫娜达莎的苏联少女,不但会说中国话,而且说得不错。她终于开口告诉他们,她曾从小和父母在中国生活过。如果两天内她不能回去,她就报考不了歌舞团了。而将她送到边防站去,她的人生理想肯定成为泡影。也许由于她是一位美丽的少女,也许由于她曾在中国生活过,并且会说中国话,也许因为她有实现理想的机会,而他们没有,也许……总之,我们的小伙子们,决定为她冒天下之大不韪。有一点是可以肯定的——他们这一种决定,不单是弗洛伊德心理逻辑在支配……
　　四只手叠在一起,表示着决心。
　　韩德宝说:"咱们这几个穷哥们儿,长这么大也没被人求过,不知道被人感激是什么体会，咱们就发一回慈悲吧！"

徐克说："我倒不是心软，我是……心里早他妈憋着有机会做一件'犯上'的事儿！"

吴振庆说："谁如果泄露了这件事，就自己把舌头割掉！"

王小嵩回头对娜达莎说："你放心，天黑我们送你从湖上过去。"

娜达莎喜出望外地笑了。

吴振庆等三人又驾船下湖了。同时草甸子上出现了郝梅的牛车……

牛车在破庙附近的大树旁停住，郝梅从车上抱下几抱草扔在地上喂牛，之后向破庙走来。

王小嵩迎出破庙。

王小嵩搭讪地说："这么早就来了？"

"我喜欢早早的，一个人坐在慢腾腾的牛车上，穿过桦林，穿过大草甸子……你怎么没下湖啊？"

王小嵩不自然地说："我……身体有点不舒服……"他时时挡着郝梅的视线。

然而郝梅还是发现了娜达莎从柴草堆下暴露出的半条腿。

郝梅走过去一下子拨开了柴草。

娜达莎不得不站了起来。

郝梅又惊讶又生气地问："她是谁？"

王小嵩说："她……她叫娜达莎。"

郝梅转身便往外走。

"郝梅！你听我解释……"

他追出了庙门，急急地向郝梅解释着……

他们在牛车前站住了。

郝梅说："我怕……这样的事要是让连里知道了……你还是把她送到边防站去吧。"

王小嵩说："四个人昨晚一块儿决定的事，我怎能出尔反尔呢？"

"可你是班长。"

"别怕,你不说,我们都不会说的。没有人会知道。"

"可是万一……我已经是改造对象的子女了。"

王小嵩轻轻拥抱住她:"记住,如果真有什么万一,你一定要坚持说你什么都没看见,什么都不知道!记住了吗?"

郝梅点点头,偎在王小嵩胸前:"我不是不善良……我也替你们几个担心。"

夜。两条拴在一起的船无声地驶在湖上——王小嵩划一条,吴振庆划一条,娜达莎坐在吴振庆划的那条,也是她自己的那条船上。

水面如镜,船像在玻璃板上划行。桨叶击碎倒映在湖面上的星光月影……

前面船上的王小嵩,朝后面船上的吴振庆做了个球赛裁判的"停止"手势。

吴振庆对娜达莎说:"过界了,再不能往前划了……"他说着将那支桨交在娜达莎手中,又从怀里取出鸽子,亲了一下,放在船里,说:"它绑住了,接下来全凭你自己了,如果安全靠岸,明天一早,你就放飞它……"

他下了湖。

他游向王小嵩的船——王小嵩将他拉上船。

吴振庆解开绳子——两船分离,娜达莎拨正了船头。

娜达莎划桨,她的船渐渐远去,消失在黑暗中。

王小嵩掉转了船头……

黎明。

湖畔静谧而庄严的日出景色。

四个青年伫立湖畔——吴振庆和王小嵩手中都夹着自己卷的烟。

他们在巴望着……

王小嵩吸了一口,呛得背过身咳嗽。

吴振庆说:"听……"

隐隐的鸽哨声。

"白姑娘"的身影,远远地从湖上飞来。

他们一个个仰望的脸。

吴振庆嘴里还叼着烟。

在他们头顶盘飞的鸽子。

他们彼此望着,都会心地笑了。

他们为此付出了代价。这代价对他们来说,似乎是太大了。甚至可以说,影响了他们后来的人生……

在连队所在地,徐克挨了一耳光,又挨了一耳光,吴振庆恨恨地说:"没想到竟是你出卖了大家!……"他将一把小刀掷于地上:"你自己看着办吧!"

韩德宝将吴振庆推开:"你干什么你?他又不是存心的!中秋节那天,他喝醉了。"

王小嵩走来说:"别在这儿斗气了!事情已然如此,你恨他又有什么用?我把主要责任揽到我身上了。"他扭头看徐克,见徐克拿着小刀正要割自己的舌头。

王小嵩几步跨过去,夺过了小刀——但已略迟一步,徐克已将自己的舌头割破,满嘴流血。

王小嵩掏出手绢捂住他的嘴:"你怎么真来这一套!挨了两耳光就受不了啦?"

徐克推开王小嵩,后悔地哭着用头撞树。

吴振庆走到他跟前,紧紧搂抱住他,也哭了。

王小嵩和韩德宝站在一旁默默流泪。

徐克说:"我倒不在乎什么处分……我舍不得和哥儿几个分开……"

结果,从这以后,除了郝梅仍留在原连队,我们书中的四个主人公被调到了四个连队,王小嵩和吴振庆,还被调到了另外两个团的两个连队……

郝梅站在连队路口,目送他们——一辆马车将他们拉走了……

马车越去越远,马铃声渐渐听不见了。

郝梅流下了眼泪。

郝梅的心声:"哥,我什么时候才能再见到你们呢?和你们分开了。我觉得自己一下子变得那么孤独……"

第四章

1

当时代的风标陡转了一个方向的时候,七十年代末八十年代初,在这一座北方城市里,到处都可以看见这样一些人——他们满脸镂刻着失落,他们神情恍惚,混杂着苍凉,神情充满幽怨和种种强烈的希冀。他们一个个疲惫不堪,如同刚刚经历大迁徙却仍未寻找到归宿地的游民,如同起起而赴倦倦而归的溃散之师的乏兵。他们是一批将青春当作武器投掷了出去,却连一枚似可引以为荣的纪念章都没有获得的男人和女人,一批落魄而沮丧的男人和一批茫然而委屈的女人。

他们从一无所有绕到了一无所有,仿佛钟表的指针从零点绕到了零点。对时间而言,零点永远只不过意味着零点,对他们而言,却意味着又要给人生紧紧地上满一次弦。

公路两旁的树枝上挂满了霜雪。

两辆拉煤的卡车坏了,一前一后停在公路旁。

两辆卡车的前车窗和车厢内的煤,也蒙着一层霜雪……

前面一辆卡车上下来了一个人,他踩着半尺厚的积雪,朝公路旁的野地走去。

那人在野地里用打火机(老式的汽油打火机)点燃了一团擦车用的油丝布。

一堆篝火烧起来了。他冲后面那辆卡车叫着:"下来,烤烤火!"他是吴振庆。

车上又蹦下来一个人,是徐克。

徐克跺着双脚:"他妈的,快冻僵了!"

他们两人围火蹲下,烤手,他们还都穿着破旧的兵团服。

徐克问:"振庆,还有烟没有?"

吴振庆从兜里掏出烟盒,只剩一支了,他将烟折断,分给徐克一截。

徐克用火枝点着烟,愤愤地说:"妈的,把这么两辆破车租给我们!回去我一定找他们算账,我徐克不是好骗的!"

吴振庆说:"算了,吃一堑,长一智吧!怎么对付着,也得把这两车煤弄回市里去,尽快倒出手,抓几个现钱,也好过年啊!"

徐克说:"天亮后,保证能拦住一辆往哈尔滨开的什么车。"

吴振庆说:"我劝你还是死了这条心,不管什么车,只要是往哈尔滨开的,能坐几个人,肯定坐满了几个人。"

"那,依你怎么办?"

"拦从哈尔滨往双鸭山开的。"

"回到双鸭山?"

"对,只要能拦住车,两个小时后就到双鸭山了,然后上火车回到哈尔滨。"

徐克不言语。

吴振庆说:"你要不愿意回去,我回去,你守车。"

徐克说:"我不是愿不愿,我怕我回去,买的零部件不对,也不能把德宝带来,人家现在毕竟有了工作,不是自由人了。"

吴振庆说:"那就说定了,我回,我会马不停蹄的,一路关卡这么多,没有德宝那身警服保驾,说不定在哪儿就被扣住了。"

篝火渐息。天色渐明。

吴振庆和徐克分头在路左路右拦车。

来往车辆不停而过。很久以后,他们终于拦住了一辆。

吴振庆掏出二十元钱塞给司机："师傅，帮帮忙！"

"上车吧！"司机挺痛快。

驾驶室除了司机并无别人，吴振庆刚要上，司机却说："没叫你往这儿上，后边去！"

吴振庆说："师傅，我们冻了一夜了，您这驾驶室里不是没别人吗？"

"你怎么知道？前边路口等着哪！到底上不上？"

"上！上！"

吴振庆跃上了卡车车厢，将一个东西扔给仍站在车下的徐克。

徐克赶紧接住，车已开走了。

他接住的是一个冻馒头。

徐克又蹲在路旁，将冻馒头放火堆余炭中烤。

徐克一手拿馒头，一手拿树枝，啃一口馒头，尝一口树枝上的霜雪，跟吮雪糕似的。

徐克进入驾驶室，将棉手套垫在方向盘上，一趴，袖着双手睡了。

白天的阳光融化了驾驶室的玻璃，透过玻璃，隐约可见外面的景物。

驾驶室的玻璃又结了霜花，天又黑了。

徐克醒了，他用哈气哈驾驶室的边窗，用棉手套擦去霜花……

前反照镜里，后一辆卡车旁伴着一辆手扶拖拉机，有两个人在偷卡车上的煤，一个在卡车上，一个在手扶拖拉机上。

他跳下驾驶室，过去阻止："嗨，你们干什么？！"

拖拉机上的人说："干什么？捡点儿煤烧！"

"你们这是捡吗？"

拖拉机上的人跳了下来，一推他："滚一边去！再嚷嚷给你颜色看。"

徐克与那人厮打起来，双方滚到地上。

卡车上的人跳下，捧一大煤块。砸在徐克头上："去你妈的！"

徐克晕在地上，不动了。

两个人中的一个说："快走！"

手扶拖拉机开走了。

吴振庆终于从双鸭山乘火车到了哈尔滨。

他匆匆走出检票口,又向公共汽车候车站走去。

一个骑自行车的男子从他面前掠过。吴振庆看见了高声叫他:"哎!曲传良!曲传良!"那人没听到,吴振庆索性叫他的外号,"刚果布!"

那人听见了,跳下自行车,吴振庆追上去。"刚果布"擂了他一拳:"我当谁呢,是你小子呀!返城后再没听到有人喊我在兵团时的外号了!"

吴振庆问:"找到工作没有?"

"刚果布"说:"有了份儿临时的,骑着驴找驴呗!"

"你这是要到哪儿去?"

"去给我儿子办入学手续啊!"

"买了辆新车?"

"我哪儿有钱买车啊!你没见这是辆女车嘛!我小姨子的,今天因为办事儿,借来骑一天!"

"钥匙给我。"

"干什么?"

"借我骑一下,我有比你更急的事儿。"

"这……"

"别这那的!明天一早我送你家去!"

吴振庆说着,已跨上了车,在对方肩上拍一下,将车骑走了。

对方追了两步大声叫唤:"哎,不行!"

吴振庆扭头说:"别追了!追也没用!你这车我借定了!"

对方望着他远去的背影嘟哝着说:"他妈的!"

在两辆坏的汽车旁,徐克仍倒在地上。五六个路人围着他,旁边停着几辆自行车。

路人纷纷猜测:"喝醉了吧?"

"不像……"

有人蹲下，搂起他上身靠着自己，问："同志，同志！你怎么了？"

徐克睁开了眼睛，左右看了看才慢慢说："有人……有人抢我车上的煤，还用煤块砸我。"他挣扎着站起，靠车头站住，掏出烟盒，空的，攥扁了抛在地上，向围观者们恳求地说："哪位有烟，能不能施舍我几支？"

有一个人掏出半盒烟给了他。

他点燃一支，贪婪地吸着。

给他烟的人问："我说，伤没事儿吧？"

他摇摇沉重的头："没什么大事儿，就是有点儿晕，谢谢各位好心人，大家散了。别一会儿招来巡路的警察。"

又一个人对他说："小伙子，要是还能把稳方向盘的话，趁早把车开走吧，还等天黑了让人来抢啊？"

"车坏了……"

众人面面相觑，一个个爱莫能助地摇头散去。

徐克扶着车进了驾驶室，摘下棉帽子，发现手上有血。

他解开衣扣，脱下衣服，撕扯他的衬衣。

他在照车内镜，包扎自己的头。

哈尔滨某区公安局。

一个人拿着电话听筒喊："韩德宝，电话！"

"来了。"韩德宝接过电话，"是我。振庆？伤在哪儿啊，好，我马上出去。"

吴振庆实际上就在公安局对面的电话亭子里打的电话，他身上背着一个黄挎包，此时已站在人行道上迎着已经当上警察的韩德宝。

两人走到一块儿，韩德宝问："怎么不进里边找我？"

"怕你的同事误把我当成自首的。"

"什么事儿？"

"跟我走，路上我再对你讲！"

"现在？"

"对。"

"可……我们正在开会。"

"那我可就管不了那么多了！走吧。"

说罢，吴振庆抓住韩德宝的腕子拖他便走。

韩德宝不情愿地被吴振庆拖着走在人行道上。

他挣开手说："到底什么事儿？"

吴振庆向他说明需要帮助的事情，韩德宝感到为难。

吴振庆见他这样，转身就走。

韩德宝看着他的背影愣了愣，无奈地只好跟着。

最后两人说好了"下不为例"，才一起上了火车，去解救倒霉的徐克。

但是当他们辗转来到停煤车的地点时，却只见车不见人。二人正在纳闷儿，一个人影从车厢的煤堆中一跃而起，跳下车，扑在韩德宝身上，和韩德宝一块儿扑倒了。吴振庆见状连忙说："徐克！是我们！是我和德宝！"

徐克抬头，从韩德宝身上起来。

韩德宝从地上捡起自己的警帽，拍着，瞥见徐克一手握着一只大板子，似乎有些不寒而栗。

他说："你小子想要我命啊？"

天黑了，三人来到一家很小的饭馆，徐克的眼眶青肿，一只手用手绢包扎着。他们围着桌子坐下了。

吴振庆问徐克："疼不？"

"疼劲儿过去了……他们要抢车上的煤。那我哪能干，他们两个，我一个明知打不过，可打不过也得打啊！我当时想，头可断，血可流，命可去，但这两车煤不能被抢光！狠的怕玩命的。"

吴振庆教诲他："记着，往后再遇到这种情况，除了头不可断，血不可流，其他什么都可以不顾。"

韩德宝说："振庆说得对！要不是我们恰巧赶到，今天的事多凶险！"

伙计送上三碗汤面，他们狼吞虎咽地吃着。

办完事，他们又来到一个比较好点儿的饭店。这回他们的神气不一样了，因为桌上放了三沓人民币。吴振庆说："德宝，弟兄之间，我和徐克就不说谢你的话了……全部的钱都在这儿了，除以三，每人八十。"

他从兜里掏出一把钢镚儿和毛票又说："这些零头，也别来平均主义了，归我了。"

韩德宝拿起了一沓钱，八张十元的。他将钱像扑克牌一样捻成扇形，瞧着说："还够新的……"

徐克说："长这么大，头一回一次挣这么多钱！"

"你们这不叫挣，叫倒……"

吴振庆掏出烟分给他们，自己边吸边说："是啊。是叫倒，不像挣那么光彩，可也不比挣容易多少。没你，我俩这次可真叫'倒霉'了。"

韩德宝将四十元放在徐克那沓钱上，将四十放在吴振庆那沓钱上说："我一文不收，你俩二一添作五吧！"

徐克说："那怎么行！"将钱硬塞给韩德宝。

韩德宝说："我说不收就不收，我有工作了。"又说，"我穿了这身警服，对你们可以的事儿，对我就不可以了。"

吴振庆说："那，就听德宝的吧！"

三人离开饭馆，在冬天的寂寥的街道上走着……

2

几年之后，他们都脱下了他们穿回来的兵团服，被城市消化到各个角落和各种行当中去了。只有解剖某一座城市，才会从城市的横断面里，发现他们确实运行着，走出了千差万别的人生轨迹……

城市的夜晚，死寂如公墓。高楼的黑影幢幢。

一根电线杆顶端栖息着一只猫头鹰。

猫头鹰下面是一条小街，一片矮房的屋顶。

猫头鹰似乎发现了什么，俯冲而下……

一只大网正在等着它。

有人说，在城市里，需要提防的时候似乎更多些。对人是这样，对一只从动物园里逃出来的猫头鹰更是这样，它"落网"了。

第二天，在动物园管理办公室中，一男一女两个工作人员坐在桌前，女的织毛衣，男的看报，这间办公室的墙上有一面通常被当作奖状的镜子，镜子上写着："无私援助，伟大贡献。"下角落款是"龙江电影制片厂敬赠"。

这时有人敲门，没等回答，一个青年推门而入，他手里拎着一个用布罩住的笼子。

青年不慌不忙地将笼子放在办公桌上。

他彬彬有礼地问："我从晚报上看到一条消息，你们逃走了一只猫头鹰，是不是这只？"

他像一位魔术师似的揭去了罩笼子的布。

一男一女两位管理员绕着笼子辨认了片刻，男管理员说："是，是，没错儿！"

女的说："瞧它那只爪子，爪钩不是断了一截吗？有家电影制片拍电影需要它，因为它是从小在动物园里养大的，不太疏远人。我们已经答应借给电影制片厂了，不然也不会登报的。"

男的说："可不嘛！真应该感谢您啊！吸烟，请吸烟。"

青年接过烟，对方赶紧按着打火机，热情地说："坐，您请坐！别站着啊！"

青年坐下，深吸一口，缓缓吐出，用闲聊似的口吻问："电影厂得给你们一笔钱吧？"

男的说："当然，当然。如今讲究经济意识嘛！要搁过去，就白借给他们了！别说一只猫头鹰，狮子老虎让他们拍些镜头又怎么样？"他看看女管理员又问，"是吧？"

女的说："是啊是啊，时代不同了。我们不要钱，倒显着我们跟不上时代潮流，太迂腐了！"

青年说："那，电影厂给你们多少呢？"

"不多，才八百……"女的说，她见男的直向她使眼色，忙收住口，"我记错了！不是八百，是六百。"

青年微微笑了一下，往烟灰缸里弹弹烟灰，慢条斯理地说："你们不是还在报上登得明白，捉住送还者，有酬谢的吗？"

男的说："对对对，光顾说话，把这茬儿忘了。小刘，你快付给人家这位同志酬谢费！"

女的立刻拉开抽屉，找出二十元钱和一张纸放在青年面前："你得给我们写下个收据，我们好报账！"

青年朝钱和纸瞥了一眼，没动，转脸瞅着男管理员，依然慢条斯理地说："就算你们说的那个数，六百吧！不是我逮住了，给你们送来，你们六百元还能得到吗？"

青年又吸一口烟，又微笑。

男女管理员对视，目光瞅着猫头鹰，又瞅着青年。

青年说："事儿明摆着，我等于给你们送来丢失的六百元钱，也许是八百元钱，对不？这叫什么精神？这叫拾金不昧。你们都巴望着分这笔钱呢，对不？干哪行吃哪行嘛！这没什么不好意思的，这很正常。这叫时代潮流。这潮流好。不这样，那就叫逆潮流而动，对不？所以呢，我不跟你们绕弯子，咱们开诚布公。你们得那么多，我只得二十分之一，甚至是三四十分之一。这太不合适了吧？将心比心，你们若是我，你们又该怎么想呢？"

两个男女一时哑口无言，定睛瞅着他发愣。

猫头鹰在笼子里不老实，用嘴拧铁丝。

青年用烟头烫猫头鹰的嘴。

女管理员赔笑说："是少了点儿，二十元是少了点儿，您不说，我俩也觉得怪拿不出手。可这是我们领导的一句话定的数，不是我俩做的主。您看这样行不？我俩先掏自己的钱，再凑给您三十，一共给您五十。再多，我们也就不敢垫了。"

她说罢，从兜里掏出钱包，将钱尽数取出放在桌上。还对青年亮了亮空钱包，迅速点点那些钱，对男管理员说："缺十三元八毛二，老李，你快看你那儿够不够哇！"

男管理员不情愿地掏出钱包，一脸愠色，忍而不发。

"慢！"青年捋袖子。

他们以为青年要动武，都吃惊地后退了一步。

青年笑笑："你们别怕，我不过想让你们瞧瞧，我为你们付出了多么惨重的代价！"

他小臂上包扎着几层纱布。

青年说："五十元就想打发我走？你们把我当小孩儿哄吗？我这胳膊是猫头鹰挠的！皮肉之苦，你们给论个什么价吧。还搭上我一只心爱的鸽子做诱饵。光我那只鸽子在鸽市起码卖五十元！"

青年不微笑了，冷着脸，从桌上抓起那男管理员的烟，理所当然似的又吸着一支。

女的赔了个笑脸，近乎诉苦地说："同志啊，您就多多体谅吧！啊？您刚才也说，干哪行吃哪行。可干我们这行的，您叫我们吃什么呢？总不能吃老虎吃狮子吧？拍电影的需要我们一只猫头鹰，这对我们是百年不遇的事儿！我们上上下下四十来人，您算算每人能分多少呢？给您五十，固然不多。可与我们相比，您是挺多的啦！托这只猫头鹰的福，我们每人能买一只鸡三斤鱼的，您就成全了我们，别跟我们斤斤计较啦！另外，我们再往您单位写感谢信，怎么样？啊？"

青年乜斜了她一眼，嘴一撇，不屑地说："这样吧，你们酬谢我这个数，我反过来给你们写封感谢信！"他伸出两根手指剪动着……

女的问："二……百？"

"二一添作五。"

男的说："你别太过分了，你这是敲竹杠！"

青年振振有词："敲竹杠？这叫按劳取酬你懂不懂？马克思主义的分

配原则！要不是我下定决心，不怕牺牲，机智勇敢地捉住它，你们一半儿也没有！"

"好，说得好！马克思主义也搬到桌面儿上来了！"男管理员终于生气了，"你小子坐这儿别动！我给派出所打电话，派出所会好好表扬你小子的。"

男的说着抓起电话，气急败坏地拨号。

女的说："老李，你何必这样！何必这样！咱们双方再耐心谈谈，再耐心谈谈嘛！"

青年见不妙，趁他们不防，倏地站起，拎了笼子就往外走，边走边说："老子放生，你们有能耐再自己捉回来吧。拜拜啦！"

一男一女追出，青年已跑远。

青年回头瞧瞧，见无人穷追不舍，放慢了脚步，咒骂："狗男女，妈的不通情理！"

他放下笼子，从臂上扯下伪装的纱布，塞入垃圾桶。

猫头鹰从笼子里瞪着他。

第二天在自由市场上，猫头鹰已变成一尊标本，托在青年的一只手上。

青年扯着嗓子大声招徕："嗨！谁买谁买，昨天还是活的，今天死而如生，生而后已！丰富家庭艺术情趣，倡导生活新潮流啦！廉价出售，二百元整！独特的艺术，制作精细，具有长久审美价值……"

一中年知识分子模样的人跟随着他看。

青年说："您想买？我一看您就是位有艺术细胞的！想买咱们还可以侃侃价。画家吧？准是，齐白石的虾，黄胄的驴，徐悲鸿的马，您把猫头鹰画到家了，将来也就是大师啦！"

中年人说："您抬举我了。我是中学的生物老师，这是不错的生物标本。"

青年说："当然，掏钱吧！"

"便宜点儿怎么样？"

"好商量，支持教育事业嘛，你还个价！"

"六十元。"

"去去去，一边儿凉快去！这人，给脸就上鼻梁！"

中年人怏怏地走了。

两名五十多岁妇女的评论。

"二百，一个月的工资，正经过日子的人家谁买那玩意儿。"

"就是！老人嫌不吉利，小孩子准害怕，摆在厨房里不对劲儿，摆在卧室，闭了灯两口子在床上那点儿事都让它看在眼里了！瞧它那双眼睛，瞪得恶狠狠的，好像跟人有不共戴天的深仇大恨，能往客厅摆吗？"

"何况我家也没客厅。"

青年恼怒地朝她们瞪去："说什么呢？"

她们赶快互相拉扯着走掉。

"喂，卖猫头鹰的，你站一下！"青年立即站下，回头唤他的是已经当了服装摊主的徐克，徐克脸刮得干干净净，腮帮子泛青，着笔挺西装，衬衫领子雪白，还系着领带，那样子全不像练摊子的，倒像一位绅士。

服装摊上摞着一大摞《服装》杂志，压着一张大红纸，上写："买一件服装，赠一期杂志。本期刊有国内服装专家之预见性文章——今年夏季流行色为黄色！"

徐克说："你过来！"

青年双手捧着标本，如同捧着全世界保留下的最后一顶王冠，立刻颠儿颠儿地过去。

徐克用研究的神情审视标本："不贵，不贵。"

青年说："这么多人，没个识货的，您若肯买，咱们还可以还价。"

徐克白了他一眼："还什么价？你当我拿不出二百元钱啊？"

"大哥，那您就买了呗！往书架顶上一摆，家里来了客人，显得您多有审美情趣，多……"

"少跟我耍嘴皮子！"徐克从衣兜里掏出黑皮大钱夹子，拉开拉链儿，夹出两张百元大钞，毫不犹豫地递给小青年。

小青年接了钱，刚欲转身走开，猛听一声喝："慢着！"

与徐克的摊床对面的另一服装摊床的摊主，绕出自己的摊床，横着肩子跨了过来，在小青年肩上重重拍了一掌，憋着股无明火气说："别卖他，卖给我！"

"那哪儿成啊，我已经收了他的钱了！"

矮胖摊主说："收了退还他嘛，我二百五十元买你的！"

一个卖花生瓜子的对卖水果的说："瞧，俩死对头又较上劲了，有戏看啦！"

卖水果的说："同行是冤家嘛！"

青年对矮胖摊主说："开玩笑？"

"屁话！"矮胖摊主说，"不认不识的跟你开玩笑？"说着从兜里掏出一沓儿钱，不足一千，也够八百，像扑克油子发牌似的，眼睛一眨不眨地盯着小青年，手中飞快地将五张五十元大钞抛甩在徐克的摊床上。

小青年一见，急切地对徐克说："哥们儿别见怪，不卖给你，卖给他了！能多卖五十元我不干，我不成傻瓜蛋了嘛！"说罢，他将已揣入兜里的两百元掏出，放在摊床上，一手抓起矮胖摊主抛下的钱，一手指着标本，"归你啦！"

矮胖摊主瞅着徐克，得意扬扬一笑，伸出双手就去捧标本。

徐克一伸胳膊挡住了他，看着小青年微微一笑："他比我多给你五十元你就不卖给我，又卖给他了？那么，我比他再多出五十元，你到底愿意卖给谁呢？"

青年一怔，大为怀疑地问："说话算话？"

徐克重新掏出黑皮大钱夹子。二指夹出两张五十元钱，压在刚刚被青年退还的二百元钱上。

青年对矮胖摊主说："大哥，也对不起您了啊？"他又将刚刚抓在手中的钱塞入摊主的衣兜，一把抓起了徐克的钱。

矮胖摊主抓住了青年腕子："我还加十元！"

徐克说："我也加十元！"

青年瞅瞅这个，看看那个，更其为难。

徐克说："别为难了，我若是你，谁出价高我卖给谁！"

一些男女驻足，默默围观。

矮胖摊主不再说话，瞪着徐克，又一掌拍在桌上十元钱。

徐克也不甘示弱地瞪着对方，照样往桌上拍钱。

他们互相瞪着，你一张我一张，不停地往摊床上拍钱。

猫头鹰在他们之间，两眼似乎射出咄咄仇恨。

终于，矮胖摊主手中仅剩一张"大团结"了，他脸色变得十分难看起来，鼻孔喷出威胁人的一哼，恨恨地说："爷们儿没兴致陪你们玩了！"胡乱抓起属于自己的那堆钱，塞到衣兜里，一扭身分开众人便走，走回去便收摊床，收了摊床便蹬着车走了。

徐克向围观者抱拳："散了吧散了吧，我们不过是解解闷儿，有什么热闹好看的？诸位别影响了我的生意！"

围观者不散，一个个定睛瞧着摊床上那堆钱，眼神儿十分复杂。

小青年也定睛瞧着那堆钱眼神儿发直。

徐克说："你愣着干吗？那堆钱归你了，拿走，快拿走！"

青年如梦初醒，似恶虎扑羊，唯恐被抢夺了一般，身子往前一冲，倾压在钱堆上，一把一把将身下的钱往兜里揣。

围观者们的各种目光，其中不乏嫉妒。

小青年起身拔脚便走。

"站住！"小青年站住了，回望着徐克。

"就这么走了？我用比原价多几倍的钱买了你这东西，连个谢字也不说？"

小青年赶紧转身，虔诚地说："大哥，给您鞠躬了！"

他深弯其腰，鞠了一个九十度大躬。

徐克说："这还差不多。请便吧！"

小青年一只手按着衣兜匆匆离去。

围观者渐渐散去。徐克的摊床前一时也清静了。

他痴呆呆地斜眼瞧着猫头鹰，仿佛在欣赏，仿佛在研究，仿佛在挑剔什么缺陷，仿佛在怨恼它，诅咒它。

他的目光中流露出迷惑、茫然、空虚、失落和难以解释清楚的某种内心情绪。

一个娇滴滴的声音传来："大哥，我回来了！"衣着入时的二十岁出头儿的小俊亭亭地站立在他面前。

徐克问："烫个发，怎么去了那么久？"

小俊说："人多嘛。"在他面前转动着头，又问："喜欢吗？"

徐克闷闷不乐地说："嗯，还行。"

"怎么叫还行啊？到底好看不好看呀？"

徐克郁郁地说："好看。"

"大哥你又怎么了？满脸旧社会的样儿！叫人看了心里怪不安的……又生我气了？"

"没生你什么气，和你无关。"

小俊朝猫头鹰标本努努嘴："你买的？"

"嗯。"

"二百元钱买这东西干吗呀？拿回家去大爷又该骂你了。"

徐克说："岂止二百，大概花了能有一千。"

小俊愕然地张大嘴。

徐克发现所有的"摊爷"几乎都在朝他们看着，有几分不自在，低声说："想不想去跳舞？"

小俊一下子眉开眼笑："想！"

"那……老地方！我先去，在那儿等你，你收了摊儿，立刻就去。"

"好的！"

徐克叹了口气："世界这么大，只有你能给我点儿感情安慰。"

小俊说："别人想给，我得让啊！"

徐克拍了拍她撑在摊床的一只手，转身走了。

小俊看见猫头鹰，说："大哥，这玩意儿……"

"你替我捧回去吧。"

"叫我捧着啊……"小俊伸手触了一下，赶快收回，仿佛怕咬手似的。

晚上，徐克在灯红酒绿的歌舞厅中独坐一隅，持杯独饮，目不转睛地望着小俊跳舞。

小俊一个人随着迪斯科节奏，忘情地扭摆着，她扭得很美，充满了青春活力。

一张桌上，两个青年被她吸引了，他们说：

"那妞儿挺浪，是不是？"

"天生尤物。"

"瞧咱哥们儿手段。"那人说着站了起来。

"别冲动，有主儿……"另一人朝徐克那儿翘了翘下巴。

"他呀，我见过，不就是一个在市场上练摊儿的吗？你怕他？"

"别瞧扁了他，全市服装摊网中，那可是个数一数二的人物……惹恼了他，咱俩可就别想有服装买卖可做了。"

"哦？他叫什么名字？"

"徐克。咱们道上的人都叫他徐爷。"

那青年显出肃然起敬的样子，又缓缓坐了下去。

独饮的徐克，在这种地方，似乎寻找到了良好的感觉。一副威严不可侵犯的架势。

不时有人从各方向他举杯示意。

他亦频频举杯回示。

小俊扭到了他跟前，轻轻夺下他的杯，放在桌上，拉着他的双手，将他拉起，一边扭动腰肢，一边将他牵引到舞场中央。

他也伴着女孩儿扭起来，虽然动作不怎么样，但似乎相当自信。

他扭摆着，扭摆着……

3

人们在跳舞。

徐克招来服务员，又要了一杯啤酒。

小俊说:"大哥,别喝了,你喝得太多了。"

"没事儿,我今天心里有点儿别扭,让我多喝几杯。"

"心里别扭才不应该多喝哪,再说,你不是让我在抽烟喝酒方面管你点儿吗?"

徐克抓起小俊一只手,隔着桌面拉到自己面前,轻轻攥着,醉眼眯眯地注视着小俊,不无感激意味儿地说:"当一个人真正感到孤独的时候,伴侣并不是一种安慰。"

白天那个卖猫头鹰的小青年也来到这个歌舞厅入口处,但是他被收票的姑娘拦住了。

姑娘说:"票。"

青年说:"我找人。"

"找人?"

"真的!"

姑娘将手里握的麦克风朝他一递说:"对着这个叫他的名字,他在里边儿就听见了。"

青年人不接,他说:"小姐呀,我找这个人,要是以这么一种方式嘛,他在里面听见了,也不会出来的。"

姑娘例行公事:"那我可就不管了。反正,只要你进门我就得收票。"

"那,多少钱一张票啊?"他将一只手伸入西服内兜,仿佛想掏钱买票。

"五十!"

青年一怔,已揣入西服内兜的手,没往外掏。

姑娘不再理他,欣赏地摆弄着自己的红指甲。

舞曲声一阵高一阵低地传出。

舞厅里,徐克和小俊仍在跳舞。

另一张桌上的两个青年望着他们。

一个说:"一个不主动向女人求爱的男人,很容易变成一个主动进攻的女人的牺牲品。"

"是啊，整个世界都布满了女人为了征服男人而设置的罗网、圈套和陷阱。"

"奇怪，"那人又说，"那小姐怎么会喜欢他那个毫无情趣的男人呢，如果是为了钱，那么我现在就可以走过去告诉她，我比她那位徐爷的钱包更鼓。"

"有时你必须用女人的头脑来想女人的问题，正像必须用傻子的头脑来想傻子的问题一样。"

在外面收票的姑娘听着场内传出音乐，按捺不住寂寞之心，独自扭动起来。

那位一直想进去找人的青年一笑，走过来凑上前，搭讪地说："小姐，每个人都应该根据自己的职业学会处世之道，我在社交活动中的做法一向是对人和颜悦色，我认为这一点对所有的人都是适用的。"

姑娘翻了翻白眼，一时不知说什么好。

青年趁机"套磁"："小姐，我想进去找人，而你让我买票，可我兜里的钱又不够买一张票，这就是一对矛盾。有了矛盾就得想办法解决，是不？幸亏我头脑不笨，知道该怎么做。"他说着从兜里掏出一盒口香糖和一盒女士烟，放在桌上，又说："如果我硬往里闯，你拦不住我，就失职了。如果我塞给你两张票子，你收了就受贿了，我用兜里的钱买了这两样东西，你看，能不能为我行个方便呢？"

姑娘犹豫，左右瞧瞧，见无第三者，迅速拉开收票桌的抽屉，将口香糖和烟很快地搂了进去。

姑娘说："快进去快出来，别在里边惹是生非。"

"放心，你看我这么斯斯文文的，是那种惹是生非的人吗？"青年进去了，他姓李，也有人叫他"小李"。

舞池中有一个男人——矮胖摊主，就是在市场上和徐克争买猫头鹰的那个男人，跳出了汗，一边继续跳，一边掏手绢擦汗，手绢将一沓人民币从兜里带出落地，他推开舞伴，刚要弯腰捡，钱被一双穿高跟鞋的脚踢开了。

一沓人民币在一双双男人和女人的脚下被踢散，那矮胖摊主干着急没办法。

他喊起来:"停!停!让一让。"

舞曲戛然而止。

一位小姐走过来问:"先生,您有什么不妥?"

"我……我的钱。"

男人女人纷纷低头看,钱被踢散满场,几乎每一双男人和女人的脚旁都有。

人们散开,各自归位,给他捡钱的时机。

他弯腰捡起了一张,又捡起了一张。

所有人都在座位上望着他,他感到狼狈起来,尽管在众目睽睽之下,捡起自己所掉的钱并不是什么值得羞耻的事。

他直起了腰,捡钱的手当众一松,捡起的两张大团结又落地了。

他正了正领带,不自然地笑着,环视着众人,说出的话竟是:"诸位,谁能替我全部捡起来,其中的两张就归谁了。"

没人动。有人脸上显出了鄙夷神色。

他又说:"三张!"并伸出了三根指头。

"五张。"三根手指变成了一个巴掌。

小李进来,正好看见这一幕,他刚想上前,不料徐克已先于他从座位上站了起来,拦住小李。

徐克对矮胖摊主说:"如果一半归鄙人,鄙人愿效劳。"

对方没想到会是他,更没想到他会提出这样的条件,呆而恼地瞪着他。

徐克又说:"如果你的面子值这满地的钱,而我愿意当众承认,我的面子,只值这满地钱的一半儿,怎么样?"

矮胖摊主愣愣地望着他,徐克在等待。

小俊走过来低声叫道:"大哥……"

徐克朝她一笑,表示让她不必担心什么。

矮胖摊主几乎是咬牙切齿地对徐克说:"捡!"

徐克从从容容,笑眯眯地走了过去。一边走,一边说:"钱是好东西,连有钱人的缺陷，包括我自己这样小小暴发户的缺陷，都是靠钱来填满的，所以，我是个很看重钱的人，当我能用两只手捡钱的时候，绝不只用一只手。"

他朝对方举起了一只手："我这只手，为你捡钱。"

他又举起了另一只手："我这只手，为我自己捡钱，你可要瞪大眼睛监视着。"

于是他在众目睽睽之下，弯腰双手捡钱。

矮胖摊主注视着。

徐克捡尽了满地的钱之后，说："这是你的。"将钱塞入对方上衣兜，又说："这是我的。"将钱揣入自己的兜。

徐克发现在对方脚下还踩着一张"大团结"，又弯下了腰说："劳驾，请抬一下尊脚。"

矮胖摊主不情愿地抬起了脚。

徐克捡起钱，直起身，缓缓地将那张十元的票子撕成两半，将一半塞入对方的兜，另一半塞入了自己的兜。

他环视着人们说："有钱的人是想吃什么就吃什么，贫穷的人是能吃什么就吃什么。我在能吃什么就吃什么的时期，总做想吃什么就吃什么的美梦。是钱使我实现了这个梦，所以我不以用公开的方式挣钱为耻。"

他将一只手横放在胸前，对众人深深鞠了个躬："感谢大家的欣赏，表演到此结束。"

他又对矮胖摊主低声说："也谢谢老兄给了我一个机会，使我弥补了今天白天无谓的损失。"

他从容地走向自己的座位。

矮胖摊主气得说不出一句话。

小李这时迎着徐克走来，热情地说："大哥，你害得我到处找你，你忘了今天晚上咱们约好了的……"

徐克一怔，打了一个很响的酒嗝儿问："约好了干什么？"

小李无中生有地说："你看你的记性，不是去买画儿的嘛！"

这时舞曲又起，人们纷纷离座，小李趁机挽着徐克便往外走。

他们走出舞厅，小李与收票姑娘主动打招呼并使了个挑逗的眼色，二人出门。

小俊急急跑出歌舞厅——她是在追徐克——小李挽着徐克，正拦住一辆出租车。

小俊大喊："大哥！大哥你哪儿去啊？丢下我不管啦？"

徐克转回身，对她扬了一下手，可什么话也没说出来。他显然喝醉了，脚下无根，身子直晃。

"你玩儿够了自己回去吧！我陪他去办点儿事。"

小李说罢，将徐克塞入了出租汽车。

小俊跺脚："你们这些狐朋狗友，整天老缠着他干什么呀！"

小李回头说："我们是他的狐朋狗友，你和他又算是怎么回事儿呢？"说罢也钻入了汽车。

小俊望着出租车驶走，恨恨地骂道："王八蛋！"

出租车停在一幢居民楼前。

小李将徐克拽出车，又扶着徐克上楼——楼梯很窄，从好几层以上泻下一点儿光……

徐克被小李扶着进了一家的客厅。

这间客厅很凌乱，看得出是个没有女主人的地方。但这儿那儿，不乏女人的东西——一条长丝袜搭在床头上，一个打开着的化妆品盒还在桌上，一只高跟鞋，只有一只，不知为什么会在地中央。

房间的主人留着长发，蓄着长须，一副颓废艺术家的模样。

主人向徐克敬烟并说："听小李说过，您对绘画艺术很有欣赏能力，能够结识您很荣幸。"

徐克说："先别说这些，我问你，那个，那个……"

主人和小李耐心地期待着他说出"那个"来。

他却不说了，吸起烟来。

小李急问："大哥，那个什么啊？"

"噢，那个，那个……"徐克想了想说，"那个……厕所在哪儿？"

"上厕所啊？"主人说，"来来来，我先替您开了灯。"

他将徐克引入厕所，走入客厅，瞪着小李低声说："你把一个醉鬼带到我这儿干吗？"

小李嘘了一声："对咱们，他醉着的时候，不比清醒着的时候好吗？"

厕所里传出撒尿声。

主人说："你听，妈的也不给冲了。"

洗手声。

小李说："他还没忘洗手，大概并没醉到哪儿去，咱们得配合默契点儿。"

徐克从厕所走了出来，似乎真的比刚才清醒了些。有点儿懵里懵懂地问小李："咱们，咱们到这儿干吗来了？"

小李说："大哥，您可真是贵人多忘事！我不是陪您买画儿来了吗？"

徐克看看主人："买画儿？噢，对对对，买画儿。"

小李说："大哥，那就再郑重向您介绍一遍，这位便是画家！咱们市的一位天才。当然，暂时还没被公认，可是不久就要被公认了。"

主人故作谦虚地说："哪里哪里，过奖了。"

徐克刮目相看地说："幸会。"

二人重又握手。

小李对主人说："那，就让我大哥挑挑画儿吧？"

"好的，好的。"

主人从画瓶取出一个画卷："我知道你喜欢哪类画，所以先请您看这一幅。"

主人展开那幅画——白画纸上正中有一个实心的黑点儿。徐克欣赏半天，看不出所以然，只好发问："画的什么？"

主人故作高深，同时又似乎对他的欣赏水平产生了怀疑，说："象征上帝的独一无二和上帝爱心的始终如一。"

徐克摇头说："请再让我们看一幅。"

于是主人又取出一幅，展开给他看——白画正中有两个半重叠的黑点儿。

徐克看看小李。

小李说："我大哥他对象征派还不太懂行，你再给解释解释吧。"

主人似乎不屑地说："这是结合的象征。"

徐克说："这一点我倒是看出了点眉目。不过，我不太明白这两个黑点儿代表什么。"

小李代为解释："那幅画上的黑点儿不是代表上帝吗？这幅画上的代表上帝和他的老伴儿呀？家庭和睦，婚姻美满嘛！"

主人否定地摇摇头说："不，错了。这是创世纪的赤裸的男人和女人，被放逐到尘世中来的亚当和夏娃。"

徐克问："那多少钱？"

主人说："一回生，两回熟。上帝要你二百五，亚当和夏娃要你两个二百五。"

徐克看看这幅，看看那幅。犹豫着。

——其实，某种时候某些人之所以被捧为天才，就正如某种虫子被称为百足一样。并非因为这种虫子果真有一百只脚，而是因为大多数人只能用眼睛数到十几只。

主人说："小李，你先帮你大哥参谋着，如果这两幅欣赏不了，其他也就不必再看了，看也是白看。"

主人离开，走进卧室。

徐克说："多一个点儿，就多一个二百五，尽管都是天才画的点儿，价也要得太高了吧？"

小李说："大哥，不能这么说，喜欢艺术嘛！要做艺术品收藏家嘛，不破费能行吗？"

"那你的意思是……"

"买！当然得买下啦！"

"两幅都买下？"

"那还用说嘛！上帝——咱们二百五要啦！赤裸的男人和女人——咱们两个二百五也要啦！加一块才三个二百五嘛！"

徐克似乎还在犹豫："早知你今天带我来买画儿，我就不买猫头鹰了。哎，我那猫头鹰……"

"大哥您放心，您那猫头鹰丢不了。我嘱咐小俊给您送回家去了。大哥咱不能不买呀！我跟人家把您的欣赏水平介绍得很高，咱不能让人瞧不起咱们是不是？"

徐克态度仍不明朗。

小李说："大哥，您身上没带那么多钱没关系，冲我的面子，咱们打个欠条给他总是可以的。"

徐克默默伸出一只手。

小李赶紧冲客厅喊："哎，你快出来！找纸找笔！"

徐克买了画儿，腋下夹着，一路哼唱回到家。他家已经住到单元楼里了，他扶着楼梯栏杆，半醉不醉地上了楼，在一扇门外按铃。

一个胖老太太开了门，又好气又好笑地瞪他："这是第几回了？你家还得上一层哪！"

徐克忙说："对不起！大婶。"一边赔笑，一边倒退着上楼。

胖老太太说："什么大婶！该叫我大娘都忘啦？瞧你，满嘴的酒气！你爸在家生气哪！你可当心点儿！"

徐克说："我这么能挣钱的儿子……养……养他老……他还……生的什么气哇？"

"放屁！"徐克的父亲出现在上一层楼梯口，怒斥他，"老子有退休金，花你一分了吗？你成天在外边给我丢人现眼，还有脸说你养我老！"

徐克的酒似乎全醒了，悄没声地从父亲身边溜了过去。

他的家装修得挺考究，三室一厅。

徐克进家后换上拖鞋，坐在沙发上；父亲站立着，气咻咻地吸着黑色的廉价烟。

徐克将一盒外烟甩到组合柜的台案上，讨好地说："爸，别吸那种便宜烟了，对身体不好。还是吸我给你买的吧！"

父亲说："老子永远不会吸你的烟，省得你去跟外人说，老子是靠你养活着。"

"爸，你想哪儿去了，我是你儿子，你还值当为我随口说的那么一句话生气？"

父亲说："我问你，咱家那些东西呢？你总说搬过来，怎么一件也没搬过来？"

徐克说："淘汰了。"

"什么？"父亲不懂"淘汰"这个词儿。

"都处理了！该扔的扔了，能送人的送人了！"

"你！好你个败家子！我和你妈守着那些东西过了一辈子，你就全扔了，全送人了，连双拖鞋你也不给我带过来！"

徐克说："在原先那破房子里住的时候，咱家有过拖鞋吗？"他烦了，也喊起来。

父亲更火了，低头看看自己的脚，将软底儿的缎面拖鞋脱下来朝他甩过去，一只落在茶几上，一只落在徐克身上。

父亲说："你如今挣了几个钱，就烧包到什么地步哇？那口大樟木箱子你也给老子送人了吗？"

徐克说："只有盖上一块儿板是樟木的，四帮都朽了，三个角都被耗子嗑穿了，送人谁要啊！"

他嘟哝着走到门厅去，打开冰箱，取出一听饮料喝。看样子他为避免冲突，不打算再回到客厅了。

父亲在客厅里吼："老子还没教训完你呢，你给我滚过来！"

他不情愿地踱回了客厅，继续喝饮料，瞪着父亲。

父亲朝墙上一指："那是啥？"一幅油画镶在大框子里——希腊裸女横卧在红毯上，手持一柄孔雀翎羽扇，从高处回眸凝视。

徐克说："波琪儿！"

"啥？你敢再说一遍？！"

"波琪儿!"

父亲火了:"你!我眼还没瞎哪!那是簸箕吗?!你咋不说那是把扫帚?!"

敲门声。

父子俩暂时"休战",徐克走去开门。

进来的是楼下那位胖老太太,她说:"我来看看几点了?我家表停了。"

她显然是来劝架的。瞅瞅父子俩,搭讪说:"要说徐克是个挺好的孩子,除了爱喝酒,交的人儿杂了点儿,没什么大毛病。你倒是成天对他吼什么啊?"

徐克说:"我父亲不知为什么,不但看着我不顺眼,还看着这家也哪儿都不顺眼。"

胖老太说:"这就是你这当爸的不对了,你这儿子,把个家治得多富贵哇!还有什么瞧着不顺眼的地方呀!"

父亲又指着那画儿:"您瞧!家里来个客,坐在沙发上,客瞅着她,她瞅着客,您说那情形好吗?可他还把我当瞎子,硬说那画上画的是簸箕!"

徐克说:"谁说那是簸箕了?那是伟大的女奴波琪儿。"

胖老太说:"哎,不许用这种语气跟你爸说话。他是当老子的嘛,有他冲你吼的权利,没有你发火的资格。"她瞅瞅画儿,评论道,"女奴不就是丫鬟吗?丫鬟还有伟大的?杨排风一根烧火棍闯天门阵,说书的也不过说她比男人勇猛,戏文里也没敢唱她半句伟大!我看那画的是个外国女子,只有外国男子才把丫鬟宠到这地步,还夸丫鬟伟大。"

胖老太太又劝徐克的父亲:"你当老子的,也得多少学着适应新的环境!我那大孙子也是,把他那小屋搞得进不去个人儿,满墙贴的都是女人画儿,我以为他们单位的姑娘们,一定都认为他心思不正,不乐意理他吧?蛮不是那么回事儿。还都愿意来找他!如今女孩们穿的都越来越讲究个瘦、露、透,何况不过用眼睛看的画儿了。你睁只眼闭只眼,就当没看见。"

父亲说:"我要不看他是花两千元买的,早一把火给他烧了!"

徐克隐忍地梗着脖子。

"您老再看,还有这个哪!"父亲说着,将一条床单从一个什么东西上扯下,原来罩住的是一尊维纳斯。不过不是白的而是黑的,比真人还要高一些。

胖老太太瞠目道:"哎哟妈呀!怎么喜欢起黑的来了?这要是赶上停电,生人来了猛眼一看,还不得吓出个好歹呀?"

父亲说:"我要不看他也是花两千多元买的,我也早就给他砸了。"

父亲又要用床单罩上,徐克却将"她"搬起,扛到自己的房间去了。

父亲冲着他的房间吼:"你说你买的时候,自己就不心疼你的钱?"

徐克在床上一躺,抢白说:"钱是我挣的,喜欢的东西就买,心疼什么?"

胖老太太对徐克父亲说:"能挣能花,其实也算不了什么大错儿。您要是实在看着碍眼,那你也千万别烧了,莫如送给我。啊?"

徐克父亲瞥了一眼画儿,分明还舍不得,没吭声儿。

胖老太说:"你们不吵了,我也就不多待了。"她瞥了一眼画儿,似乎还惦记着想要,却又不好意思再开口。

临走时她说:"我拿个苹果回去给孙子。"

父亲说:"多拿几个吧!"

"不,拿一个就行。"老太太嘴上这么说着,却往兜里各揣了一个,两手还各拿了一个。

父亲将胖老太太送走后,站在徐克房间的门口,冲里面问:"你说,你今天在市场上,又跟人争的什么富?"

"我不是争富,那是争一口气,这口气要是输给了那小子,我没法儿在市面上混了!"

"你说你三十大几了,不早点儿成家,让我早点儿抱上个孙子,好让我死了也瞑目。"

"你怎么知道我不想?"

"你想?你想你小子在外边包养着……一个小娼妇!"

徐克一下子坐了起来："爸，你别胡说好不好？人家是我雇员！我跟她之间清清白白……"

"雇员？就你还配有雇员？雇员你还陪她下馆子、逛舞厅？你身边形影不离地有这么个小娼妇，正经姑娘谁肯嫁你？你当你有几个臭钱就配娶个有品有貌的老婆啦？我不要你的臭钱！我要你早点儿给我领回一个儿媳妇来！"

徐克说："爸，我再说一遍，你要总是当着我的面，说我的雇员是小娼妇什么的，可别怪你是我爸我也跟你恼！一年四季为我守摊儿，人家不容易。人家没少帮我挣钱，我应该好好对人家！再说，她又不是本市人，在本市无亲无故的，拿我当个大哥，我陪她吃几顿饭，逛几次舞厅，怎么了？"

父亲说："可别人不这么看！"

"别人怎么看，我才不在乎呢！"

门铃声儿响。

徐克父亲去开了门，门外站的是脸上化了妆的小俊，显然是从舞厅直接来的，手里抱着那尊猫头鹰标本。

小俊说："大爷，这是我大哥买的，我给他送来了……他还没回家？"

父亲接过猫头鹰标本说："回来了，你进来坐会儿吧！"

小俊说："他回来我就放心了。我不坐了，太晚了。我明天还得早早儿替他守摊儿呢！"

小俊说着转身下楼。

徐克追出家门喊："小俊！"

小俊在楼梯上站住。

徐克说："路太远，我不放心，要不你住这儿吧？"

"不，我打的回去。"

"那，你别在马路上拦车！我不是吓唬你，万一碰上个不怀好意的呢？"他一边说一边从兜里取出几张名片，找出一张给小俊，"你传呼他！就说是我给的名片。"

小俊感激地接过，朝徐克抛了一个吻，走了。

徐克回到房间里，见父亲双手捧着那标本。左转右转，正不知往哪儿放。

父亲说："猫头鹰你也没见过呀？你说你花那么多钱，买这么一个东西，究竟打算往哪儿摆？你开着一个印钱的工厂呀？啊？你显富，你比阔，动物园里那么多猫头鹰，有本事你倒是全买回家来呀！"

徐克从父亲怀里捧过标本，一声不响便往自己房间走。在他自己房间里，他捧着标本，看看这儿，看看那儿，一时也不知该往哪儿摆。

父亲跟到了他的房间门口，望着他，继续训斥："你明天立马把她辞了！老子当你的雇员，老子天天去给你守摊儿！"

徐克一时忍无可忍，突然将标本狠狠摔在地上。

父亲一惊："你！"

父子俩互相咄咄地对视着……

父亲猛转身，走入了另一卧室，卧室里摆放着徐克母亲的遗像。父亲注视着，感伤地说："这地方是他花钱买的，是他的家。在他家，我这当老子的，说一万句也不顶一句。他妈，跟我走，咱有点儿志气，咱回从前的老街老院儿老房子去。"

父亲将遗像揣在怀里，跨出房间，指着徐克说："儿子，我有养老金，我不用你养活！就是你妈活着，我也养得起她！我们走，眼不见心不烦，省得我看你不顺眼，你瞅着我也别扭。"

父亲走了。他走出去，重重地把门关上。

徐克狠狠地跺踏着标本，将它跺踏扁了。

他往床上一躺，熄了灯。

忽然他又挺身坐起，四处找烟吸。

在打火机火苗的光耀之下，他脸上淌着一行泪。

他又仰躺下，继续吸烟。

他确实伤心起来，在泪光中，他似乎看到了自己的童年，甚至想起了临去北大荒那一年，他亲口对瘫在床上的母亲说的话："妈，咱家的小偏厦子就要盖好了，阳光可充足了！我再给你盘个小火炕，过些日子你就可以住过去了，就可以见到阳光了。"

甚至他还想起了自己下乡以后写的家信："爸，冬天快到了，咱家的那小偏厦子，还得上一遍墙泥，要不我妈住着会冷。"

徐克按灭烟，拉亮灯，又坐了起来，呆呆瞅着立在床边的黑色的维纳斯……

他一把抓起烟灰缸，似要朝维纳斯狠狠砸过去——那烟灰缸是头卧牛，牛背上骑着个吹笛子的牧童，玉石的，晶晶莹莹，看去价钱也不便宜。

他瞧瞧烟灰缸，没舍得朝维纳斯砸，举起的手臂又垂下了。

他看看表——十一点多了……

他离开卧室，来到了客厅里，坐立不安。

他又奔到过厅里，打开冰箱，取出一听饮料，仰脖子喝了一大口，拿着饮料回到客厅。

他发现了自己带回来的两卷画，在沙发上，已被坐扁了。

他拿起一卷画，展开来看。

他拿起另一卷画，展开来看。

他将两卷画都撕了，投入了纸篓，想了想，又将纸篓拿入厕所。

客厅中，暂时空无一人了，这里有一排书橱，橱中一册册精装的各方面的书，仿佛在无言地证明，主人是一位博学多才的知识者。

还有报架子——一般办公室里常见的"官报"，应有尽有。

厕所里传出冲水声……

徐克走出厕所，抬头看看墙上的"伟大的女奴"。

他踩着椅子，将"她"摘了下来，捧到卧室里，塞到床底下。

他离开了家，缓慢地走下了楼梯……

他发现他的父亲并没有走，他父亲坐在楼外的台阶上，正在吸烟，身子一动不动。

他默默地望着父亲。

他走到父亲身旁，缓缓地，也挨着父亲坐下了。

父亲当然明知是他，但不看他一眼，仍一动不动。

徐克说："爸……"

父亲不响，不动。

徐克又说："爸，你气管不好，干吗非吸那么冲的烟呢？求求你吸我给你买的这种吧，这种烟是清凉型的。"

他从兜里掏出烟盒，弹出了一支。

父亲仍无动于衷。

他从父亲手指间轻轻抽出那半截烟，丢在地上，踩灭。

父亲倒也没有生气。

他将他弹出那支烟，塞到父亲手中。

父亲虽然仍一动不动，那只手，倒也接过了烟。

他注视着父亲，按着打火机，护着火苗，向父亲凑去。

父亲犹豫了一下，也凑向火苗，吸着了烟。

一滴老泪落在徐克手上。

徐克说："爸，都是我不好，今后我再也不做惹你生气的事了。"

父亲有些哽咽地说："我……也有不对的时候……自从你妈死后，我这心，一阵一阵的总发躁……我也清楚，我这脾气，是变得越来越不好了……这大概是祖传的，你爷爷的脾气就不好……你的脾气也越来越像我，比我强不到哪儿去……可你心里得明白，有些事，爸是为你才发那么大脾气的呀！这年月，富了，也要偷着富。好日子非得像你似的，明面儿上显摆着过？引得些个人眼红不可！如今的政策，一时一个变，今天初一，可能明天就十五！爸为啥非让你订那么多份报纸？那是希望你要经常看的呀！爸为啥天天看电视新闻，听广播新闻？那是在为你看，为你听啊！爸整天都在为你操这份儿心，怕你哪一天栽在政策下，你怎么就总把你爸的话当耳旁风似的呢？"

父亲抱着头，无声地哭了，烟头在黑夜中抖，证明父亲的手也在抖。

徐克也哽咽地说："爸，我不是成心把你的话当耳旁风，你说的我都明白。可我，有时心里也空落落的，自己也不知道究竟该过一种什么日子，才能又在市面上混得开，又让人从心里瞧得起。"

他伏在父亲肩上，也哭了。

第二天早晨。

徐克刚走出楼，听到路对面有人叫他的名字："徐克！"

路对面站着一个扶着自行车的人——一个公安人员。

徐克跨过马路，那人对他说着什么。

父亲在家里伏在窗口，朝下望着这一幕……

公安人员抓住徐克的一只手腕，徐克很不情愿地被他拽着走。

徐克终于挣脱了手腕。

那公安人员似乎很生气，指斥他什么……

有几个拎着菜篮子的男女驻足观望。

公安人员自己推着车走了。

徐克呆立片刻，又追上公安人员，一边跟着走，一边不停地解释。

父亲离开窗口，不安地沉思。

父亲打开电视——屏幕上出现动画片《铁臂阿童木》。

父亲又从窗口探身望——早已没了徐克和那公安人员的影子。

父亲又拿起半导体听，不停地调台……

4

带走徐克的公安人员，原来是韩德宝，他要拉上徐克去找吴振庆。现在，吴振庆是一建筑施工队的头儿，每天十分忙碌。这时，他和工人们正在施工盖大楼，都攀在脚手架上，一个工人居高临下发现了什么，仰起脸喊："头儿，来了一个雷子，还有一个便衣！"

吴振庆也早看见了他们，从脚手架上下来。

脚手架上和工地上干其他活儿的工人，都是些年龄和吴振庆差不多的人；他们纷纷停下手里的活，似乎都有些不安地望着。

三人走到一块儿，吴振庆说："是你们两个小子啊！有话快说，我可没闲工夫跟你们叙旧！"

徐克说:"嵩子回来了。"

"哪个嵩子?"

韩德宝说:"王小嵩啊!别的嵩子,跟咱们有什么关系!"

"唔,你怎么知道?"

"他弟弟打电话告诉我的,一晃十几年没见了,哥几个怎么也得聚聚是不?"

"今天?"

"我就今天有空儿,明天出差!"

徐克说:"我也是今天有空儿,好几笔买卖做得不顺,弄不好赔惨了。"

吴振庆说:"就你们他妈的忙,我不忙啊?工期催得紧着哪!"说着,从头上摘下安全帽,扔给就近一个没戴安全帽的工人。"你那脑袋比别人长得特殊哇?下次再不戴我扣你的工资!"又环望着他们的工人,"都看什么?没见过穿警服的?没见过穿西服的?"

众人干起活来。

他转身向临时施工办公室走去。

徐克和韩德宝不禁对视。

韩德宝说:"纯粹一工头儿!下次'文化大革命',就该轮到他了。"

徐克嘟哝着:"他倒是去不去啊?"

韩德宝说:"我问谁啊?"抬腕看着手表,"等三分钟,三分钟后他不出来咱们就走!"

吴振庆换下破损的工作服,穿上了一件夹克衫,一边扎腰带一边走出临时施工办公室。

韩德宝见了笑道:"好青春啊!地摊上买的吧?"

吴振庆说:"地摊上买的掉工人阶级的价啊?"

韩德宝笑了:"你怎么一开口,就好像代表水深火热中的一群似的?"

吴振庆也终于露出了笑脸。

徐克问:"多少钱?"

"便宜,才二十八元多!"

徐克上前摸布料，细看做工，连说："贵了，贵了，只值十八元左右！你要是上我那儿买，我十五元就卖给你！你买十件以上，我更优惠你，可以按批发价。"

吴振庆拨开他手："买卖做到我头上来啦？你怎么就不想着送我几件穿？"

徐克有些不好意思起来。

韩德宝说："在商言商嘛。"

三个人都笑了。

吴振庆说："小嵩变化大不？"

"我们都还没见着他哪。"

王小嵩家已经不在原来的地方了，但是现在住的也不大，只有一间半。这时里面东西堆得哪里都是，乱七八糟。

王小嵩穿着工作服——工作服上还标有"一团"字样，正在替母亲规整房子，可是似乎无处下手，怎么规整也规整不出个样来。

屋里地中央放着一只破旧的积满灰尘的箱子，一只装满了破烂东西的麻袋。母亲正从麻袋里往外挑拣着旧东西。

王小嵩说："妈，别挑了！那都是些早该扔的东西了，你还舍不得啊？"

母亲转过脸来，她苍老了，成了一个老太婆了，满头灰白头发。

她手里拿着些布角什么的，温和地说："破家值万贯啊，儿子。这些，兴许今后过日子还能用上。"

"还能用什么？"——他从母亲手中夺下那些布角，又塞入麻袋里。

母亲想说什么，可是忍住了没说，转身欲离去。

王小嵩踢踢箱子问："妈，这箱子里装的什么？"

"我……也想不起来了。"

"妈，你那儿有钥匙吧？"

母亲撩起衣襟，一边从腰间取下一串钥匙递给王小嵩，一边说："谁知道是哪一把，你试试看。"

王小嵩接过钥匙，蹲下依次开锁。锁已锈，打不开。

他用半块砖头几下砸落了锁，打开箱盖儿，但见一箱子书，箱子分明被水泡过，书全霉烂了。最上面一册，封面隐约可见《复活》二字。他想取出它。可是一拿，书页已粘住，只拿起几页。

母亲从外边进来了，问："儿啊，那箱子里到底是什么？"

"妈，没什么。"

"怎么会没什么呢？"

"没什么有用的东西。"

母亲不信："没什么有用的东西上锁？"

母亲欲打开箱子盖儿亲自过目。

王小嵩双手按住了箱盖说："妈，别看了，是我下乡前放在里边的小人书，就是当年广义哥给我的那些。"

"噢，我想起来了……你下乡前让我替你好好保管着……妈这记性不行了……眼看就要成为你们的累赘了……活的心劲儿也就不大了。"

王小嵩站起来说："妈您别说这种话，等搬入楼房住，弟弟妹妹肯定会孝敬您的，我也会经常回来看您，您也该享几天清福了。"

他将母亲扶至床边，让母亲坐下，又说："妈您就坐这儿别动，我一会儿就规整完。"

一小女孩儿跑进屋说："舅，舅，有客人来看你啦！"

吴振庆等出现在门口，他们见屋里没他们的落脚之地，只好站在外边。

吴振庆高喊："小嵩，都不认识了吧？"

王小嵩惊喜地说："振庆！德宝！徐克！"

吴振庆说："还行，都认出来了。"

"再隔十年，也能认出你们啊！"王小嵩说着从屋里跨出去。

他和他们互相打量着。

他和吴振庆不由得拥抱在一起。

他接着和徐克、韩德宝拥抱。

母亲终于有了一个机会，迅速从麻袋中重新挑选出那些布角，匆忙间掖在被垛里。

这一切其实已被王小嵩和吴振庆他们看在眼中,他谅解而又无可奈何地对他们摇着头笑了笑。

吴振庆说:"你这是在干什么?"

王小嵩说:"我想帮我妈把屋子规整规整,你们看,来个人连坐的地方都没有。"

吴振庆冲屋里说:"大娘,你们家将来要搬进去住的那幢楼,就是我那建筑队在承建着。今年冬天以前,我们怎么也保证您老住进去。"

王小嵩说:"怎么,不叫干妈了?"

徐克说:"他早就背叛他小时候那点真实感情了!"

母亲走过来说:"没有没有,徐克你可别这么说人家振庆。过年过节的,他总忘不了来看我。"

王小嵩说:"妈,倒是徐克没来过吧?"

"他也来过。每次来还都拎不少东西哪!知道他已经是好几万元户了,我也就不客气,吃的穿的,带来了一概留下。"

吴振庆说:"这就对了。不吃白不吃,不穿白不穿。认干儿子,我这样的已经过时了,所以我挺自觉的,不好意思再叫您干妈了。"拍拍徐克的肩,"现在您得认这样的啊!"

徐克倒也不无得意地笑着。

母亲拉起吴振庆一只手,亲热地说着:"振庆啊,那楼,你们可得给大娘盖得像个楼样儿!大娘这辈子,可再也没有往别的楼里搬迁的机会了。"

吴振庆说:"大娘,您放心!盖成什么样儿,那咱说了不算。图纸上怎么设计的,咱就得怎么盖。改一点儿也不行,可为咱们老百姓盖的居民楼,我跟我那帮工友说了,谁干得不细致谁给我返工!"

"那就好,那就好,那大娘就放心啦!不过,五层六层大娘这腿脚也不灵便了,一层二层阳光又少。小嵩他弟弟妹妹们说三层四层好,大娘能托上你这个后门不?"

"这……"

王小嵩说:"妈,你别让振庆为难。"

徐克说:"为难叫什么话啊?为难,也是他应该的嘛!大娘您就别再多说什么了,您这后门算托着了!那不过是他一两句话就能替您办成的事儿!小时候那么多年的干妈口口声声叫着,你以为白叫了啊!"

吴振庆瞪了徐克一眼。

母亲说:"振庆啊,那大娘这点儿愿望可就全靠你了!"

吴振庆说:"大娘,我说句让您心里落实的话吧——包在我身上行不行?"

母亲从内心高兴地笑了,放开了吴振庆的手。

韩德宝仿佛觉得被冷落了,有些讪讪地说:"大娘,您不认识我啦?一句话都不跟我说,光跟他俩近乎起来没个完?今天可是我一个个找他俩一块儿来的,他俩还都有些不情愿呢!"

母亲不禁拍了一下手,大笑起来,说:"哟,让德宝挑着理了!"转身对王小嵩说,"德宝是负责这一片儿治安的片警,没少来。你们啊,可都是些有情义的孩子。大娘拿你们都不当外人,真遇着什么事儿,求你们心里也踏实。"

韩德宝说:"大娘,小嵩刚回家,我明天又出差,想和他到外边找地方聚聚,您不见怪吧?"

"你们从小的好同学、好朋友,多少年了难得聚齐,我替你们高兴还高兴不过来呢!"

韩德宝望着王小嵩说:"大娘已经准假了,走吧?"

王小嵩说:"你们看我把屋里搞的,不能就这么走,得容我收拾齐整啊!"

吴振庆说:"小嵩说得也对。怎么收拾,你发话吧,我们和你一齐动手。"

王小嵩看看徐克和韩德宝身上的衣服说:"免了吧,你们只帮我把这麻袋和箱子抬到垃圾站去就行。"

他说着进了屋，背转身脱衣服、换衣服。

母亲跟进屋，趁机打开箱子盖儿，随手在里面抓了几把，没拿起一本完整的，轻轻盖上箱子盖后，又迅速从麻袋里挑拣出了些什么，东掖西藏的。

韩德宝靠着门框说："大娘，有代沟了吧？"

"什么？什么沟？"

吴振庆说："刚学了几句现代词儿，跟大娘这儿卖弄什么啊！进来，抬箱子。"

四个当年的伙伴，俩俩抬着麻袋、箱子，离开了王小嵩家。

母亲跟了几步，望着他们的背影。

那女孩是王小嵩妹妹的女儿，这时，她跟来扯着母亲的衣襟问："姥姥，穿警服的叔叔，也是你干儿子吗？"

母亲说："差不多吧。"

女孩儿又指着几个男孩儿说："你们再欺负我，我让我姥姥当警察的干儿子把你们统统抓起来！"

男孩儿们果然受了威慑，互相望望，一时全跑了。

母亲抱起女孩儿，责备她："以后再不许这样对待小朋友们，他们并没有真的欺负过你嘛！"她抱着女孩往家走。

女孩儿说："那个穿西服的叔叔，是不是最有钱啊？"

"嗯，他有些钱。"

"姥姥，那他下次来看你，你让他给买个大丑娃娃吧，要跟我一般大的。"

"让你妈妈给你买。"

"我妈不给我买，嫌贵！"

"那你就别要。记住，不许让那叔叔买这买那的。"

女孩儿噘起了嘴说："那，叔叔给你买的点心罐头，你怎么就都要了呢？"

"我是我，你是你。"

女孩儿更不高兴了，似乎要哭的样子。

王小嵩等人把箱子和麻袋扔到垃圾站后，来到一家饭店。四人坐定，服务员小姐送来了点菜单，侍立一旁。

吴振庆拿起菜单。

王小嵩说："先说好，我付钱，别到时候争来争去的。"

徐克说："我付。"

韩德宝说："我付。我明天就出差了，你们还有第二次聚在一起的机会嘛！"

吴振庆说："这个问题不民主！"——示意服务员小姐，开始点菜。

王小嵩说："少点几样，意思意思就是了。"

吴振庆说："这个问题也不民主，由我集中了。"

徐克说："瞧，老大的架势又摆出来了！"

菜齐了，四只手举起了四只啤酒杯。

韩德宝说："是不是谁说句什么？"

徐克说："振庆，你吧！"

"我？"

韩德宝说："总得代表咱们三个，对小嵩表示点什么感情吧？"

吴振庆注视着王小嵩。

他脑子里不禁浮现出在北大荒时几个人送王小嵩上大学的情形，将近十年了……

当年他是在连部接的王小嵩的电话，他拿着听筒喊："什么？大声说，听不清楚……噢……哪一天？后天？好！我们一定去送你！一、定、去、送、你！"

那时，四个人在四个地方，相距百八十公里，要送朋友，就得在寒冷的冬天，连夜赶路。韩德宝扛着一根大木棍，顶着西北风在雪地上走。

狼嚎声……

他站住，握着木棍警惕四顾。

徐克虽然骑着自行车，但却是在雪地上骑；他一次次摔倒在雪地上，只好推着自行车。

吴振庆骑着马走的，骑在一匹无鞍的马上。

他们走了一夜，到天亮的时分，三个人才相会在一座山头，山下不远处可见公路，他们眉眼皆霜，互相对火吸烟。

吴振庆说："咱们几个之中，总算熬出去一个了。"

徐克说："这种幸运，我是不敢指望。"

韩德宝指着山下说："来了来了！"

一辆长途汽车远远出现在山下公路上。

吴振庆扔掉烟说："快！晚一步就白来送了！"

三人跟头把式地滑下山。

公共汽车停住，立刻被许多上车的和送人的包围。

三人无法靠前。

徐克大喊："小嵩！小嵩！"

所有的车窗都结满了霜——韩德宝急得绕着车转。

吴振庆跑到车前拉开了驾驶室的门说："师傅，让我从这儿上车和一个人说几句话行不行？"

"开玩笑！"司机将他推下去，关上了车门。

吴振庆站在车前方，双手拢在嘴边，喊："小嵩！我是振庆！我们送你来了！我们三个都来了！"

车内传出王小嵩的声音："我听到了！我没法儿看见你们！振庆，再见了！徐克，再见了！德宝，再见了！"

司机打开车门，对吴振庆吼："滚开！你要干什么你！"

车开动了——吴振庆只好闪开。

王小嵩在车里高喊："你们都要各自保重啊！我回去看你们三个的爸爸妈妈！"

汽车将后半句话载远了。

三人跟在车后跑了几步，站住。

汽车渐渐消失。

将近十年的时间一晃而过，现在四个人终于又聚在一起了。

吴振庆拿着酒杯说:"其实也没什么好说的是不是?这第一杯,干了吧!"

四人一饮而尽。

吴振庆问:"咱们和小嵩都多少年没见了?"

徐克说:"我这可是第一次见着他。当年被分开,只通过几次信。"

王小嵩说:"我给你写得多,你回得少。"

徐克歉意地笑了笑:"我这人你还不知道?就是不爱写信。"

王小嵩说:"你们去送我那一次如果也算上,可以说是两次。"

徐克更正说:"那一次不能算。没见上面,只听到声音,哪能算?"

韩德宝说:"要不算,我俩也只见过一次。"

徐克说:"想想好像一场梦,咱们今天才算聚齐在一块儿。"他腰间的 BP 机响了,他取下看看,说:"有人呼我,我去去就来。"

吴振庆说:"倒是我和小嵩这九年多见了一面,那次我探家,正巧你也从大学探家,记得吗?"

"记得,因为我母亲病了,三年大学期间,我只探了那一次家。"

吴振庆说:"我那一次探家,成了勤务员,先是帮小嵩把他母亲送进医院,紧接着又帮徐克他父亲,把徐克母亲送进了医院。"

韩德宝问:"徐克母亲就是那次去世的吧?"

吴振庆点点头。

徐克回来,落座说:"吃啊,吃啊,别光说不动筷子啊!"

BP 机又响。

徐克取看,嘟哝一声:"他妈的。"又欲起身离去。

吴振庆将他扯坐了下去:"你不理它,它能咬你一口不?"

徐克只好乖乖坐下了。

BP 机响个不停。

吴振庆将筷子往桌上轻轻一拍,不悦地说:"你能不能让你那玩意儿不出动静啊?"

徐克说:"你不让我去打电话,它可不就还响呗,要不我买它佩在身上干什么？"

吴振庆笑了，像小时候那样，在徐克头上摩挲了一下："去吧去吧，别误了你什么大事。"

三人笑望徐克离去。

韩德宝说："小嵩，你父亲怎么去世的？几次去看大婶，我想问，都没敢深问。怎么原来按烈士对待，现在又不按了？如果真处理得不合理，我可以帮你找找有关政府部门，去封信问问。"

王小嵩说："那时他在四川，单位分成两大派，有一派拦了一辆车，全副武装地去攻打另一派，可司机恰恰是另一派的，按当年看，表现得相当英勇壮烈，把车直冲着山崖开下去，还喊了一句令人崇敬的口号。结果和全车人同归于尽，我父亲也在车上……"

韩德宝问："你父亲是哪一派的？"

"哪一派也不是。他衣兜里揣着火车票，他是接到家里的电报，着急回家看我母亲，搭上了一辆不该搭的车……两派当年争着把他算成烈士……要不上大学哪能轮到我呢？"

吴振庆说："一提起'文化大革命'，都光说红卫兵如何如何，仿佛天翻地覆慨而慷，全是红卫兵在发狂。大中小学生当年全加起来有多少？不过就几千万嘛，可全中国当年有八亿人。"

徐克回来落座。

吴振庆又摩挲了他的头一下说："从现在开始，你老老实实坐下说会儿话。你那玩意儿再闹动静，我可给你摔了！"

徐克说："再不会响了，我把电池拿出来了……你看，我一离开，你们又光说，吃啊！服务员，啤酒杯别都让我们空着啊！"

女服务员斟酒时，吴振庆问王小嵩："这次回来，公事私事？"

"私事……"

吴振庆又问："纯粹私事？"

王小嵩点头："我当年那个小姨你们都还记得吧？她病了，癌症，自从她当年离开我家，我就再没见过她。可也一直忘不了我有过这么一个小姨，所以我无论如何得去看看她。"

徐克说："可惜我这一阵子生意太忙，要不我一定陪你一块儿去。"

吴振庆说："没用的话你还说它干什么！"

徐克说："小嵩，你这次往返的一切路费，我承担了，包括你去看你小姨的路费。"

韩德宝说："这话有用！这话有用！"

吴振庆说："来来来，咱们为徐克这句话干一杯。"

四杯相撞，各自饮了一口。

王小嵩继续说："另外，我还要找到一个人，一个女孩儿，当年是女孩儿，现在也不能说是女孩儿了，也该二十几岁了。"

吴振庆等三人望着他。他说："我后来调去的那个连队，才有三十几个知青，排长是老高三的。对我们每个知青都很好。他看过很多书，记忆力也好，我们那时都感到生活太寂寞了，有人抱了一只小鹰养在大宿舍里，我们常常把老乡家里的小猫小狗抱到宿舍，看着鹰和它们斗，寻求点儿刺激。结果鹰把老乡最喜欢的一只小狗的眼睛啄瞎了。晚上我们还打着手电，四处扒老乡的房檐儿，掏麻雀喂鹰。后来，犯了众怒，老乡就联合起来，告到连部。说连里要是不严厉处分，他们就要教训我们知青。排长把我们全保下来了，每晚八点以后，除了上夜班的，不许我们离开宿舍。从那一天开始，他就给我们讲故事，一直讲到第二年冬天，还有许多故事要讲。他简直就成了我们的'一千零一夜'。我们炸山采石修公路的时候，他亲自排除哑炮，被炸死了。那年我又混为班长了。他临咽气，拉住我的手，嘱咐我：他箱子里有一个白桦树皮做的灯，叫我一定要替他交给他妹妹……"

吴振庆等肃然……

"这么多年了，我把那白桦树皮灯罩，从北大荒带到上海大学里，又从上海带到北京。这次，从北京带回来了……不找到他妹妹，我就不回北京。"

吴振庆指着韩德宝说："这事儿得他帮你。"

韩德宝问："你有他家的地址吗？"

王小嵩摇头说："他很小的时候，父母就离婚了，他下乡前父亲去世了。他母亲带着他妹妹改嫁了。嫁给什么人了，搬哪儿住去了，连他自己活着的时候也不知道。别人写家信，他也写，写了却不知往哪儿寄，都是写给他妹妹林冬冬的，一共四十六封，都压在他箱子里。现在都一捆儿一捆儿保存在我这儿。"

韩德宝说："这就有点儿难找了。我明天又出差。这样吧，我一会儿给你写个条儿，你先找我的一个同事，也是咱们兵团的，他肯定会帮你。"

"最后一件事。"王小嵩慢慢地说，"我得去看一眼郝梅的骨灰盒。"

吴振庆等面面相觑。

吴振庆问："这么多年了，你心里还有她？"

王小嵩无言胜有言。

吴振庆又问："那你毕业后为什么要跟别人结婚呢？"

"我给她写过二十几封信，她只回过我一封信，信上说，我在她心目中，只能永远是'哥'……"

吴振庆说："算了吧！她父母回老家定居去了，把她的骨灰盒也带走了，你哪儿去看？"

徐克说："就是。当年的感情，该淡化的，得淡化。该忘的，也得忘。"

王小嵩说："后来我明白了，她可能是不愿因她的户口问题而拖累我。"

吴振庆说："明白这一点就好，她那样的姑娘，能做出拖累别人的决定吗？再说当年，谁又能想到有大返城这一天呢？"

王小嵩默默转动酒杯，忽然一饮而尽。

像许多久别重逢的人们一样，他们的话题总是围绕着当年——好比几只在同一个窝里亲密相处过的兔子，长大后又聚在一起，都希望从对方身上嗅到熟悉的气味儿。他们仿佛都觉得，他们的今天刚从昨天的蛋壳里孵出来，值得自信的绒毛还没晾干呢……

饭后四人在饭店门外告别——韩德宝拥抱了王小嵩一下，首先推着自行车走了。

徐克往BP机里装好电池，向王小嵩招呼了几句，招手唤来一辆出租车，也打的走了。

吴振庆问王小嵩："你还上哪儿去不？"

"回家。继续帮我母亲规整屋子。"

"咱俩一路，我陪你一段……"

两人走着走着同时站住了——马路对面是一所中学，他们的母校。

王小嵩看着说："变化不大。"

吴振庆似乎猜透了他的心思，说："当年的老师几乎都不在了。退休的退休，调走的调走，改行的改行……看看去？"

二人跨过了马路，走入静悄悄的校园，走入教学楼。

他们在教室门外站住。

吴振庆说："这是咱们班的教室，记得不？"

王小嵩点点头——他从门上的玻璃往教室内窥望。

下课铃骤响，他和吴振庆闪在一旁。

学生拥出，跟在其后的一位年轻的女老师问："你们找谁？"

"不找谁……"

"随便看看……"

女老师说："随便看看？你们干什么的？"

王小嵩不知如何回答是好，瞧着吴振庆。

吴振庆说："我们当年都是这学校、这班的学生。"

女老师怀疑地上下打量他们。

吴振庆不悦地说："这有什么值得怀疑的。我叫吴振庆，他叫王小嵩。"

女老师说："你？吴振庆？"她急忙用手招过一名学生，吩咐道："快去请校长！"

吴振庆和王小嵩疑惑地望着学生跑开。

女老师说："请你们先别走。"

男校长跟着那学生匆匆走来。

校长问："哪位？哪位是吴振庆？"

女老师说:"他说他是。"

校长问吴振庆:"你……有什么能证明身份的东西吗?比如工作证什么的……请别误会。我们只不过是想知道,你究竟是不是我们一直寻找而无处寻找的那个吴振庆?"

"我没带工作证什么的,不过,我可以说出,我们的第一任班主任是女的,姓曲,三年自然灾害时期食物中毒死了;我们的第二任……"

校长说:"那些不必讲了,讲了我也不清楚。我是去年才调来的……口天吴?"

吴振庆点头。

"振兴中华的振,国庆的庆?"

吴振庆又点头。

校长说:"哎呀,哎呀,吴振庆同学,可找到你啦!感谢啊!我代表全校师生衷心地感激啊!"说完,他拉住吴振庆的手,热情地握着。

吴振庆丈二和尚摸不着头脑,糊里糊涂地看着王小嵩。

王小嵩说:"振庆,没我什么事儿,我先走一步。"

校长又一把扯住了他:"别走别走,既然一块儿来的,就都请到校长室一坐吧……你叫什么名字?"

女老师代为回答:"王小嵩……"

校长说:"王小嵩?也有你嘛!也有你嘛!"

"可是,我们一点儿也不明白……"

校长说:"做了好事,和犯了错误一样,都应该坦率承认嘛!请吧,请到校长室。"

他们被校长一手挽住一个,只好跟着走进了校长室。

校长从桌上玻璃板下取出半张纸递给王小嵩说:"你们看,我没记错,是有你吧?"

纸条上写的是——谨向母校图书馆捐书一千册——吴振庆、徐克、王小嵩、韩德宝。

校长没从暖瓶里倒出水来,拿着暖瓶走出去了。

吴振庆说:"准是徐克这小子!有一次我跟他说过,当年咱们掌权那阵子,曾把学校图书馆的书都当废纸给卖了,买红布做战旗和袖标了,想起来,总觉得对不起母校。"

王小嵩说:"我可没掌过权,也没卖过学校的书。"

吴振庆扯起王小嵩:"快走,咱俩别在这儿装人啦!"

二人刚一出门,不料被等在门外的许多学生围住了,许多笔记本和笔递向他们:"校友叔叔,请给我们签个名吧!"

"我们一定向你们学习,永远热爱母校!"

"我是校黑板报的记者,请两位校友叔叔谈谈回访母校的感想好吗?"

"你们当年是红卫兵吗?批斗过老师吗?砸过学校的玻璃吗?"

"你们当年早恋吗?"

二人不但大窘,而且十分惶恐,完全不知如何招架这意想不到的情形……

5

晚上,王小嵩回家。

屋子规整了许多,这儿那儿堆放的东西,用布或挂历纸盖着。

王小嵩躺在床上,望着母亲给一件小衣服钉扣子。

他说:"妈,你也睡吧。"

母亲说:"嗯……"看看表,"还不到九点,太早了,妈这一辈子熬惯了夜,躺下也睡不着。"

"妈,弟弟妹妹他们小孩儿的衣服,你以后不要做了。"

"唉,买件小衣服,便宜也得十来元钱。扯几尺布自己做,要少花一半的钱。过几年,妈有心做也做不了啦,眼睛不行了……有时一行扣子几次才能钉齐。"

母亲凑近灯前做针线活儿的样子,像外科医生缝合毛细血管。

王小嵩体恤地望着母亲。母亲纫不上针,只好将针线递给他。

王小嵩纫好针后，说："妈，我三奶搬到哪儿住去了？"

"究竟搬到哪儿住去了，我也不知道。她家比咱们家早动迁两年，你弟弟妹妹串过门儿，改天问他们吧。可怜你们三奶，挺有股劲儿活到八十多，就是为了活到住进楼房那一天。可是就没活过天意。差几天往楼房里搬了，也不知阎王爷找老太太有什么急事儿。不闭眼，就是不闭眼。谁给抚上，一离手儿又睁开了。就把我请去了，我先给老人家磕了一个响头，然后说：'他三奶呀，您是不是还在怪我家孩子他爸对您说过：共产主义再有十年八年就实现了啊？您要是真怪他，我替他给您赔个不是吧。他那也不是存心骗您啊！他那是好心安慰你呀。他一个大老粗，对国家大事心里哪能有个准谱啊？'也怪，我说完了，只用手一罩，还没抚，老人家眼睛就闭上了。"

王小嵩神色渐渐感伤，又问："那……我广义哥呢？"

"你广义哥可了不起，别看人家孩子当年没了一条腿，活得比整人还有志气。硬是在家里，靠一个十几元钱的破半导体，学会了好几种外国语。现在已经出了几本书了。你小姨的女儿考大学前，住在咱们家，我还让你弟弟带着她，去找你广义哥给辅导过外语呢。小秀，就是你小姨的女儿，在北京读书的时候，没去你那儿？"

"去过……"

母亲说："听说有的农村女孩子，一考入大学，就变得虚荣了，小秀没变吧？"

"没变。"

"没变就好。你小姨命苦哇，一辈子都为拉扯小秀这孩子了，连自己病了，都瞒着小秀，怕分了小秀的心，影响孩子的学习。你知道你小姨得的什么病吧？你弟弟妹妹没去信告诉你？"

隔壁传来了婴儿的啼哭声，年轻母亲的哼唱声……

王小嵩睡了。

第二天，母亲送王小嵩出门。

她说："留你小姨身边多住两天吧，这次以后你就见不着你小姨面了，她来信总提你，一直怪想你的。"

王小嵩点头。

"要是你小姨还能动，你就把她接来吧。"

王小嵩点头。

王小嵩上了火车，在列车的过道上，一边吸烟，一边凝望窗外田野……

他想起了小姨。

不仅想起了小姨的笑声，还有一连串的声音回荡在他脑子里。

小姨的说话声："大姐，你别问了，我就是死，也不会告诉你的。"

弟弟妹妹的欢呼声："噢。小姨要生小孩儿喽！小姨要生小孩喽！"

母亲的说话声："你……你可要多保重啊……好歹……你得把孩子拉扯大。"

小姨父亲的说话声："走吧！谁叫你这么丢人现眼。"

弟弟妹妹的哭声："小姨，小姨你别走……小姨我们不让你走嘛。"

王小嵩童年时自己的喊声："小姨，等我长大了。我一定要……"

列车有节奏的前进声，那声音好像是代替当年的他说："杀了他杀了他杀了他……"

他问售票员："要乘几站？"

"到终点，还得走……"

"走多远？"

"二十多里吧。那一段路没公共汽车了。到终点你自己打听吧……"

他来到小姨住的村子，一个小男孩引领王小嵩走入一个破败的院落说："就在这儿！"说完，那孩子一转身跑了。

王小嵩望着屋里，心中说："小姨，我来了！我看你来了！"

他犹豫了一下，走入屋去，一个中年妇女正在外间熬药，扭身惊奇地打量他："你找谁？"

"我从哈尔滨来，看我小姨……"

那个妇女说："我知道你是谁了，快进屋吧！她刚刚还讲起在你家住的事儿呢！"

王小嵩轻步进屋，见小姨躺在炕上，一副气息奄奄的样子……她脸上已完全没了当年的神采。

小姨并没有回头看，嘴里说："别费心照顾我了，我知道我得的什么病，我也知道我的日子不多了。"

王小嵩说："小姨……我是小嵩啊！"

小姨一怔："小嵩？"脸上流露喜色，要挣扎起身，却挣扎不起……

王小嵩急忙走到炕前，在炕边坐下，轻轻按住被子不让小姨动。

小姨拽住他一只手，眼中落下泪来："小嵩，想不到……我还能……能见上你一面。"

中年妇女端药进来，王小嵩接过药碗，用小勺儿喂小姨药。

小姨轻轻推开。

中年妇女悄悄退出，走了。

小姨说："我不吃药……我再也不想吃那药。"

王小嵩说："小姨，人家替你熬好了，不吃，人家怎么想呢？"

小姨说："她是……小时候的伴儿，不会……多想什么的。"

"小姨，喝吧……"他举着小勺期待着。

小姨饮尽了小勺里的药，又双手接过碗，一口气喝光。

王小嵩掏出手绢，替小姨抹嘴角的药渣。

他轻轻将小姨扶倒床上。

几只母鸡目中无人地逛进屋里，东瞧瞧，西望望。

小姨说："外屋粮箱里有米，你……替小姨喂喂鸡。"

王小嵩起身到外屋去喂鸡。

屋里砰的一声响。

王小嵩赶紧走进里屋，见暖水瓶碎在地上，床边的洗脸架也倒了。洗脸盆滚在一边，小姨的上身伏在床上。

他急将小姨扶起，让她靠在自己怀里。

小姨说："我的样子……是不是……很难看？"

王小嵩摇头："小姨，不……"

"我想……洗洗脸……梳梳头。"

"小姨,我给你洗,我给你梳……"

他哭了……

他放倒小姨。流着泪,扶起洗脸架,捡起盆,扫走碎暖瓶。

他替小姨洗了脸,替小姨梳头。

小姨靠床坐着……他捧一面小镜让小姨照。

几只母鸡又逛进屋里。

小姨说:"这些鸡啊,很对得起我,下了不少蛋,都在外屋篮子里。我也没什么给你母亲带的……你走时,带回去吧,也算我的一点儿心意。"

王小嵩答应着:"嗯……"

"是几只老母鸡。也不知道我死了,它们会怎么样。下蛋少了,送给谁家,谁家还不把它们杀了吃肉?"

王小嵩说:"小姨,你别这么说……你会好起来的。"

小姨又抓住他一只手说:"想……听我告诉你吗?"

"小姨,你要告诉我什么?"

"告诉你……当年……那件事儿。"

王小嵩一时不知如何回答。

小姨说:"我也喜欢过男人……"

"小姨,忘了当年的事吧……"

"我喜欢过一个男人。我忘不了。我知道,你,你母亲,你们全家,包括秀秀,我的女儿,都恨他,恨我爱过的那个男人……可是,我不恨他,我一点儿也不恨他。他还是真心对我好的。"

小姨指着屋角的一个箱子说:"你……把那箱子打开。"

王小嵩去打开了箱子。

小姨说:"有个小铁盒是不?你给小姨取过来。"

王小嵩捧着一个小铁盒,又坐在炕沿。

小姨从手腕上捋下了用皮筋儿套在手腕的钥匙,放在他手上说:

"打开……"

王小嵩打开了铁盒——里面空荡荡的,只有一张叠起来的、已经发黄的报纸。上面,是一颗黑纽扣,带着一截线……

小姨说:"你母亲说得对。一个男人爱不爱一个女人,只有这个女人心里最清楚……那天晚上,雨下得很大,后来半个月内就没停过。我见他衣服上缺扣子,就翻出一颗给他钉,刚钉上几针,外面就敲起了锣,就有人喊:'抗洪的马上出发了,车一刻不等啊!'他一把扯下扣子就走了……一去就再没回来。"

小姨向王小嵩伸出一只手。

王小嵩将纽扣取出放在小姨手心。

小姨瞧着,缓缓攥住了手。

王小嵩又取出报纸放在被子上……报纸上有一张男人的遗照,一行醒目标题:共产党员以身堵坝,壮烈献身。

小姨说:"多少年来,各种各样的人,总想从我口中问明白……我一个字也没吐露过……如今,再没人问我了。倒非常……想对什么人……说明白……都隐瞒了那么多年了……我也不知自己……这是怎么了。"

小姨的手抚摸着男人的遗像……

她说:"这颗扣子,我留下……你把报纸带回北京,把我告诉你的告诉秀秀……让孩子心里也明白。"

王小嵩哭了:"小姨,我明天带你回哈尔滨……我妈妈非常非常想你啊。"

小姨说:"哈尔滨……我也想你们全家啊,明天吗?"

王小嵩点头:"是的,明天……"

"好,我去……别忘了……带上那篮子鸡蛋。"

夜晚。

月光洒入宅内。王小嵩坐在高腿方凳上,握着小姨的一只手。

农村女人的呼唤声:"三丫!三丫!"

农村女孩的应答声:"哎!干啥呀?"

"去把你爸找回来！"

"他在哪儿呀？"

"在老张家打纸牌哪！"

"我不去！他家狗一见我就咬。"

"快去！死丫头！支使不动你了是不是？就说猪拱开圈门了，跑丢了！"

接着是一阵农村女人唤猪的声音。

小姨睁开了眼睛说："听见了吗？"

"听见了……"

"活着，多好哇……"

王小嵩说："小姨，你要对自己的病，有点儿信心。"

小姨苦笑："我是不想再拖累乡亲们了。"

"小姨，别这么想……"

斯时月光如水，洒入屋内。小姨问："今晚，月亮怎样？"

王小嵩起身走到窗前望月。

"圆吗？"

"圆。"

"大吗？"

"大。"

"自从我病倒，躺在床上，晚上就只能见到月光，见不着月亮了……"

王小嵩走回到了床边，复坐在凳上。

小姨说："我喜欢月亮，从小望见又圆又大的月亮，我心里就什么都不怕了，也不怕死了。我觉得月亮像个好女人，它对世上的一切命运不济的女人，都是怜悯的。它望着我，我觉得它对我是那么亲。我望着它，又觉得我对它是那么亲。从小死了娘，我觉得月亮就像娘一样……"

王小嵩不知说什么好，只有默默地攥起小姨的手。

小姨说："村上老辈人们传下来一种说法，说如果人能望着月亮断命，死后那魂，就会升到月亮里去，和嫦娥做伴……你信吗？"

王小嵩摇头。

"可我信。从前也不信，自从知道自己活不久了，不知为什么，就信了。"

王小嵩说："我信，小姨开始信的，我就开始信。"

小姨苦笑了："对要死的人，灵魂那些说法，信，总归比不信是个安慰，对不？"

"对……"他不知心里在怎么想，目光四望，最后落在了屋角的一卷席上。

小姨说："从小，一到晚上，只要有月亮，我就坐在门槛上望它一望，望老半天，哪怕冬天，有时也那样。你说我这人，是不是有点怪呢？"

王小嵩说："小姨，你先好好儿躺着，今晚，我能让你望见月亮。"

小姨又苦笑："瞧我小嵩能的，月亮，又不是画的，它不在窗上露脸儿，你还能把它移到窗上不成？"

王小嵩问："小姨，家里还有多余的被褥吗？"

"有，在那大箱子里，是小秀的。"

"小姨，你等着……"

一块席铺在院子里，席上铺着褥子，摆着枕头。

屋里，王小嵩将小姨托抱了起来，向外走去。

王小嵩跪下，将小姨放在席上。

放好后他说："小姨，你这不就能望见月亮了吗？"

夜空繁星灿烂，月大如盆。

小姨仰望着，自语："月亮，又见着你了。"

王小嵩抱着被子出来，盖在小姨身上。

他见小姨脸上淌下了一行泪。

小姨朝他伸出手。

他跪在小姨身旁，握住了小姨的手。

小姨说："箱子里，有一些剪纸，是要寄给小秀的，就不寄了，你替我给她捎去吧。她来信说，她们大学里的老师和同学，都喜欢她带去的剪纸。"

王小嵩点头。

"替我嘱咐小秀，千万要认真读书。"

王小嵩点头。

"那几只鸡，我死后，替我分送给乡亲们养着吧。替我求乡亲们，别杀，都是老母鸡了，肉也不香了，求乡亲们给鸡们个善终，养它们到死吧。"

王小嵩点头，忍不住哭了……

他又想起了过去，当年的小姨初到王小嵩家梳头的情形……小姨和王小嵩种花种菜，手上扎了刺，王小嵩替她除刺的情形。

小姨给他洗澡的情形……

小姨和王小嵩一家，在花红菜绿之中，在月光之下亲密相处的情形……

小姨说了句什么，母亲大笑，小姨也笑……

还有几句话，王小嵩一辈子都忘不了：

"大姐，有木梳吗？"

"小嵩，生小姨气了？"

"那你就好好长大吧，小姨等你……"

……

雄鸡啼晓。

天亮了。

照顾小姨的那妇女走入院子，见小姨的头枕在王小嵩臂上。

妇女问："怎么到院子里来了？"

王小嵩抬头，满面是泪，凄楚地说："我小姨，要看月亮。"

中年妇女用手试小姨的呼吸。

小姨闭着眼睛，上身靠在王小嵩怀里，似乎很安详地睡着了。

妇女说："你小姨……去了……"

王小嵩怔怔望她，仿佛一时不能理解这句话的意思……

妇女说："把你小姨抱屋里去吧，得给她换衣服，她是个好脸面的女人。"

王小嵩托抱着小姨站了起来。

王小嵩站在院子里吸烟，在期待什么。

一辆牛车停在院门前，还有一些村里的男人。

中年妇女走入院子，对王小嵩说："你小姨的亲人都去世了，也没法儿殡丧得很体面，村里倒是给她预备下了一口薄木棺材，那几个男人也愿意来帮忙儿……"

男人们默默地望着王小嵩。

妇女说："一些老规矩，该讲的，还是得讲，我们都不过是乡亲，算起来，只有你一个人是她亲人……毕竟，你叫她小姨……"

王小嵩不明其意地望着中年妇女。

妇女吞吞吐吐地说："我的意思是……你如果……愿意呢……我就替你打扮起来……"

王小嵩还是不明白。

妇女说："就是，就是……最好有个人戴孝，也多少像个殡丧的样啊……"

王小嵩终于明白了："我戴……我愿意……"

披麻戴孝的王小嵩，牵着牛，缓缓引车往村外走，牛头上也戴了一朵白花儿，车上是棺材，男人们扛着铁锹，跟在车后。

不断有村里的人和那些帮忙的男人打招呼：

"秀秀妈走了？"

"走了。"

"几时走的？"

"许是夜里吧。"

"早走好，省得多受罪。"

"是啊是啊，村里人也跟着心静了。"

"老闷儿！"

"干啥？"

"你完事儿了，帮我上房梁啊？"

"光干活呀？"

"瞧你说的，能让你白干吗？至少有你酒喝吧！"

老牛不知为什么犯了倔劲儿，中年妇女替王小嵩牵，老牛才又开始走。

王小嵩往前走，走，走……

王小嵩渐渐和牛车拉开了很长很长的距离。

一个男人喊他："哎！你要走哪儿去呀！"

小姨下葬了。

孤零零的一丘新坟。

只有王小嵩一人呆立坟前……

远远近近的农田里，农民们在照常地劳动着。

王小嵩心里默念着："小姨，你托付我的事，我一定做到。我母亲老了，很难来看你了。但是弟弟妹妹们会常来看你的。我再回哈尔滨探家，也一定会来看你的。我会把秀秀当成一个亲妹妹看待的……就像你当年对我们一样亲……小姨，我走了。"

回到小姨家，王小嵩又打开箱子，一张张翻看着夹在一本什么书里的剪纸。

中年妇女走入。

老母鸡们在屋里咕咕叫，讨食。

王小嵩掏出钱说："大嫂，多谢你啊！这点钱，是我带来想留给我小姨治病用的，你替我分给那几个帮忙发送我小姨的人，如果还能剩点儿，你留下用吧。"

中年妇女倒也不拒，接了钱。

"不过……那篮子鸡蛋，我要带回家，因为，是我小姨对我母亲的一片心。"

中年妇女到外间去取了鸡蛋篮子，递给王小嵩。

王小嵩挎着，环视屋内一遭，转身出去，在门口转过身，看着屋里的老母鸡们说："大嫂，这几只老母鸡你也养了吧！我小姨希望，别因为它们不下蛋了，就杀了它们，让它们能活多久，就活多久吧！"

中年妇女点头。

王小嵩走出。

王小嵩走在乡间路上。

这一次看望小姨（实际上成了给她送终），知道了过去不知道的秘密，另外他还从那个中年妇女口中知道了关于小姨的其他一些情况。前些年，有人给小姨介绍过一个男人，他比小姨大十来岁，老实巴交的，不过缺点心眼儿，小姨不愿意，怕那家人拿她秀秀当劳动力使唤。秀秀考中学那阵子，小姨整天怀揣着块心病似的，只怕考不上县里的好中学。秀秀考高中那阵子，小姨又是那样，只怕考不上重点。秀秀考大学那阵子，小姨吃饭也不香了，睡觉也不实了，只怕秀秀落了榜。人心哪经得起一阵接一阵牵肠挂肚啊！秀秀那孩子倒是挺争气，可却再也见不着她娘了……

在回去的公共汽车站，王小嵩夹在人们之间往车上挤。

人倒是上去了，篮子却被挤掉了。他在车上呆呆地朝外望着有些没被摔碎的鸡蛋，在人们脚下被一颗一颗地踩碎了。

王小嵩回到家里，他说："妈，我回来了……"

正在和面的母亲回头问："你小姨……"

看到儿子臂戴黑纱，母亲的表情变了。目光渐渐从儿子身上转移，低头盯着面盆……

眼泪一滴滴落在盆中，和入面里。

王小嵩说："妈，我小姨见到我……很高兴。"

母亲撩起衣襟，罩住了脸。

从母亲的背影看得出，母亲哭泣得那么伤心、那么难过——她的腰弯了下去，双肩耸着——尽管谁也听不见她的哭声。

6

王小嵩回到哈尔滨，用了很多时间耐心地寻找着。他总不大相信那个那样极端的结局。但是在这样一个城市里，要找到一个早已失踪的人，实在是太难了。在区公安局里,那位和他年龄相仿的户籍人员告诉他,单是这个区,就有三十几个叫林冬冬的。他不愿意使这件事变成许多不相干的人茶余饭后的谈资,因而不考虑登报。那就只有一步步地找了。

信托,对于值得信赖的人似乎是一种咒语。它的持久性和郑重性往往会使某个人的执着显得荒唐。当一个活着的人受一个已死的人信托的时候,实际上他的一半心智是被死者同化了的。

在这个城市里,碰了多少钉子,跑了多少地方,连王小嵩自己也数不清了,在街头,在各种各样的大院里,见到了许多返城知青,用不着进行多少深入的了解,就可以看出他们在家庭、在社会的困难处境。

他的处境也不妙,林子大了,什么鸟都有,不明不白地寻找,不知得遇到多少不明不白的人。在一个大院里,他从一个姑娘那里得知,这院里一位胖女人家有叫林冬冬的,他刚从那家窗子望了一眼,那胖女人就一边扣衣扣儿,一边冲出来大骂:

"干什么呀!光天化日的,我一个单身女人在家,正换衣服呢,你看什么呀?"

起初他还像做了没理的事儿似的,赶紧辩解:

"我不是存心的……我什么也没看见……"

那女人撒起泼来:

"哟,你还觉得你什么没看见,白看了呀!"

王小嵩也火了:

"你乱嚷什么你?你们家有叫林冬冬的没有?"

那女人反被他的气势吓住了,竟不敢再泼,低声说:"有。"

王小嵩仍然一派查户口的样子:

"你早说不就得了吗?"

那女人也成了合作的态度:

"你也没早问我这个呀……"

王小嵩打断了她的话:

"好了,现在我问你什么你就回答什么——你家谁叫林冬冬?"

那女人很利索地回答:"我啊。"

王小嵩反倒蒙了:"你?这不可能……你父亲和你母亲,早年是离过婚的吗?"

那女人盯着王小嵩看了一阵,算是醒过腔来了,原先的气势复又大盛:

"呸!你爸和你妈才离过婚哪!你是老几?是查户口的?"

这下王小嵩节节后退了,连连赔不是,急忙跑出院子……

有人像吃了枪药,你无非打听个人,却会遭到一顿挖苦,给你一副冷面孔。最使他难忘的还是那个大院,是那院里的一个返城知青,把他从那个难缠的胖女人那里"搭救"出来的。那知青送他出了大院后,拍了拍他的肩说:"哥们儿,别指望从这儿获得同情,我还不知道该指望谁给点儿同情呢!"当他得知王小嵩一九七五年就离开兵团,上了大学后,打量了王小嵩一阵,说:"一个幸运儿……滚吧!快滚,免得我由于嫉妒产生揍你一顿的念头。"

王小嵩以为他在开玩笑,傻乎乎地朝他笑,不料他果然啪地给了王小嵩一耳光,之后说:"这就公平了,你等的正是我赏你这一下子对不对?"

直到回家,他的脸好像还在疼,他没有还手,也没有还口,那个耳光当然是打在他的心上了;但他的不还手和不还口,却也像一种反击,打在了那人的心上。当那个似乎是出了一口气的小伙子悻悻离去时,他清楚地感到了两个人心里同样的痛楚。

母亲又在家里忙活,人到了中年,面对日益变老的母亲那一片爱子之心,其实也会感到一种痛楚。母亲越来越多地忙中出错,使他产生了一种深深的担忧,母亲将他的归来当作节日一般,在北京工作的他,是母亲的骄傲,当妈的不知想付出多少给前来探家的他。但是,最近,母亲煎鸡蛋竟会煎煳,而且面对黑乎乎的煎蛋还问,到火候了吗?做饭时又烫伤了手,刷碗时还摔了一跤,莫不是母亲的眼睛出了什么问题?但她就是不肯停止忙活。想到回来这么多日子了,一直没和母亲好好聊聊,晚上躺下之后,王小嵩对母亲说:"妈,你想跟我聊什么就聊吧。"母亲发出了一声显然是舒心的长吁,说:"唉,你不在眼前,觉得有那么多话想问你,你在眼前了，又什么都不想问了——当妈的都这样……"

中年人的心是裂成几瓣的心，王小嵩一阵难过，隔壁的孩子啼哭起来，年轻的母亲又拍着孩子低唱着，他却失眠了。

他想起了排长，在清凉的夜晚，在难以入眠的枕上，他坚决地对自己说：一定要亲手把排长给冬冬做的白桦树皮灯罩交给她，还有排长写给她的那几十封信。

7

一连几天无效的寻找，已经差不多使他沮丧到家了，没想到吴振庆把他叫到了他的建筑工地，一脸神秘地说：

"如果我替你找到了，你怎么谢我？"

"我……认你妈是干妈！"沮丧了好多日子的王小嵩说。

原来吴振庆手下的这支人马中，十之七八也是兵团的，发动了一番，居然找到了一个"冬冬"，这个姑娘的父母在她小时候就离了婚，而且她哥叫林凡，也是死在北大荒，只是她现在的名字不叫林冬冬。但吴振庆说，一个姑娘长大了，有几个还叫她的小名的？王小嵩拽了吴振庆就去找。

那姑娘家住在一个小胡同里，看样子正干着服装裁剪之类的营生，坐在缝纫机后边不停地轧着。起初把他俩当成了服装厂取活儿的，直到吴振庆告诉她"我们都是你哥哥的兵团战友"之后，她才抬起头来。

王小嵩问："你哥哥叫林凡？"

那姑娘点点头。

王小嵩又问："你哥哥是老高三？"

姑娘又点点头。

王小嵩动了感情："你哥哥……死在北大荒了？"

那姑娘的泪珠都快滚下来了，她使劲点了点头。

"好妹妹！"王小嵩几乎叫了起来，"可把你找到了，你哥哥生前是我的排长啊！我保留着你哥哥的几十封信，都是写给你的！当年他不知往哪儿寄……"

那姑娘从缝纫机后站起，走到王小嵩面前，接过那一摞信，转身将信搂在胸前哭了。

接下来，王小嵩告诉她，她的哥哥还给她做过一个白桦树皮的灯罩，她也告诉王小嵩和吴振庆自己的遭遇，告诉他们哥哥的死对她们家的打击有多大。最后，那姑娘说："我觉得，我活着还挺好，每月能挣二百来块钱，平平淡淡，得过且过呗。你们想看看我哥小时候的影集吗？"

从那姑娘家出来，王小嵩才告诉吴振庆，这个姑娘不是他要找的林冬冬，因为影集里的林凡并不是他那死去的排长。但是看影集前已经把那几十封信交给这姑娘了，又怎么往回要呢？吴振庆似乎多想了一层，说："不要回信来，你不是就得连桦树皮灯罩都得给人家吗？"

还能往回要吗？对那姑娘怎么说？一场误会？

晚上，王小嵩拿出用塑料布包着的白桦树皮灯罩，那灯罩由于年久虫蛀，已变色变形了，他用手捅了一下，破了一个洞，再捅一捅，又破了个洞——分明的，它早已不再能作为灯罩了。

他在心里对排长说着：我们都曾相信，用白桦树皮做的灯罩，至少可以用上二十年，看来，我们错了……

在这个世界上能安慰一个灵魂就安慰一个灵魂吧。第二天，是个细雨霏霏的日子，王小嵩来到了那姑娘家，他对那姑娘说："真对不起，那个白桦树皮灯罩，这么多年来，包着还像个灯罩，一打开，就散架了，所以……我没法儿把它给你带来了。"

那姑娘默默地打开箱子，取出那一捆信，双手捧还给他，说："应该说对不起的是我，我昨天夜里把这些信都看过了，这不是我哥哥写给我的信，是另一个哥哥写给另一个妹妹的信……"

王小嵩高声说："不！那是你哥哥写给你的信，你不能怀疑这一点！你一定要相信这一点，"他声音越来越高，最后竟叫了起来，"我寻找了许多天才把你寻找到啊！"

那姑娘看着他，冷静地说："可我骗不了我自己啊……"

王小嵩只得接过了信，轻轻地说："是啊，我也是……"

8

母亲终于承认了，自从那天小嵩为小姨戴黑纱回来，一宿没睡，第二天就看不大清东西了。王小嵩带着母亲到医院检查，诊断结果是冷冷的六个字：已无手术意义。

王小嵩的弟弟妹妹都回来了，弟弟对王小嵩说："哥，你打我吧！我没照顾好咱妈……妈的眼疾都十几年了，妈自己没放在心上，我们也……"

妹妹也说："我们也带妈到医院看过，可去一次，不过就给开点儿眼药水……"

王小嵩说："不能怨你们，我对咱妈，一点儿孝心没有尽到……"

倒是母亲自己既平静又坦然，在里屋问："谁在哭？你们谁也别怨谁。谁也不许哭！我就不愿意听你们哭。都是有家室的人了，动不动就哭，就那么经不住事啊！"

小嵩想到扶着母亲从医院回来的路上，路过一个街心花园；那时，母亲就是坦然的、平静的。当他心慌意乱地给母亲买回一听饮料时，看到母亲竟不顾喷水器隔一阵往她坐的长椅上溅一次水，一直等在那里，生怕他回来找不到她。面对着没有花的树林，她说："这公园真好，一片片的花，开得多热闹啊！"从那时起，他就知道，母亲的眼睛已经看不见东西了。只是在那个公园里母亲显出了一种伤感，她对他说："儿呀，别担心，可能就是因为你小姨的死，妈心里不好受，一时就……想想当年，我要是不让你小姨就那么走了呢？妈因为没有一个妹子，想有一个妹子，和别人不敢攀这种姊妹情，才给你们认下了一个小姨。你小姨因为没有姐，想有一个姐，觉得妈是个善良的女人，才认了妈做干姐，可妈在她摊上难事的时候，却不照顾她了……妈算个什么当姐姐的呢……"

弟弟妹妹强止住了哭声，母亲在里屋说：

"你们都给我好好听着。妈这辈子,并没有白长一双眼睛。小时候在农村,青山也见过,红花也见过,绿水也见过了。后来嫁给你们父亲,住进了城里,高楼也见过了,闹市也见过了,亲眼所见的事情,林林总总的,善事恶事,好人坏人,一点儿也不比你们见得少。如今妈一年比一年老了,有时连自己也觉着,对这世事因果,人间百态的,是看得够够的了。如今什么也看不见了,倒也好,正能图个眼不见心不烦。你们不是总觉得没孝敬过妈吗?那么妈以后就坐享其成,等着你们挨个孝敬。这也不值得你们大祸临头似的,这个唉声叹气,那个哭哭啼啼的……只要你们别嫌妈……成了你们的累赘……"

王小嵩又不禁想到在小公园里,听完母亲那一段话之后,他攥着母亲的一只手,将脸埋在母亲的膝上,无声地哭了。那时,一位年轻的母亲领着自己漂亮的女儿跑了过去;接着,他听到那女孩的声音:

"妈,那叔叔都是大人了,怎么还在他妈妈面前哭呢?"

9

徐克左右各站着两个人,两把匕首逼在他的两肋。他看到老父亲也被匕首逼在屋角,屈辱和被镇压住的老人的激怒,写满在那一张脸上。

徐克对面坐着一个人,看来是个头儿,正慢条斯理地吃着西瓜。徐克对他说:"再宽限我五六天行不行?"

那人说:"不行,"他吐出些瓜子在手心里,以女人般的优雅放在桌上,又说,"实话跟你挑明了吧,这一次咱们之间的买卖,是我们南北两伙兄弟设的一个圈套,没想到你还真上了当。十几万元钱算什么?坑别人不是比坑你更容易吗?那为什么单坑你呢?不为别的,就为了要毁你徐爷一把,就为了要你栽给咱们这一行看。谁让你买卖做得老那么顺呢?"

徐克火了:"你们他妈的不但坑我的钱,还要吃我的、喝我的,耍我、害我,是吗?"

那人悠然地说:"是的,不但坑你的钱,还要坑得让你有理无处讲、有理变无理。还要到你家来,吃你的、喝你的,耍你、害你,一点儿也不错,就这么回事儿……"

徐克抄起一把切瓜刀,但马上让左右两个人给按倒了。用匕首逼住父亲的那个说:"别乱来,否则我就对你家老爷子不客气了。"

看了看被逼在角落里的父亲,徐克无奈地说:"给我留点儿今后在咱们这一行混的面子,你们几个的费用我全包了……"

"你太小瞧我们了!"那个头儿一个劲儿摇头,"那点儿钱我们就花不起了?"

徐克正想说什么,忽听老父亲喊了起来:"徐克,你小子如果还是我的儿子,你就别做孬种!你小子给我真拼啊!"

用匕首逼着老人的那家伙叫道:"嚯,老子英雄儿好汉!再嚷一句我一刀捅了你个老东西!"一边说着,匕首一边在徐克父亲的脸上轻轻一划,徐克父亲的脸上立刻出现了一条血道。

"别他妈伤害我父亲!"徐克叫着。

恰在此时,有人敲门,进来的是王小嵩,他一进门就被匕首逼住了。

徐克又喊:"你们谁敢伤害我朋友我就真拼了!"

那个头儿轻轻地说:"你别拼,千万别拼,一拼,两败俱伤,都没好结果。你放心,我们谁也不想伤害,既不愿伤害你家老爷子,也不愿伤害你,更不愿伤害你这位无辜的朋友。我们只要你母亲的遗像留作纪念……"他一边走一边说,从徐克父亲的身边走到王小嵩身边,突然狠狠扇了王小嵩一耳光:"如果你舍不得给,我就当着你的面,扇你朋友的耳光,还要扇你老爷子的耳光!"

看着王小嵩嘴角里流出了血,徐克低了头:"别羞辱我朋友,老子认了,给你们……"徐克被刀逼着,走进了小屋,望着墙上母亲的遗像,跪下了。在这帮浑小子面前有什么办法呢?谁让今天没防住呢?只好心里默说:"妈,我对不起您,让您老人家受惊了!儿子发誓,一定把您老人家的遗像夺回来!"

那个头儿得意地说:"其实呢,我们不吃麻花偏要的是这股劲儿,什么劲呢?当儿子的把老娘的遗像乖乖地捧送给我们……"

10

吴振庆听说徐克母亲的遗像被人抢了,立刻火冒三丈,他带了五六个人去找他们算账。两拨人在火车站相遇,大打出手。结果,吴振庆他们被公安分局以"扰乱治安"抓起来了,事情越闹越大。

韩德宝一听说吴振庆给抓了,连老婆都顾不上怕了,放下正在洗的碗筷,一边穿警服一边对他妈说:"妈,我走后,她愿耍什么小脾气随她耍去,你让着她点儿。"说完,便骑了自行车往徐克家赶。

真是一肚子的不痛快,老婆的爹是市局一处的一个处长,就老得看着老婆脸色过日子。也就是摊上了他,好脾气,平时也不把忍让当成什么丢面子的事,嘴软一点儿能省多少麻烦啊!可她根本不理解自己和朋友的那种交情,当年哥们儿几个乘同一个车厢离开城市,在同一个地方流泪流汗,最后又乘同一个车厢返城,现在看来,这里面也就是他韩德宝混得好点儿,咋能不尽力照顾一下自己的哥们儿呢?出差几天,吴振庆给抓了,老婆都不想让他知道,幸亏他妈悄悄对他说了,不然今后自己怎么见那些哥们儿呢?

王小嵩也在徐克家,韩德宝进来就问:"怎么会闹成这个样子啊?"

徐克低着头不吭气。

韩德宝又问王小嵩:"你也哑巴了?"

王小嵩说:"他父亲气坏了,打了个小包就要回山东老家,我不放心,怕老人家一时想不开,把老人家送上了火车……至于打架,当时我不在场……"

韩德宝盯住徐克气恨恨地说:"那么是你让振庆去为你打那帮小子的?你说你是什么玩意儿啊!现在倒好,你自己逍遥法外,振庆进去了!你说,你怎么有脸再见他?"

徐克嗫嚅着:"我……我只求他把我母亲的遗像夺回来……"

三人一时都无话,闷头吸了会儿烟,韩德宝对徐克说:"你拿出些钱来。"

　　徐克问:"干吗?"

　　韩德宝说:"干吗?往外保人啊!保人得交保释金你懂不懂?"

　　"我……手头只有一千多元现钱了……"

　　韩德宝厉声问:"一千多元就想保出五六个人来?你不是财神爷吗?至少三千。"

　　问来问去,徐克确实已没钱了。

　　王小嵩说:"这次回来,我也没带多少钱,但我可以跟我弟弟妹妹们借。"

　　徐克嘴还挺硬:"你们借,需要借多少,我卖血也会还的……"

　　韩德宝没好气地打断他的话:"得了,没你说话的份儿。"之后对王小嵩说:"尽快把钱送给我,别送我家去,到分局去找我,其余的我想办法。"说完站起来,愤愤地对徐克说,"细腰蜂别根扁担,你说你愣充什么阔!"

　　王小嵩送他出门后,韩德宝对他说:"我说了些不给他留面子的话,也许他伤心了。你留这儿陪他一夜吧。"

　　王小嵩说:"你那些话该说,我也说了不少,我想他不至于生气。这几天我一直陪他住,你放心吧。"

　　韩德宝心烦意乱地往回骑,路上还不慎摔了一跤,车子也摔坏了,扛着车子回来,妻子已睡了。他摸黑换了拖鞋,进了卧室,刚想往被子里钻,不料妻子并没真睡,倏地坐起,一把将他推下床。韩德宝坐在地上,揉着腿不起来,妻子向他伸出一只手,问:"真摔疼了,啊?要紧不要紧啊?"

　　韩德宝扯住妻子的手,顺势钻进妻子的被窝……

11

　　韩德宝不惜一大早给老婆擦了一气皮鞋,也没把存折在哪儿给打问出来。老婆声称钱要留着买彩电,非但不给他一分钱,还把他奚落了一顿,韩德宝真动了气，把他母亲吓坏了，劝了这个劝那个，眼看着一个比一个凶起来，韩德宝只是伸出一只手："存折。"

"不给。"

"不给就在家里翻。"

韩德宝的妻子哪里受过这气，冲着他就喊起来：

"你警服没白穿呀，学会抄家了！抄起自己家来了！那你就抄吧！找吧！"

韩德宝竟扇了妻子一耳光。一向颐指气使的妻子捂着脸呆住了，她抱起孩子便跑回娘家了。

韩德宝压下火，来到拘留所，看管犯人的公安人员一个劲儿跟他说，时间别太长，要照顾点儿影响，之后把吴振庆带了进来。

韩德宝从兜里掏出一盒烟来，抛给那个公安人员，却被吴振庆半道给"劫"走了，他迫不及待地撕开烟盒，几步跨到韩德宝跟前，夺过烟便对火。

那位公安人员有些尴尬，指着韩德宝说："哎哎哎，别太过分啊，只准你吸，不准他吸！被人看见成什么样子啊！"

韩德宝从吴振庆嘴里掠去烟，按灭在烟灰缸里，一边说："明白明白。"之后，又掏出一盒烟给了那个公安人员，他冲着吴振庆说："你坐那儿，我坐这儿，在什么地方，你就得懂得什么地方的规矩。"

那位公安人员走了以后，韩德宝说："你说你多给我长脸？"

吴振庆不作正面回答，问："我妈知道不？"

韩德宝说："哪能让老太太知道。"

吴振庆吁了口气，又说："不知道就好，更不能让我父亲知道。"

韩德宝把自己的烟给了吴振庆，之后说："你说你倒是带头制造的什么社会新闻啊？现在已经是八十年代了，中国正逐步恢复法制你知道不知道？"

吴振庆狠狠地吸着烟，喷出长长的一口烟之后说："少跟我来这套，我能让人就那么把徐克他母亲的遗像带走吗？他打电话给我，求我务必替他讨回来，我能不去吗？再说了，我听说他们还那样对待徐克的父亲，又打了王小嵩，我能不来气吗？"

正在这时，那位公安人员进来，韩德宝赶紧又掠去吴振庆嘴里的烟。那位公安人员说："德宝，你岳父大人让我通知你，叫你今天晚上务必到他家去一趟。"

韩德宝说："知道了。"那公安人员却不走，望着吴振庆问："就是他？"

韩德宝点点头。

那公安人员问吴振庆："你几团的？"

吴振庆说："四十四团的。"

没想到那公安人员居然套上近乎了："我四十三团的，咱们两团挨着。放心，有我和德宝在，不至于让你受什么委屈。不过，你也别存太大的侥幸心理，以为今天晚上或者明天早上就可以出去，我听说……"

韩德宝见吴振庆脸上的讪笑渐渐消失，赶紧打断了那位"兵团战友"的话："得了得了，别在这儿添烦了，我们的时间有限，照顾点儿我们的情绪好不好？"

那位"战友"自知失言，赶紧说："你们谈，你们谈……"便退出门去。

吴振庆在韩德宝面前急于知道如何发落自己，德宝却不知道这事会有个什么结局。他没心思和吴振庆再谈下去了，站起来也往外走。吴振庆急了，也急着往外走。韩德宝从他手中夺下烟，按灭在烟灰缸里说："你给我老老实实坐在这儿，你当这是在谁家里啊？"

韩德宝追上那个"兵团战友"问："哎，你究竟知道些什么？"

"兵团战友"问："不怕影响你情绪？"

韩德宝说："已经影响了，快说！"

那个"兵团战友"说："我听说他们打架这事，被他妈一名记者捅到晚报去了，市公安局一位负责社会治安的副局长看了以后，火发大了！说在火车站聚众闹事，那恶劣的影响还不带到全国去啊？指示咱们这个区局的几个头头儿一定要严办，不管什么人说情都不能动摇。现在不是严打的时候吗？谁叫他赶上了这一拨呢？"

韩德宝急了，对"兵团战友"说："你给出出主意，他跟我是同学，从小学一块长大，我不能袖手旁观啊！"

"兵团战友"倒也直率："办法我一时也想不出来，你老丈人主管这个案子，今天晚上你不是要到你老丈人家去吗？"

心事重重的韩德宝又回到与吴振庆谈话的房间，重新坐在吴振庆面前，一口接一口地吸烟。

"他究竟听说什么了？"吴振庆问。

"我怎么知道。"

"你不是追出去问了吗？"

"我上厕所去了。"

"我不信！"

"信不信由你！"

吴振庆隔着桌子欠身从韩德宝手中夺过烟，将脸侧过一边，一口接一口地猛吸。

韩德宝又从兜里掏出几盒烟，放在吴振庆那边桌面上，吴振庆看了一眼，没动。

韩德宝生气地说："你揣起来！"

吴振庆默默地将烟揣了起来。

韩德宝问道："有前科没有？"

"你他妈问谁呢？"

"我他妈问你呗！"

吴振庆火了："对我你还不了解吗？还他妈问这种话！"

韩德宝也火了："不是除了你还关着好几位吗？"

吴振庆火气冲天地发泄起来："他们跟你我有什么不一样？出生后挨饿，该上学的时候革命，该工作的时候下乡，该成家的时候返城，返城了又没工作，成天跟我到处揽活干。没有偷过的，没有抢过的，没有杀人放火奸污妇女，遵守交通规则，不随地大小便，买东西排队……"

韩德宝早听得不耐烦了："照你这么说，都是些大大的良民了？"

吴振庆喊道："那可不是吗？不但是良民，而且都是些顺民，不是顺民，当年能稀里糊涂地就下乡了吗？"

韩德宝忍不住拍了下桌子："那你怎么被关在这儿了？"

吴振庆被问住了，竟也一拍桌子叫道："你他妈的一直跟我吹胡子瞪眼干什么？你还拍桌子！韩德宝，你听着，算我刚才的话是放屁！我不是给你丢了人吗？从今往后，我们谁也不认识谁就是了……"他一边说一边不住地拍桌子。

一位公安人员冲进来，对吴振庆吼道："你干什么你？他好心来看你，你倒在这儿耍起威风了！"

吴振庆叫道："他不是来看我的，他是来提审我的！德宝，提审我也轮不到你！到你有资格的那一天，我也犯不到你手里！我今天既然犯了，我吴振庆就有把牢底坐穿的……"

不待他说完，那个公安人员啪地扇了吴振庆一耳光。

吴振庆沉默了，瞪着韩德宝。公安人员将他推到门口，他又忍不住看了一眼韩德宝，韩德宝一动不动地坐着，垂视着桌面，一口接一口地吸烟。

12

韩德宝又来到徐克家，扔下警帽转身进入洗漱间，洗完脸又冲了头。出来才看到王小嵩还在这里，他本来已经买好火车票，准备回北京了。王小嵩问：

"去看过振庆了？"

"看过了。"

"能早点儿放出来吗？"

韩德宝对他们说："你们看过晚报了？"

他们点点头，其实大家都知道事情是在往难办处发展。韩德宝比他俩知道得更清楚。他去参加了市公安局的会，在会上不仅听到姚副局长对这起案子的意见,还听说姚副局长点了他的名,说:"在我们的同志中,有的人和罪犯有这样那样的特殊关系。"也看到了他的岳父对他那充满火药味的态度。

可徐克还不知天高地厚地说:"大不了我去把振庆顶替出来!"

韩德宝一听这话就冒火:"你以为公安局是什么地方?谁想顶替谁就顶替谁?"

倒是王小嵩很明事理,他拿出自己的火车票,请徐克帮他退掉,并说:"振庆的事儿没结果,我不回北京。"

韩德宝将一只手按在王小嵩的手背上说:"我到你家去了,见到了大娘。大娘的眼睛……我心里很难过……你晚回北京几天也好,我想这也是大娘的愿望。我虽然不像你和徐克、振庆,是从小一块长大的,可自从咱们一块下乡,我是把你们三个人都当成亲兄弟的。我……但凡能帮上忙的事,我韩德宝决不会往一旁躲闪……"

王小嵩自然非常感激,他知道韩德宝是个够意思的铁哥们儿。但现在不是相互亮出真心表一表的时候,静下来一想,他忽有所思,对韩德宝说:"德宝,和你们公安局打交道的事儿,我不大懂,不过,旧社会还讲个保释什么的,现在你们讲不讲这一点呢?"

韩德宝说:"讲倒是还讲,不过这样的情况少有,那得看是谁保谁。就咱们三个,保一个没有正式工作的施工队的工头?门儿都没有!"

王小嵩说:"要是作保的人多了呢?比如几十个,上百个?"

韩德宝和徐克都不解地望着王小嵩,王小嵩说:"我的意思是,咱们北大荒那么多返城知青,熟人找熟人,一个连队找一个连队。串联一百来个人一同作保,不是咱们办不到的吧?说不定,有些人的父母还是当官的,再让他们动员动员他们的父母……"

韩德宝说:"这……不等于是向我们公安机关施加压力吗?"

王小嵩不否认这一点:"就算是那么回事吧。如果想不出更好的主意,哪怕这是条下策,我看也不妨试试。"

韩德宝沉吟了一会儿说:"局里要是知道我参与了这事,我这身警服就别想再穿了。"

徐克倒不以为然："我俩不出卖你，谁会知道你参与了？"

王小嵩不完全认为此举是向公安机关施加压力，他认为，这只是哀求战术，为的是最大限度地争取公安机关的宽恕。

直到离开这间屋子，韩德宝也没有向他俩表态。他拖着疲惫的脚步回到家，在楼梯上遇见对门的邻居，告诉他他母亲也到他姐姐家住去了，走之前留下话，希望他早点把媳妇接回来。

韩德宝开了门，呆坐在空空的屋里。他的目光落在玻璃板下的一张照片上，那是他和王小嵩、徐克、吴振庆当年在北大荒的合影，他从玻璃板底下取出这张照片，久久地注视着。

13

从离开徐克家的第二天起，韩德宝就率先开始征求签名的工作。王小嵩的这个主意不错，至少是不难做到，因为满大街到处都是返城知青。有摆摊修自行车的，有骑辆三轮车贩卖家具的，也有混得好点儿，临时代课当老师的。韩德宝心里揣着签名的主意，见到"战友"就搭讪，先聊别的，然后切入正题，苦口婆心，最后摊出"牌"来，让人签名。"战友"们处境大都不好，当然也分各色人等，有的二话没说，痛痛快快地就签名了，不仅签名，还要发一顿义愤；也有的明白表示不签，这也没什么不好理解的，已经沦为谁也不敢得罪的底层人物了，再惹出点儿麻烦事儿来，不是自己跟自己过不去嘛！

那位当临时代课老师的"战友"就是这样，他对韩德宝说："不是驳你面子，我还真有点儿不敢签这个名。你想，万一事态扩大，公安局到学校里来一调查，一谈话，弄不好我连代课的机会都没有了，那我不成失业公民了吗？"

但当韩德宝就要离开时，他又把韩德宝叫了回来，以补偿的口吻说："这样吧，咱们排当年那些人还都和我保持着联系，我把他们的联络方式都开给你，你去找他们，就说我说的，希望大家能签名的，都签上……"

一天，他在大街上遇到了王小嵩。王小嵩告诉他，他找了好几个老同学，手上已经有二十来个签名了，有几个没正经工作的，打算早日把吴振庆保出来，进吴振庆的施工队工作呢。韩德宝则说："我的成绩比你大，明天再奔波一天，我看一百来个人不成问题。我开始信心十足了。"

14

徐克在一家小饭馆吃完面条，付了钱正等找头，突然从窗外看见一个女人，虽然已有很久没见过了，但他还是认出她是张萌。服务员过来对他说："找你钱。"他有心接钱，又怕张萌走远，挥了下手说："算了吧！"匆匆向外追去。

他在人行道上边跑边叫："张萌！张萌！"

张萌站住了："徐克？"

徐克走到张萌跟前，气喘吁吁地说："行，还能叫出我的名字。你哪儿去？"

张萌说："回家啊。"

徐克大大方方地说："我陪你走一段。"

张萌好像不太乐意："这，不耽误你什么事吗？"

徐克就跟没听出来似的："我没什么事，刚才在前面那小饭馆里吃了碗面条，正巧你从窗前经过，我一眼就把你给认出来了。"

张萌不无几分勉强地说："那……好吧。不过我走得可快。我刚下班，回家吃饭，吃了饭还得赶去上夜大。"

"哟！"徐克肃然起敬，"考上夜大了？好样的。"

张萌淡淡地叹了口气："年龄过线了，要不何至于上什么夜大。"她看了下表，抬起头来，"我们别站着说了，走吧。"

她确实走得极快，徐克还真有点跟不上她："看来你的时间挺宝贵的。"

张萌边走边说："谈不上宝贵，紧迫而已。"

"当年，自从你离开连队，我就再没见过你。"徐克说完，看着张萌没什么反应，又接着说，"你一点儿没变……"

张萌说："这怎么可能？当年我才十八岁，现在我已经三十多了。"

徐克多少有些讨好地说："我的意思是，你不像咱们那些别的女战友，她们现在一个个连点水灵劲儿都没有了……"

张萌回头："我还有吗？"

徐克说："你还有，你当然还有，挺多的呢。"

"谢谢！"张萌似乎还领情。

"你在哪儿上班？"徐克问。

"晚报社。"

徐克更肃然起敬了："唔？还是得有个好爸爸啊！"

"这和我爸爸没什么直接关系，他们公开招聘，我去应聘，录取了。"

徐克忽然有些酸溜溜地说："不少当官的在'文革'中死了，国家现在正缺干部，你爸爸又高升了吧？"

张萌冷冷地说："我爸爸也在'文革'中死了。"

徐克倒吸了口冷气："对不起……我不知道……真的……"

张萌还是拒人千里的口气："没什么，谁都得死。你在哪个单位？"

"我嘛……目前还没有正式工作呢……做点倒腾服装的小买卖……反正都是为人民服务，对不对？"

"对。"张萌显然不再想谈什么。

徐克倒有点纠缠不休似的："你就不想问问我别的什么问题？"

"还问你什么？"

"比如吴振庆、王小嵩、韩德宝他们的近况……"

张萌干脆地说："不想。"

徐克生气了，他停下脚步。然而张萌仿佛根本没有发现他站住了，继续匆匆往前走。

徐克追上去，一直跟她走到一幢新楼前，张萌站住说："我到家了。"

"你……住这儿？"徐克的口气有些纳闷，那意思分明是：你怎么居然有幸住这儿！

张萌抬头仰望着说："住这儿。"瞧着徐克又说，"你是不是又想说还是得有个好爸爸？"

"没有。"

"你要对我说，就说。这时候说正对，房子是给我爸爸落实政策的名义分给我的——尽管他已经死了。"

看着徐克一时语塞，张萌向徐克伸出了一只手："你要是没什么话可说了，我就该跟你说再见了。"

徐克不握她的手："张萌，我……想跟你到你家里去谈谈……"

"这……"

徐克急急地补充了一句："就占你几分钟时间……可不可以？"

张萌只好说："可以倒是可以，不过绝不能耽误我去上夜大。"

徐克赶紧答应："当然。"

走到楼梯上时，徐克叫了一声："张萌……"

张萌转身看着他，徐克问："你……结婚没有？"

张萌反问："你要和我谈的，跟这一点有关？"

徐克马上赔笑："无关无关！不过怕你已经结婚了，我和你爱人不认识，他不欢迎，显得我很冒昧的……"

张萌也笑了："我和我爱人也不认识呢，现在还不知道他在哪儿，是干什么的呢！"

徐克说："这样就好……"

张萌站住了："这样就好，怎么好？"

徐克立刻解释："我的意思是……这样，我就没什么不方便的感觉了……"

到了张萌家门口，张萌掏出钥匙，犹豫着并没有马上开门，问："你究竟想和我谈什么？"

徐克说:"进了屋再说不行吗?你看你这个人,难道我还能对你起歹心吗?我要是这样,当年不就……"

张萌笑了:"我可没这么想,我不过有点儿好奇。你的样子使我觉得,你可能碰上了件糟糕的事儿,而我现在又几乎没有任何帮助别人的能力。"

她开门,让进徐克。

这是一间两居室的房子,水泥地没油过,客厅里只有旧沙发、旧书架、旧桌子、旧木茶几,都是以前张萌家的老家具。桌上除了台灯,什么也没有。书架上只有几册数理化方面的书。

"随便坐……"张萌一转身进了厨房。

卧室的门半开着,只能见到一张单人床,床头是一只皮箱,张萌带着它下过乡。徐克显然对它并不陌生,他严肃地、认真地望着它。

张萌拿着一个馒头、一双筷子和一碗菜走了进来,她坐在徐克对面的沙发上,边吃边说:"说吧……"

徐克开门见山:"你不至于忘记吴振庆是谁吧?"

张萌默默地吃着,没有什么反应。

"他进公安局了。"徐克说。

张萌一愣:"他……他干什么违法的事了?"

徐克像得了理:"他替人打抱不平。"

沉吟了一会儿,张萌说:"你就是要告诉我这件事?"

徐克静静地说:"我们一些当年的兵团战友,想联名把他保出来……"

张萌不等他说完,便说:"请替我到厨房把暖水瓶拿来……"

徐克站起来,从厨房捧来暖水瓶,并将水倒入张萌举手托起的碗里。

徐克说:"他是为了我,才进公安局的……"

张萌突然问:"他……不会是和火车站那件事有关吧?"

徐克说:"正是和火车站那件事有关。今天我偶然碰上了你,希望你能在这张纸上签个名。签名的都是些粗人,正缺少像你这种人……"说着从兜里掏出两页纸给张萌看。

张萌接过纸看了一遍,还给徐克:"我不能签。"

"为什么？"

张萌说："晚报上那篇文章是我写的。"

徐克大惊："你……原来是你写的！你知不知道，没有你那篇文章，他也许已经放出来了！你那篇文章等于火上浇油，公安局的头儿们看了，要严办他们几个兵团战友……"

张萌急了："可我当时怎么会想到是几个兵团返城的知青呢？更不知道他也在其中……"

徐克说："不管怎么说，那你更应该签名了！"

张萌没接徐克递过来的纸，轻轻说："我不能签。文章是我写的，我再参与签名保他，我究竟算怎么回事？我这记者今后还当不当了？我今后还希不希望人们关注我报道的事了？"

徐克盯着她，缓缓折起了那两张纸，站起来向门口走去，张萌低下头，默默吃着。

徐克走到门口，叫了一声："张萌……"

张萌抬头望他。徐克咬着牙，从嘴里迸出了几句话："我早就明白，你们这些大官小官的儿女和我们普通老百姓的儿女，就是他妈不一样！"

15

一位男教师正在讲解李商隐的诗——这首《锦瑟》，是李商隐的代表作，古今爱诗者无不乐道喜吟，堪称最享盛名。然而它又是寓意较深的一篇诗。自宋元以后，揣测纷纷，莫衷一是。下面，我先将这首诗读一遍：

  锦瑟无端五十弦，一弦一柱思华年。
  庄生晓梦迷蝴蝶，望帝春心托杜鹃。
  沧海月明珠有泪，蓝田日暖玉生烟。
  此情可待成追忆，只是当时已惘然。

教室里几乎座无虚席。然而学生们都不是十八九、二十来岁的青年学子，而是一些早已应该工作有成的男人和女人。相当多的人穿着工作服。看得出他们是直接从班上赶来的。他们听得极认真，满目求知的渴望。后排座有人在边听边啃烧饼——张萌端坐在他们之中……

张萌旁边有一男一女在悄语。

那女的说："能把你前几堂课的笔记借我抄抄吗？"

那男的问："你前几堂旷课了？"

"不是，我是替我丈夫来听的。他改夜班了，这个月上不了课了。"

男的有些同情了："我的笔记太乱了。不要紧，我替你向别人借。"

"那太谢谢你了。"

那男的向张萌借笔记，张萌将自己的一本笔记递过去。

对方感激地朝张萌笑，塞到了她手里一点儿什么，她低头一看，是一小瓶樟脑油。张萌往自己太阳穴抹了抹，正欲还给对方，不料被另一只手接过去了。

樟脑油在一只只手中传递着。

男人和女人，张萌的同代人，纷纷往太阳穴上抹……

有一个男的伏在桌上睡着了，他旁边的人捅醒他，递给他樟脑油，但小瓶里已滴不出来了。有人悄悄将茶杯递给他，示意他往小瓶里倒点儿水。

他照办。终于从小瓶里倒出了茶水和樟脑油的"混合剂"，然后将手心往脸上一抹。

张萌望着这一切情形，不禁想起当年的小学课堂上，韩德宝分抛豆饼给同学们的情形。

老师严肃地问："后几排的同学怎么回事儿？"

在张萌的回忆中，小学女教师变成了现实中的男老师，那老师问："我讲的有问题吗？"

一位女学生站起来不好意思地说："老师……不是……我们……大家在抹樟脑油……"

老师点了点头:"明白了……还有人在偷偷吸烟是不是?"

几个男学生惭愧地暗暗将烟掐了。

老师苦口婆心地说:"我知道,你们全体能坐在这里的,既是你们同代人中的幸运者,又是克服各种各样困难的人。我的儿子和女儿,也是你们的同代人。我多希望他们也有幸坐在你们中间。可是,儿子埋在了北大荒,女儿嫁在了北大荒。所以,我给你们讲课的心情,很特殊,很复杂。我不在纪律方面过分苛求大家,但是,大家可千万要对得起这种幸运……一弦一柱,犹言一音一节。瑟具弦五十,音节最为繁复。聆锦瑟之发音,思华年之往事,音繁而绪乱,情惘以难言。年华——正所谓美丽的青春……"

在老师的讲述声中,张萌又陷入了回忆,她想起了自己当年和那个市"红代会"的头儿徜徉在松花江畔,遭到郝梅谴责,遭到吴振庆等敌视的情形;又想起她要离开连队,遭到吴振庆等阻拦的情形,还想起她和吴振庆因救火在森林中发生的种种情形……

忽然张萌前排一片骚乱,使她回到了现实——原来是一位母亲带着孩子来听课,而孩子发起了高烧。那母亲叫着:"小强!小强!小强你怎么了?"

另一位女学员用手试孩子前额,吃惊地嚷起来:"哎呀,这孩子在发高烧!"母亲都要急哭了,她像是在对谁辩解:"我……我没注意到他在发高烧……小强,小强你醒醒呀!妈妈对不住你,妈妈太自私了……"

一位男学员说:"还哭什么呀!快送孩子去医院啊!"

老师踏下讲台,走过来,感慨万千地说:"这太过分了!不,我不是说你。我是说,太委屈孩子了……哪位同学去给拦辆出租车?"

张萌站了起来,她跑下楼梯,跑出校园,在马路上拦住一辆汽车,司机摇头不拉。正欲开走,张萌拉住了车门,一些学员陪着那位母亲走来,母亲抱着孩子坐入车里,大家伙儿将钱一一塞在母亲手中,车在夜幕中开走了。

张萌驻足目送,良久,她发现身旁已无他人了——她想着什么,没有回学校去。转身朝相反的方向去了……

16

张萌来到现任市政协副主席的赵叔叔家里,心里七上八下的她,刚刚说了一点自己的想法,赵叔叔就开始驳斥她:"小萌啊,我劝你还是不要搅和到这件事里头去。文章是你写的,你又暗中和扰乱社会治安的人串通一气。搞什么联名保释,你扮演的又算个什么角色呢?"

张萌说:"赵叔叔您没听明白我的意思。签名,我肯定是不参加的。无论谁再来找我,我也是不参加的。我只是想请您,以政协副主席的名义,向市里的领导和公安部门的同志客观地反映一下他们不是流氓,不是歹徒,不是社会渣滓。他们是返城知青,不过一时冲动。何况,我相信他们会吸取这一教训的……"

赵叔叔问:"你相信?你凭什么相信呢?"

张萌很有把握地回答:"为首的是我的小学同学,中学又在一个学校,一块儿下的乡,当年曾是我班长,他还……还……"

"还爱过你是不是?"

"还救过我的命。如果没有他,我也许就没有坐在您面前跟您说话的这一天了……"

赵叔叔沉吟地,似有几分理解地说:"是这样……那么,你是否等于在承认,你那篇报道是不客观的呢?"

张萌低下头说:"我……我承认。我当时只考虑到自己要尽快完成这个月的发稿任务。只一心要为本报抢一条新闻,匆匆写完就发了。我甚至不知道他们是返城知青,更不知道里面有人还是我当年的班长、救命恩人,便在文章中把他们指斥为扰乱社会治安的坏分子,如果这件事的结果不能扭转的话,我的良心太不安了。"

赵叔叔缓缓地说:"小萌啊,我劝你还是冷静地想想,究竟怎样做对自己更有利。尽管他们不是所谓的坏人,但他们毕竟扰乱了社会治安,这已经成为一个事实，而且成了公开性的社会事实。所以你也大可不必太自责太内疚，太觉得对不起谁似的……"他起身给张萌的茶杯里添了些水，接着说："小萌啊，'事有不可知者，有不可不知者；有不可忘者，有不可不忘者'，这虽是《战国策》里的一句古话，但也是大白话，不必我解释，你能明白。'泉涸，鱼相与处于陆，相呴以湿，相濡以沫，不如相忘于江湖。'知道这句话是谁说的吗？是庄子……"他站了起来，踱到墙上的一幅条幅前。

条幅上写的是——"少年乐新知，衰年思故友。"

"知道庄子的话是什么意思吗？"赵叔叔问。

"知道……"张萌答道，"鱼和鱼如果一旦离开了水，尽管互相张口出气以救，互相靠口水以生，还莫如彼此忘掉曾经是鱼，曾经共同生活在江湖……"

"行，夜大没白上。"赵叔叔说，"基本上就是这么个意思。你们这一代人的特殊经历，你们这一代人之间的特殊感情，挺有意思，挺值得研究。但是我可以断言，今后随着你们各自命运的变迁，它是会渐渐稀释如水的。它并不需要别人去评说，首先就会在你们自己之间变得没有什么意义了，没有什么价值了。既然迟早会是这样的，你现在又何必非那么认真呢？事实上你现在已经和他们大为不同了。你有了他们中许多人可望而不可即的工作。有了房子，靠自己的努力争取回了受高等教育的机会。你要开拓新的社交接触面，建立起新的社交圈子。人嘛，免不了总是要社交的。你实际上正是要从你们这一代的群体之中挣扎出来。而只有挣扎出来，作为单独的一个人，你才可能开始自己新的生活，你的个人命运才可能是乐观的。时代矫正它的错误，有时候是要付出代价的。我们之所以总是提心吊胆，防止时代犯历史性的错误，那是因为它矫正错误时付出的代价往往是很大的，甚至可能是一代人……"

张萌一副洗耳恭听的样子。

赵叔叔说得兴奋起来，预言家似的，哲学家似的，一发而不可收地继续着："而你们同代人们，他们每一个人目前所做的，又何尝不是和你一样呢？那么你又何必把一种过去了的感情，看得那么神圣，那么重要呢？其实根本不值得你连课都不上了，这么晚了还专门来求我。"

张萌终于由虔诚而逆反，今晚，她已下定了决心，她说："叔叔，您别往下说了。您的话我认为都是有道理的，我都能虚心接受，也明白您是为我好。我知道我父亲临死的时候，托付您关照我。可是我要靠自己，所以不愿给您添什么麻烦。但是这件事……这件事我破例地郑重地求您一次，您破例地爽快地答应我一次吧！叔叔，张萌真的求求您了……"

她说着抓起了桌上的红色电话。

赵叔叔赶紧走过去："哎，那是专线……"

张萌抓着电话筒跪下了，哭了……

赵叔叔动情了："你！……哎呀小萌，你这是干什么呢！好好好，快起来！我答应你！"

张萌坚定地说："那您这就打电话。否则我老跪着。"

赵叔叔不得已接过了电话："好好好，我打我打，你这孩子呀！……你倒是叫我给谁打呀？"

张萌还没来得及起来，一位英武的军官推开了门。见状一怔，赶快又退出去了。

张萌起来后坐在沙发上，发窘地朝门口看了一眼。

赵叔叔认真地说："我既然当面答应你了，我就绝不食言。换一个角度想想，返城知青们，目前是城市中的一个敏感的群体，大事化小，小事化了，也不失为一种处理方法。不过，这种意见从政协副主席的角度提出，要提得得体，措辞要推敲，是不是？你放心吧，我明天上午一定打个电话，不，写一份正式的书面意见为好，你说呢？"

张萌不好意思地噙泪笑了。

赵叔叔说："你呀！我这等于是被你逼上梁山！今后再也不许跟我来这套！"

"我发誓再也不麻烦您了叔叔……"

赵叔叔坐在沙发上又说："好了好了，我问你，在报社中同志关系怎么样？"

"还行。"

"领导关系呢？"

"还行。"

"怎么叫还行呢？"

"还行，就是还行的意思呗！"

"这算是什么回答问题的方式？我给你样东西。"

赵叔叔拉开抽屉，取出一张生日贺卡，递给张萌："你自己的生日自己都忘了吧？已经过去十几天了。还是你阿姨扳着指头算出来的呢！她说，你总也不来，我们想关心也关心不到，就以我们全家的名义，给你填了张贺卡，嘱咐我在生日之前寄给你，我却忘了。"

张萌由衷地说："谢谢叔叔和阿姨……我太忙了。白天要上班，晚上还要上学，总觉得时间不够用的。"

赵叔叔说："我知道你忙。所以我们也不怪你不常来。小萌啊，我们是想把你当自家人看待的，我们把你爸爸的托付看得很重。"

张萌又感激地流出了泪，正在这时，门外有敲门声。

赵叔叔朝门口喊道："进来！在自己家里敲的什么门，又不是进首长的办公室。"

进来的是那位英武的军人："爸，你不是说还有两张内参电影票，让我和妹妹今晚去看吗？"

"噢，对了，我差点儿忘了……"走到衣架那儿翻衣兜。

军人打量张萌，张萌不好意思地抬头看着他。赵叔叔将电影票给了那军人，那军人说："可小妹没回来。"

"那……你就和小萌一块儿去看吧。《天云山传奇》，据说是挺好的片子。对了，我忘了给你们介绍了，这是我儿子小涛。过去你们曾在一个幼儿园，记不记得？"

张萌站起身，拘谨地伸出一只手。赵小涛也伸出了手："你是小萌吧？我爸爸妈妈总是提起你。"

赵叔叔在一旁进一步介绍："他现在是营长了，不过几个月后就要脱去军装，转业了。"

赵小涛的目光愉悦地盯着张萌。张萌低下了头。

这天晚上，他们一同来到电影院，电影散场后，赵小涛提出送张萌回家，张萌同意了。

走到了张萌所住的楼前，赵小涛说："从容慢走，反而走出了一身汗，当了十多年兵，不会慢走了！"

张萌问道："你的腿……受过伤吗？"

赵小涛不失自尊地说："不愿引起你的注意，却还是被你看出来了。不过，并不妨碍我将来做一名好丈夫。"

张萌笑道："到我那儿坐会儿吗？"

赵小涛礼貌地说："太晚了，不了。"

他啪地脚跟并拢，以标准的极帅的姿势向张萌敬礼。然后一转身，大步而去。

张萌不无敬羡地望着他的背影。

张萌回到家里，打开小半导体，里面正在播相声。她刷牙洗脸，凝视镜中自己的面容，她洗罢脚，上了床，熄了灯，将半导体放在枕边，躺下了。半导体中相声说得很俏皮，引起阵阵笑声，她将被子往上一拉，蒙住头，在笑声中，隐隐传出了她的哭声……

17

韩德宝厚着脸皮到岳父家接媳妇来了，岳母打开门，亲热地说："德宝，快进来！"

韩德宝走入室内，韩妻从一间屋里探出头看他；二人目光一遇，韩妻哼了一声，缩回了头。

岳母问他："吃了没有？"

韩德宝答："吃了。"

岳母又问:"吃的什么?"

韩德宝无奈地说:"小秀不在家。我一个人只好瞎凑合着吃呗!"一边说,一边想走进妻子待着的那个房间,不料妻子将门关上了。

岳母说:"别理她。一会儿我动员她跟你回去。先到你爸那屋坐会儿!"岳母将他轻轻推入客厅。

岳父正坐在沙发上看报,连头都不抬一下。岳母不满地说:"德宝来了你没瞧见啊?"

岳父仍然看报:"怎么?来了就来了,还得我笑脸相迎啊?"

岳母夺下报纸说:"人家德宝也没搞婚外恋,你们父女俩干吗都这样对待人家啊?"

岳父一脸严肃地说:"别把我和你那从小没调教好的女儿往一块儿扯。你先离开一会儿,我要单独和他谈谈。"

岳母对韩德宝说:"他要是没头没脸地教训你,你就到妈屋里来,妈还有好多话跟你聊呢!"

岳父不耐烦了:"你离开一会儿行不行?"

岳母只好悻悻地离去。

韩德宝走到岳父跟前,递给岳父一支烟。岳父不接,又开始看报。韩德宝将那支烟放到桌上,退向沙发,坐下。

岳父眼盯着报问:"你一个返城知青,在别人连正经工作都找不到的情况下,能进公安机关,应该感激谁?"

韩德宝说:"感激党……"

岳父说:"光感激党啊?"

韩德宝笑道:"爸,还应该感激您。"

岳父又问:"工作了许多年的人都住不上房子,你却住上了两室一厅的楼房,又应该感激谁?"

韩德宝赔着笑:"也应该感激您。"

岳父说:"那么你是怎么感激我的呢?用打我女儿的方式?"

韩德宝小声说:"爸,我错了。我今天就是专门来向她承认错误的,诚心诚意地接她回去。"

"我还以为你打算把她休了呢！"岳父没好气儿。

韩德宝笑了："哪敢呢？"

岳父盯着他："嗯？"

韩德宝急忙改口："我说错了，哪能呢？"

岳父眼仍盯着报："我女儿性子不好，这我知道。正因为她性子不好，才支持她嫁给你这个性子好的。结果呢，她这个性子不好的，倒挨你这个性子好的打。"

韩德宝说："我只打过她那一次，而且，只打了她一巴掌。"

岳父厉声问："觉得打的次数还少？"

"不是，我……我今后一定改正。"

岳父终于放下了报："这件事儿就算过去了，一个巴掌拍不响，她肯定也有她的不对。我问你，你是不是正在挑头搞什么联名保人！你想干什么？你不是不知道我负责处理这桩案子嘛！存心拆我的台？你以为我的台就那么好拆？你不是不知道我最烦这一套！你们多能耐呀，居然搞了一份一百多人的名单！想靠人多势众压我？你在局里打听打听，我什么时候吃过这一套！你那个战友不是扬言要把牢底坐穿吗？好，我就按照法律，建议法院判他三年五年的！"

韩德宝说："爸，你听我解释……"

岳母扯他："甭跟他解释。"

桌上的电话响了，岳父转身抓起电话，岳母趁机将韩德宝扯进了女儿待的房间。

小秀在逗孩子玩儿，一见丈夫进来，背过身去。孩子看到他向他爬来："爸爸！爸爸！爸爸抱！"

韩德宝抱起女儿，连亲几口："乖孩子，爸可想死你了！"

韩妻嗔怒道："光想孩子，你就把孩子接走好啦！"

岳母开劝了："小秀！你看你！人家德宝刚才在你爸面前已经认错了！两口子哪有不吵架的？不吵架的夫妻，还过得有意思？吵归吵，好归好。"

岳父满面怒容地出现在门口，指着韩德宝："韩德宝，你小子能耐，了不起！居然把状告到市长那儿去了！我问你，你那帮北大荒的哥们儿，用什么收买了你？"

韩德宝糊涂地问："爸，我没有啊。您还不了解我吗？我哪有那么大的活动能力啊！"

岳父火气冲天，大声说："你别跟我装糊涂！刚才那是市长亲自打来的电话。"

韩德宝一脸不解地说："这可怪了，爸，我真的没有。"

岳父怒喝："你行！这一次就算我服了你了！但是你给我记住，你那帮哥们如果哪天再犯在我手里面，玉皇大帝说情我也不给面子！"

小秀看见父亲动火了，反倒护起了韩德宝："爸，你先别发火嘛！你听他解释嘛！"

"你给我住口！"

小秀也火了："怎么又冲我来啦！他好歹是我丈夫！你不能当着我的面这么教训我丈夫！你是我爸也不行！"说着还真伤心了，过来拉住韩德宝说，"走！德宝！咱们回咱们的家，不在这儿受窝囊气！"

她从丈夫怀中抱过孩子，扯了丈夫便往外走。

韩德宝在门口仍想解释什么，小秀将他扯出来了。

岳母瞪着岳父："你呀！你这个老家伙！你这不是存心扰乱家庭治安嘛！"

18

帮韩德宝"提"过吴振庆那个公安人员走到拘留所一间小房外，冲里喊："吴振庆！"

吴振庆正贴墙倒立着，目光自下而上望着对方。

那公安人员说："嚯，把这儿当健身房了。叫你没听见啊！"

吴振庆落下身体："锻炼身体，振兴中华嘛！"——朝另外几名同时被拘留的"兵团战友"挤了挤眼睛。

可是他们谁也笑不起来，都愁眉不展的。

公安人员说："你看，并没有人欣赏你的俏皮话儿。收拾东西，跟我走。"

吴振庆问："哪儿去？……是不是……把我给判了？"

"怎么？怕了？要把牢底坐穿那股子勇气呢！"那公安人员转身对其他人说，"你们几个也收拾东西，一块儿跟我走。"

其他几个人也不安起来，面面相觑，最后都将目光投向吴振庆。

公安人员喊道："都聋啦？这不过是拘留所，不是你们扎根落户的地方。"

吴振庆说："我不是一开始就供认不讳了吗？天大罪名我一个人承担，与他们没有多大关系——他们不过是些从犯而已。"

公安人员嘿嘿一笑："从犯？法网恢恢，疏而不漏，从犯就可以逍遥法外了？怎么想的呢？还而已！"

吴振庆对大家说："你们不要跟我去！哪儿也不要去！你们都要求上诉！能通知家里人替你们请律师的，就快找吧！至于我……我跟他走！"

公安人员乐了："满悲壮的嘛！……逗你们玩呢。你们的事儿了结啦！"

"开玩笑？"吴振庆一脸狐疑地问。

公安人员严肃了："这种玩笑是随便开的吗？"

大家又面面相觑一阵，立刻行动起来，争先恐后收拾东西，仿佛生怕略迟一步，会被扣住不让走……

他们就这样被放了。一行人走出拘留所，上午明媚的阳光使他们一个个用手罩住了眼睛。他们头发长，胡子黑，衣服皱，虽然才不过被关了十几天，却像被关了十几年似的。

吴振庆将手从眼上方放下时，发现韩德宝在面前。

韩德宝说："振庆，我是特意来接你们的……"

"哈，哈……"吴振庆回头望着身后的人说，"听到咱们这位兵团战友说什么了吗？他说——他是特意来接咱们的。"又对韩德宝说，"亲爱的战友,不劳您从中周旋,我们不是也出来了吗?您是不是有点儿,觉得怪不自在的呢?"

"振庆!"马路对面,徐克等人在招手喊他。

吴振庆对韩德宝说:"看,那儿也有人在接我们。所以呢,我们就不和您瞎耽误工夫了……"

他撇下韩德宝,朝徐克他们走去。

徐克向吴振庆介绍他带来的人:"都是战友。尽管他们这些人不认识你们这些人,但是他们都是签了名……"

"签名?"吴振庆问。

徐克反问:"你们不知道?"

"知道什么?"

徐克说:"看来你们是真不知道了。为了把你们保释出来,小嵩想了个联名上书的主意。一百多兵团战友签了名,一百多人都是我们三个人一个一个去找到的。把韩德宝的腿都跑细了。光他自己就动员了五六十人签了名……"

吴振庆和他的"同案犯"们,都转身朝拘留所望,韩德宝早已不在那儿了。

吴振庆充满歉意地说:"真给你们添麻烦了!"他又瞪着徐克,"都是因为你!"

来接他的人中的一位说:"实际上,给你添麻烦的却是我们啊!"

好多人在一旁附和:"是啊是啊,那肯定是我们了……"

吴振庆困惑地将徐克让到一旁,低声说:"我怎么越听越糊涂呢?"

徐克悄悄说:"他们目前都没有工作,都要加入你的施工队哇!"

吴振庆愣了:"这……我那儿用不了这么多人呀!再说,这样的事,我一个人也做不了主,总得和大伙儿商量商量呀,这等于从我们施工队的锅里分汤喝啊……"

徐克说:"现在就别说这种话啦!不管有什么为难之处,你也得答应下来啊,你看那些人都在瞧着咱俩呢!"

吴振庆望着那些人，只好走回去，强作欢颜地说："好！好！哥们儿，我太高兴了！咱们的施工队，从今天起，人强马又壮了！哈！哈！欢迎！欢迎啊！"

他故作兴高采烈的样子，和新相识握手。

没多一会儿，他便带着这一群人来到建筑工地。

吴振庆边走边吆喝："到了！这就是咱们的工地！瞧，那就是我办公室。有时候，我在工地上和大家一块儿干活，有时候嘛，免不了的，总得坐坐办公室。队长嘛……咱们这个工程干下来，每个人至少能分两千三千的。"

新加入者们听得神往起来。

吴振庆说："你们都先在这儿等会儿。我到办公室去去就来给你们发工作服，派活儿。"

新加入者们互相望着，一个个庆幸不已的样子。

他们中的一个客气地说："真不好意思，我们不加入，你们挣的就不止两千三千了。"

"同案犯"中的一个说："哪儿的话。人多，工程完得也快！提前交工，甲方还给奖金哪！"

另一个"同案犯"也附和道："坏事有时也可以变成好事嘛！人多，将来有指望包更大的工程嘛！"

大家都乐观地笑了。

吴振庆大摇大摆地闯进了工地办公室——临时盖的一间小房子，有人在接电话，有两人在下棋，有一人在喝茶。

吴振庆问道："哎，你们哪儿的？"

接电话的仍在接电话，下棋的仍在下棋，喝茶的看了他一眼，没人理他。他一步跨到接电话的人跟前，劈手夺下电话，啪地放下："你谁啊？这又不是公用电话！"

两个下棋的抬起了头。

接电话的恼怒地问："你他妈的是谁啊？你干什么你？"

"我是吴振庆！谁把你引来的？都给我出去！"

对方一时发蒙了。

吴振庆叫道："老子是这儿的队长！"

喝茶的那人说："噢……明白了明白了！你刚从局子里出来是不是？告诉你吧，甲方已经单方和你们终止合同了！也就是说，这儿几天前已经被我们接管了。"

吴振庆愣了："岂有此理！"他欲抓起电话，被他夺下听筒的那个人按住电话不让他动："去去去，这又不是公用电话！"两个下棋的人也弃了棋盘，抱着膀子晃了过来。

喝茶的人说："给甲方打电话是不是？让他打，让他打。第一嘛，没有执照，靠送烟送酒的小手段揽下了工程。你知道这在法律上叫什么吗？叫骗签合同，是要判刑的！第二，身为队长，聚众闹事，扰乱社会治安，被逮进了公安局，人家不终止合同怎么着？如果判了你几年，这工程还必须等你几年啊？人家甲方不对你兴师问罪就已经大大地便宜你了！"吴振庆抓电话的手缓缓地放下了。

两个下棋的抱着膀子，一步步往门口逼他。

吴振庆边退边问："我的那些人呢？"

喝茶的那人说："无可奉告。现在工地上都是我们的人了。"

吴振庆说："那……我还有些东西哪！"

打电话的人从墙角拎起一个破麻袋，抛向他，吴振庆拎起破麻袋，在两个下棋的人一声不响的逼迫之下，默默地退了出去。

吴振庆和在等着他的人们双向走到了一起。

这些人以为吴振庆拿的是工作服呢，其中一人抢在前面说："对不起，我先挑了。我得先挑一套小号的。"

吴振庆喝道："别动！"

拥向麻袋的几个人不解地看着他。

吴振庆说："黄了……工程合同终止了。施工队……不再存在了。"

众人面面相觑。

吴振庆向大家抱了抱拳:"诸位,我……非常抱歉,后会有期。"

他拎起麻袋一甩,背在肩上,走了。

众人望着他的背影发愣。

吴振庆经过垃圾站,将麻袋扔进了垃圾箱里。

他走出不远,又站住,走了回去,探手垃圾箱,在麻袋里翻找什么,那里面有破棉袄、破棉裤、破大头鞋、破手套之类。他从里面找到了施工队的章。他看了看它,拿着走了。

有几个小男孩儿在一起弹玻璃球儿,吴振庆看看手中的章,走过去,他对孩子们说:"给你们个好东西要不要啊?"

孩子们瞪着他,他将背在身后的手伸向他们:"看,是不是个好东西?"

孩子们仍瞪着他。

吴振庆蹲下说:"这挺好的。可以当陀螺。"

他双手一搓,章转了起来。

吴振庆一脸天真开心地笑着,望着孩子们倒退着离开。孩子们望着旋转的章。

章终于不转了。倒了。

孩子们望着离去的吴振庆。吴振庆转过身去。

孩子们一拥而上,争夺那颗章,玻璃球则被他们在脚下踩来踩去。

19

吴振庆先去了一家公共浴池,大澡堂里人不多,有几个老者泡在温池里;吴振庆走向热池,他伸手试了试水,觉得烫,但此时的他像是得了"强迫症",咬着牙进了热池,先伸脚,后下腿,没多一会儿,吴振庆已贴着池边泡在了热水池中。

泡在温水池中的老者们佩服地瞪着他。

吴振庆宣泄地大唱:"下定决心,不怕牺牲,排除万难,去争取胜利……下定决心,不怕牺牲……"他两眼一闭,将全身没在了水中,只露出一个脑袋。

此刻，他不由想到小时候妈妈给他洗澡，一个劲儿地说："坐下！坐进水里……"

"烫……"

妈妈当时有些不耐烦，说："烫什么烫！我还不知道烫不烫？"

他说："是烫嘛！"

妈妈朝他的屁股打了一下，将他按坐在盆里。

他当时忍着烫，忍着泪，忍着委屈。

在一旁洗脚的爸爸说："也许是烫吧？我用手试过的水，觉着不烫，可脚一泡到水里，就觉着烫了，再说，大人的手和孩子的细皮嫩肉不一样。"

妈妈挽起袖子，将胳膊浸在水里试了试喊道："哎呀，可不是烫嘛！儿子，快起来。"

然而他脸蛋上挂着泪，紧抿着嘴唇，就是不起来。

妈妈急往起抱他，他执拗地往下坠身子……

泡在热水当中的吴振庆，闭着眼睛，满头大汗却在笑着。

温水池中一老者对同伴说："他会不会是……"指着自己的头。

离他近的老者远远地离开了他，他们不禁往一起凑。

从澡堂出来，吴振庆又去理发店理了发，刮了胡子，这还不算，还吹了头发，抹了发蜡，直至容光焕发，才回了家。

多日不见的母亲看到他进门，立刻喊起来："哟，我儿子可回来啦！"

吴振庆故作高兴地说："回来啦！"

母亲说："徐克说你出差了，让家里别惦着。你究竟到哪儿去了十来天？"

吴振庆怔了一下说："到……一个难忘的地方。"

母亲问："北京？"

吴振庆答道："不是……"

"上海？"

"不是。"

"那，去广州了？"

吴振庆不打算瞎编了，将话题打住，说："说了你也不知道……反正是个您这辈子没机会去的地方。"

他说着走进小房间，却见父亲头朝里睡在床上，床头靠着父亲的拄杖。

他退了出来："妈，你和我爸，怎么睡我房间了？"

母亲说："把大屋腾出来，给你预备着呗。"

吴振庆说："预备什么呀？"

母亲用手戳他额头："你不想结婚了？"

他又推开了大屋的门，屋内家具半新不旧，倒也算全了，可以当八十年代的新房。油漆过的地上铺着报纸。

吴振庆说："嗨，连对象都没有呢，你们倒是急的哪门子呀！"

"你不急我们当爸当妈的还不急呀？"母亲说，"这都是你爸的想法。你不在家这十来天，他可为你累坏了！这不，刚躺下睡个安心觉。他说，至于你往家娶回个什么人儿来，我们当父母的可就操不上心了。"

吴振庆的目光被地上的报纸所吸引，蹲下一看，那张报上登载着他们在火车站打架的事儿。

"这些报，你们都没看过吧？"

母亲道："瞧你问的，你不知道我和你爸是文盲啊？都是从别人家里要来的。"

吴振庆将那报纸撕下了一半，揉成一团，揣进兜里。

吃晚饭的时候，父亲照例和他对饮起来，母亲在一旁说："你们爷俩儿慢慢儿吃，慢慢儿喝，但都别给我喝醉了！"

父亲说："去吧去吧，我醉不了，他就醉不了！"

吴振庆猛喝了几盅，已经有些半醉了。他给父亲添酒，说："爸，再来点儿。我看您今天挺高兴。"

父亲说："你当儿子的有出息，我当爸的，当然高兴……再……说说你那施工队的事儿。"

吴振庆结结巴巴地说："我这……队长……越当……越……前途无量

啊！爸，一百多人……签了名……不，不是……是加入了！三五年后，会发展到一千……来人……十年八年后，全市……也数得上！……到……那时……啊，爸你说到那时……"

父亲也兴奋了："到多时，你也要……给老子……好好当……当出个样儿来！那工程，还顺利？"

"顺利！没比的……顺利！交工后……我们，要揽个更大的，老大老大的……工程……小的……我们，已经不稀罕……干了……"

吴振庆这天喝多了，跌跌撞撞到那间大房里躺下；小房间里，父亲躺在床上，母亲坐在床上说话。

母亲自豪地说："我从前怎么说来着？淘小子，出好的吧？如今应验了不是？"

父亲叹道："是啊！也不知祖坟上，哪炉香冒了青烟了。对咱们寻常百姓之家，儿子能混到这地步，就算是出息了。"

母亲说："那可不！"

正在这时，听到吴振庆"爸！爸！爸"的高叫声，老两口都吓坏了，母亲赶紧跑了过去。吴振庆已喘着粗气坐起来。"没事儿，"他说，"做了个噩梦。"是的，他又梦见了中学时代，他帮父亲推车过铁道，车轮被铁轨卡住的情形……

20

徐克和小俊面对面坐在一家饭店最里面的一个角落，小小方桌上摆着三五盘冷菜。

徐克说："这是最后的晚餐。"他举起了酒杯。

小俊忙问："大哥，你……想死？……你可千万别想不开！俗话说，留得青山在，不怕没柴烧。你还可以从头做起啊！"

徐克将酒杯放下了："从头做起？谈何容易。不过，我也不至于轻生。我的意思是……我们该分手啦！"

小俊说:"我不和你分手……"

徐克说:"这由不得你,我不雇你了。我也雇不起你了。我连从头做起的本钱都亏光了,这一点蒙得了别人,蒙不了你。"

小俊说:"那我也不和你分手!我要和你共患难……"

她从指上、耳上、颈上摘下了戒指、耳环、项链,用手绢托着,一并放在徐克面前:"这些都是身外之物。再说是挣你的钱买的。你拿去做本钱吧!大哥,男子汉大丈夫不能一个跟头跌倒就趴下不起来了!我愿意和你同舟共济。咱们从头做起!啊?"

徐克很感动地说:"小俊,像你这么仁义的女孩真不多,我竟当过你的老板,是我的幸运……"他将那些金首饰推回到她面前,命令道:"你给我戴上!"

小俊执拗地说:"不!我既然摘下了,就不戴上了!"

"你不戴上,我可要生气啊!"

"你爱生不生。"

"我要生气了,我可就走了啊!"

"爱走不走。"

徐克站起来,毫不迟疑地推开椅子便走。

小俊央求地拉住他:"大哥……"

徐克厉声说:"戴上!"

小俊只好一一戴上。

徐克重新坐下接着聊:"小俊,我对你好不好?"

"好……"小俊将脸转向一旁,落泪了。

徐克说:"真心话?"

小俊微微点头:"嗯。"

徐克问:"我可没对你……有过什么轻薄的行为吧?"

小俊微微摇头,伏在桌上哭了。

徐克举起杯,一饮而尽:"当然,我又不是什么圣贤,也不想当什么君子。对你,那种很他妈的念头,我承认,是不止一次地起过的。"

小俊缓缓抬头望着他。

徐克又往自己杯里倒满酒,又一饮而尽,接着问:"你再回答我一句真心话,防过我没有?"

小俊摇头。

"为什么?"

"我觉得你不会……"

"你觉得……我不会?"徐克简直不知道说什么好,一挥手招来服务员,又要了一扎啤酒,直接用大杯喝,一口气喝了半杯,抹抹嘴道,"正因为你,丝毫没有存过防我的心,觉得我根本不会,所以我每次对你起了歹念,每次都天良发现,放过了你。可你竟什么都不觉得……你要记住,对于漂亮的女孩儿,男人能做到我这样,就算不错了。今后,不管你又受雇于哪一个男人,不管那个男人对你多么好,除了他决心娶你,而你又甘心情愿……否则,你必须时时防他三分……"

小俊洗耳恭听的样子。

徐克醉意渐浓:"要分手了,我也再没什么礼物送给你留作纪念。这些话,算我的临别赠言。"

小俊说:"反正我不和你分手。"

徐克正颜道:"听着!我刚才已经说了,这是最后的晚餐。明天我就希望你从我面前消失。懂吗?"

"不懂。"

"不懂也得懂,我又不打算娶你。你跟定我图的什么?说不定哪一天我歹念又起,把持不住自己,你后悔都来不及。"

"我不后悔。"

"胡说!我只希望你,今后无论在什么地方,偶尔想起我的时候,心里念我一句好就行了,别人如果问起我徐克对你怎样,你要如实告诉他们:他对我还不错,起过无数次歹念,但毕竟没有付诸行动。你这样告诉他们,才算对我不褒也不贬,才算客观,才算实事求是,对不?我这个人,天生不喜欢别人奉承我,可是也天生不愿意遭到别人贬损。你如果敢对别人瞎贬损我，我一定会找到你，认认真真地……跟你算账的。"

徐克又举起了酒杯。

小俊泪眼汪汪地说："大哥，别喝了。你逼我明天早晨就在你面前消失，这会儿……就没有一句正经话值得对我说吗？"

"我说的……都是……正经话！不是正经话，我……能跟你……说吗？"

这时，有两个男人走了进来。其中一个，是那个曾在市场上与徐克争买过猫头鹰的汉子，另一个是卖给他猫头鹰的那小青年，雇员或催奔儿的角色。他们发现了徐克和小俊，那汉子朝小青年使了个眼色，小青年心领神会地走到了徐克和小俊眼前。

小青年挑衅地说："徐爷，在这儿寻清静呢？"

徐克看了看他说："怎么？连你这号小子，也开始挖苦我了？墙倒众人推？"

小青年说："哪里哪里，您让我们找得好苦嘛！我们怎么也想不到，您会沦落到这种地步，光顾这种不起眼儿的小门面。"

徐克说："有什么事快说！说完了，快……他妈的滚！"

小青年眼一斜，说："其实嘛，也不是找你……"他一指小俊，"是找她。"

小俊瞪着他说："我不认识你，找我干什么？"

"你是不认识我，可你肯定认识他……"小青年又一指站在门口那汉子。

徐克和小俊的目光同时朝门口望去。

徐克明白了："噢，原来你给那小子干事了啊！"

小俊怕出事，赶紧说："我和你那位老板也从无交往。大哥，咱们走。"说罢站起。

徐克按住她："你给我坐下。"

小俊犹豫地坐下。

徐克对小青年说："既然是那小子有话，让他过来说。不劳你从中传话。"

小青年说："这，对我倒没什么。对您，恐怕有些不便吧？"

徐克说："没什么不便的。我现在还是她老板，在有些方面，我还能代表她。"

"是——吗？那好，我说——"小青年转对小俊说，"我们老板想雇你。"看着徐克又说，"不管他每月给你开多少钱，我们老板都愿意多给你五百。"

小俊愤然道："你告诉他，他雇不起我！"

那汉子大步走了过来，故作大亨派头："你每月究竟想要多少钱，开个价！"

小青年也凑上来说："对对，开个价，双方就有的放矢了。"

小俊轻蔑地冷笑。

那汉子说："我这人，只要我真心喜欢的，花多少钱我也要弄到手！"他瞪着徐克又说，"那只猫头鹰，你使我栽过一把。今天咱们一报还一报，我要从你手里夺过你这一件床上用品！小妮子，开价吧。只要你肯一项多用，我不在乎钱。辛辛苦苦挣钱干什么？不就是图想为什么东西花的时候，就可以慷慨大方地花吗？"

汉子说着，在徐克和小俊之间坐了下去："他已经元气大伤，名声扫地了，完戏了！你还犹豫个什么劲儿？"

小俊缓缓拿起酒杯，缓缓将酒倒在汉子的裤裆处。

汉子恼羞成怒："你！"他猛地站起来。

徐克也站了起来："别激动。你邪火上升，得给你降降温。"说着，以优雅的姿态，仅用两个手指抻着对方的领子，将酒从对方领口倒下去。对方狠狠一拳朝徐克打来，徐克机警地闪过，将一啤酒瓶子在桌上砸碎当武器比画着："来啊，来哪，你俩一块儿上！"

小俊趁机闪到了徐克身后，此刻，韩德宝推门进来："公安局的！都给我老实点儿！"

徐克拿着破碎酒瓶子的手垂了下来。

韩德宝指着徐克和小俊："你！还有你！跟我走！走！"

韩德宝推推搡搡地将徐克和小俊带走了。饭店主人追出柜台直嚷："哎哎哎，他俩还没结账呢！"

韩德宝回过身一指那汉子："他结！"

那汉子说："凭什么我结！"

韩德宝厉声说："你滋扰别人正常营业！要不也跟我走！"那汉子不敢表示异议了。

韩德宝推搡着徐克和小俊出去了。他将徐克和小俊带到一僻处，转过身突然给徐克两个耳光，之后说："你该不该打？"

徐克无地自容地说："我……我是醉了……"

"那么看来你这会儿是清醒了！你想过没有？振庆前脚出来，如果你后脚再进去，我韩德宝还有能耐把你保出来吗？"

徐克醉醺醺地说："有……"

"有个屁！"韩德宝对小俊说，"我现在把他交给你了！你要把他给我送回家去！不许半路再惹出什么事来！"

小俊扶着徐克："大哥，走吧……"徐克摇摇晃晃走了两步，险些栽倒，小俊紧紧地扶着他。

"站住！"韩德宝在后面喊。小俊搀扶着徐克站住。

韩德宝问："有钱没有？"

小俊僵立地说："有。"

韩德宝说："你听着，你这类小姐我见得多了！你要是敢把我这兄弟腐蚀了，我饶不了你！限你三天之内，离开本市！否则我按流窜罪把你收留了！臭小妞！"

他气呼呼地走了。小俊搀扶着站立不稳的徐克仍僵立在那儿。

直到很晚，小俊才把大醉的徐克扶到家门口，他的吼声从一层传上了三层："振庆啊，我徐克对不起你呀！"

接着又大唱起来："谢谢妈！临行喝妈一碗酒，浑身是胆雄赳赳。鸠山设宴和我交朋友，干杯万盏不应酬……"

一扇房门开了,出来的是在徐克家劝过架的那老太太,正巧见小俊搀扶着歪歪斜斜的徐克上楼。小俊尴尬地对那老太太笑笑。

老太太说:"是你呀?我当是谁呢!"

徐克含混地说:"我……唱得不好?"

"好……唱得好着哪。"

"不……好!我妈……已经不在了,我……不该唱这个……"

小俊连推带拽地将他又弄上一层楼。

老太太伸长脖子朝上看他们。小俊好不容易搀扶徐克进了家门,徐克仰面栽倒在床上,将小俊也拖带倒了,小俊从床上挣起,兑了一盆温水,绞了一条毛巾,给徐克净脸,之后又替他脱鞋脱袜子、脱衣服……

小俊心怀无尽委屈,潸潸落泪……徐克在床上呼呼大睡。

小俊在桌上写留言:"大哥,我走了,咱俩后会有七(期),你要多多保中(重),祝你鸡(吉)星高照……"从满纸错字可见,这外表漂亮的姑娘文化水平实在有限。

徐克在梦中突然嘟哝起来:"小俊……小俊你不能走……咱俩同舟共济……东山再起……"小俊回过头看他,将字条揉了。

一大早,床头一个盈尺高的"叫时娃娃"怪腔怪调地叫:"起床了!起床了!"

"他"叫了两遍,"小鸡鸡"竟撒出"尿"来。

"尿"撒在徐克脸上,他猛醒了,发现小俊和自己睡在一张床上,而且被自己搂着,这使他大吃一惊。

他只穿着短裤蹦下了床,一边慌乱地穿裤子,一边瞪着小俊,像瞪着一条盘在床上的毒蛇。小俊也醒了,揉揉眼睛,柔声问:"你觉得好点儿了吗?"

徐克问:"这是怎么回事儿?"

小俊四周望望:"什么怎么回事儿?"

"你他妈怎么和我睡在一张床上!"

"我……我以为你想……"

"我想？我什么时候向你表示过，或暗示过，我想和你干这种勾当？"

小俊说："昨天晚上，咱俩吃最后的晚餐的时候，你不是亲口对我说，你经常对我产生过……那种想法的吗？"

徐克说："你！……不错，我是那么说过！那证明我当着真人，也就是说当着你，不说假话！那证明我对你的直率，对你的坦诚，并不证明……不证明……"他实在是无法解释清楚，"你明白不？"

小俊懵里懵懂地说："不明白。"

徐克一把将穿着睡裙的小俊从床上拖了下来，拖到了另一个房间，指着床问："这是什么？"

"床。"

徐克又将赤着双脚的小俊拖到了客厅，指着沙发问："这是什么？"

"沙发。"

徐克说："我没问你这是不是沙发！我还不知道是沙发嘛！我是问你，这么宽大这么舒适的沙发，难道这还不可以睡人吗？"

"可以。"

徐克说："这就得了！你……你为什么偏偏要和我睡在同一张床上，嗯？你究竟安的什么心？"

小俊说："我什么心也没另外安一个……我……不过就是一时动了好心……"

"好心？"徐克直到此时仍攥着小俊手腕，一推，将小俊推坐在沙发上。

然后他赤着双脚、光着脊，这里那里找烟。找到烟，一蹦坐到桌上，一边拼命吸，一边凶狠地瞪着小俊。小俊委屈难言而且羞辱难当，垂泪不止。

徐克说："你是不是企图在咱俩之间，造成一种生米做成熟饭的关系，然后逼迫我娶了你？可是我早就明确告诉你我根本不会娶你当老婆的！第一，你没有本市户口；第二，你没有正当的职业！我已经是没有了，只好如此，但我希望将来是我老婆的那个女人有；第三，你文化太低！我毕竟具有初中文化水平！而且是'文革'前的！所以才配叫作知识青年！我希望将来是我老婆的那个女人，文化水平比我高点儿。组成的家庭也能沾她点儿文化的光！可你呢？第四，你是我的雇员，我老父亲都瞧着你不顺眼，我要和你结了婚，还不活活把我老父亲气死吗？你以为我徐克现在沦落了，就正好和你是一对儿了呀？你怎么想的呀？怎么连点儿起码的自知之明都没有呢？"

小俊说："我有……"

"你还敢说有！"

"我有。我没存那种逼迫你和我结婚的念头。"

"哼！那你图什么？分手前再敲我给你一笔人身损失费？"

"我……我只不过觉得你怪可怜的……我安顿你躺下后，本想走的……可你醉成那样，还叫我的名字，让我和你同舟共济，东山再起……"

"我……是那样说的吗？"

"嗯。再说……再说我不过睡在你身边，为的是，怕你半夜吐了，或者要水喝……我不知道……我没和你干什么勾当……"

小俊忍不住呜呜哭了。徐克心软了，也开始意识到自己错怪了她，语气缓和下来："得了得了，别觉得冤了，也别哭了。"他从裤兜里掏出手绢抛给她，"你是说，我……我和你……我们之间……其实并没有……没有那个……那个'那个'？"

小俊说："你自己醉成什么样，你忘了呀？还那个'那个'呢？倒好像我骗了你似的……"

徐克说："是啊是啊，我醉得一塌糊涂，不能对你'那个'，我们之间又怎么能发生'那个'呢……这我心里就安定了。"

他走到小俊跟前，似乎顿生怜香惜玉之情，想安抚她一番。但因为自己刚才太错怪于她了，话也说得太过头了，不知该有何举动才好，尴尴尬尬地又退了回去，仍坐到桌边上。

"昨晚你扶我回来的时候，碰见楼里什么人没有？"

"只在三楼，碰见了一个老太太。"

"她……什么表情？"

"她光对我笑笑。"

"你呢？"

"我也光对她笑笑。"

徐克叹了口气说："那老太太，表面上对人挺近乎的，你不知怎么着就能把她得罪了。一旦得罪了她，嘴才损呢！望风捕影的有风无影的，她恨不得满世界替你张扬。"又自言自语地说，"这就好比，我是一只黄鼠狼，实际上并没吃鸡，但吃鸡的臭名肯定远扬了。这种事儿跳进黄河都洗不清。现在我倒觉得有些亏了。"

小俊毫无反应地呆听着、呆坐着。徐克接着说："如果我们之间真的'那个'了呢，我遭议论也不觉得亏了，但又会因为根本不打算娶你，而觉得太罪过，太对不起你了。"他苦笑了。

"去他妈的！怪只怪我自己昨晚不该喝醉了。原打算昨天晚上就跟你分手的，没承想反而睡到了一张床上。"他说罢，进了洗脸间。他一边往牙刷上挤牙膏，一边说，"小俊，别生我的气啊？我一时冲动，我向你承认错误！唉！扪心自问，我刚才说的那些话，也不配是一个男人说的话……"

他刷完牙，漱完口，一边照镜梳头，一边继续说："我答应你，咱们也不必分手了，昨天晚上那顿最后的晚餐，不过算是昨天的最后的晚餐吧。从今天起，咱们同舟共济，一条绳拴俩蚂蚱！咱们在四面楚歌之中，要卧薪尝胆、东山再起，咱们一定要东山再起！到那时咱们也别分什么老板雇员的了，你就当第二把手吧！"

客厅里静悄悄的，这使他感到奇怪。

"小俊，我说的话你听着没有？"

他走入客厅四下一看，小俊已不在沙发上了。

他跨到窗前，推开了窗子，街上也不见小俊的身影。徐克匆匆忙忙穿了上衣，冲出家门，边扣衣扣边奔下楼梯边喊："小俊！小俊！"

他在三层碰到了老太太，老太太古怪地高深莫测地笑。他也冲老太太古怪地尴尬地笑。

他不由得又退上了楼。徐克回到家里，发现了桌上的字条，正是小俊昨晚写了又揉了的留言。

他看过后，抓成一团，紧攥在手心，坐在沙发上吸烟。他将烟狠狠按灭在烟灰缸里，接着用打火机将纸团烧了。他走入了卧室，注视着小俊在枕头上的头印。

他沮丧至极地扑倒在床上，脸埋在枕头上，双手搂抱住枕头。

这时，传来了敲门声，他敏感地爬了起来："小俊，我就知道你没地方去，你会回来的！"

他自说自话着开了门，门外是五六个男人。

徐克愣了："你们？"

他们一个个板着脸强行进了门，为首的一个男人递给他一封信，徐克看过信后，如鲠在喉地说："明白了……"

为首的男人说："你明白了，咱们就好办了。"又递给他一张名片："我是他聘的律师。欠债还钱，古之法也。上法院也不过是这么个结果，而且会使你当一次被告。不但进一步有损你的名声，同时也有损你们以往的交情，是不是？"

徐克呆呆地说："我已经说过，我明白了……"

为首的男人还不算完，又说："光说你明白了不行。你得表示同意。你同意了，我们才敢开始行动。否则，我们岂非等于是私闯民宅，掠夺民物吗？"

徐克连声说："我……同意……"

为首的男人对另外的男人们说："开始吧，先搬值钱的，后搬家具什么的；一车不行，可以分两车嘛！"那些男人们开始搬走电视机、录像机、音响什么的。

徐克默默地望着，为首的男人递给他一支烟："吸一支？"

徐克说："不，刚掐，谢谢！"

为首的男人自己吸了起来，他踱到书橱前，看书："看来你还挺肯花钱买书的……都看过吗？"

徐克苦笑地说："哪里，没时间看……"

"那不成了陈列品啦?"——从书橱内取下了一本托尔斯泰的《复活》,"知道托翁是哪国的吗?"

徐克摇摇头。为首的男人一边看一边继续说:"屠格涅夫、果戈理、契诃夫、巴尔扎克、哈代——还都是些伟大作家的不朽名作呢……"一边说着,一边把书取下来,吩咐一个随员,"这些书单放着,不许弄脏了,都归我了。"

徐克默默退入卧室,缓缓坐在床上,拿起小俊枕过的枕头,搂抱在怀里发呆。客厅里的对话声,夹杂着搬家具的响声:"地毯搬不搬?""搬啊。这还用问吗?搬得一干二净,也抵不了全部债啊!"为首的男人走入卧室对徐克说,"我得多谢你啊!"

徐克表情麻木地抬头呆望他。他继续说:"幸亏你是个明智的人,使我的角色也好扮演些……也要为那些书谢你。我这人,至今不死作家梦。谁年轻时候没犯过想当作家的错误呢?"

他看到了那幅《伟大的女奴》,咂着嘴摇头:"哪买的?一幅世界名画,怎么被临摹到这么媚俗的地步啊!"一个男人进来,请示他:"客厅里的搬完了,是不是该搬这一间的了?"

为首的男人烦了:"又问。怎么老问些不必问的废话啊!"

徐克说:"总得给我留下一张床、一套铺盖吧?"

为首的男人欣赏地研究地瞧着床:"这床的样式不错。"在床上坐了坐:"弹簧蛮有劲儿的,是张好床,我看就别留下了。这屋的地毯倒是可以考虑不卷走,什么时候也得讲点儿人道嘛!"于是进来请示的那个男人一招手,又进来两个男人,他们围站在床前,期待着徐克起身。

为首的男人轻拍徐克的肩:"咱们客厅里说话吧,别妨碍他们。"徐克只好抱着枕头离开卧室,走到徒存四壁的客厅。

从敞开的房门,可见众邻居排列在走廊观看。徐克走到邻居们看不见的角落站着。

卧室里的人喊:"这床太沉,怎么往外搬啊!"

"拆。不拆是搬不出去的。"

一声响……徐克和为首的那男人同时扭头朝卧室望去，黑色的维纳斯倒在卧室门口。

为首的男人走过去，训斥道："怎么搞的？！"

一个男人讷讷地解释："不小心碰倒了。"

黑色的维纳斯上身完好，下身碎了。为首的男人捡起碎片看了看："石膏的。我当是玻璃钢的呢！碎了就碎了吧，值不了太多的钱。"他走回徐克身旁又说，"别心疼了，价钱算在你抵的债里。"徐克表情木然。

为首的男人说："我这个人处事公正，该怎么算就……你老抱着这只枕头干吗？"

徐克躲闪着："我……愿意……"

为首的男人怀疑地说："不对吧？"他目光盯着枕头，绕着徐克转："这枕头里一定有值钱的东西，对不对？"

徐克从牙缝里挤出一句："去你妈的！"

为首的男人说："你别开口骂人啊！究竟有没有值钱的东西与我何干啊？反正债务是你和别人之间的关系，东西抵不了，人家日后会追着你要……"

徐克扔掉枕头，双手揪住对方衣领，咬牙切齿："你再撮我火儿，我把你当仇人！"两个搬东西的男人分开他们。

其中一个趁机从地上捡起枕头，迅速捏了个遍，还给徐克："别发火，别发火，愿意抱着，你就抱着。"又对为首的那个男人摇摇头，表示枕头里没东西。徐克仍搂抱着枕头，走到窗口——外面街上，两个男人正往一辆卡车上抬东西。

为首的那个男人喊了起来："哎，你干什么你，放下！"原来是三楼那个老太太，不知何时溜进了屋，企图偷走那幅《伟大的女奴》。

老太太说："这是我家的。没地方挂，暂时存放在他家的。不信你问他。"徐克回头看看，没吭声。

为首的男人也没办法："拿走吧拿走吧！"老太太将画拿走了。

楼外那些议论纷纷的围观者闪开，卡车缓缓开动了。

屋子里已经空空荡荡，水泥地上放着被褥卷，徐克坐于其上，怀里仍抱着枕头。过了一阵，徐克走入父母的卧室，他缓缓跪下，仰望着挂过相框的地方："妈，我不是不争气，可是……我不知道怎么才算争气，怎么做才能争气，我……"他哽咽了，说不下去，接连磕了三个响头。他双手捂脸，发出了无法抑制的哭声……

痛哭一场之后，他站在家门口，扯开一条衣缝，掏出一个存折，打开看了看，揣入衣兜，推门出去了……

21

王小嵩带着母亲到一家医院看眼疾，在搀着母亲上楼的时候，他与另一个女人擦肩而过，这时，他看到一张多么熟悉的脸！

在那个瞬间，他惊呆了，他似乎嗅到了一股过去年代的气息；熟悉的、愁苦却又温馨的气息。而且，他分明注意到，在他注视着的那张脸上，也有着与他同样的惊愕。

但是，这怎么可能！他还是脱口喊了出来："郝梅！"

郝梅缓缓回过头去，背着女孩儿下楼了。王小嵩抛下母亲，追下楼梯喊道："郝梅！郝梅！"

郝梅背着女儿已到了更底层去了。王小嵩两头不舍，最终还是回到了母亲身边。

母亲问："你碰见谁了？我怎么听着……你叫的，好像是郝梅两个字？"

王小嵩说："是……我觉得，一个女人……那么像郝梅。"

"像归像……郝梅，不是已经……不在了吗？"

"是啊……郝梅……已经不在了。"

王小嵩扶母亲上了楼，扶母亲在长椅上坐下。王小嵩还不甘心："妈，你先在这儿坐一会儿，我……我去……"

母亲理解地说："去吧。我也有这种时候，明明知道自己认错了人，可不当面问问人家却不死心。"王小嵩离开母亲，奔下楼去。

母亲坐在长椅上,她什么也看不见,但她曾经看到过的往事,却更加清晰地出现在头脑里。刚才王小嵩叫着郝梅,深深地触疼了她的心坎。她忆起了那个冬夜,郝梅肩扛手提着大包小包从兵团回来;穿一身兵团战士的棉袄棉裤,头戴羊剪绒的兵团战士帽,小脸冻得通红,一进门她就说爸妈都到干校去了,家里的房子也被别人占了,母亲从内心里爱悦地告诉她:今后大娘的家,就是你的家。那时的郝梅,已经出落得多么俊秀啊!她替郝梅揉搓着冰冷的双手,郝梅也为能有一个温暖的家庆幸得热泪盈眶。

走时还是个小孩子,这次回来已经是个大姑娘了,郝梅给自己的父亲、母亲,而且还给小嵩,一人织了一件毛衣。郝梅带回来多少好东西呀,木耳、黄花、蘑菇、猴头儿……在郝梅去探望在干校的父母之前,母亲和郝梅一同包了那么多的饺子,冻在外面,不一会儿就冻得"嘎嘎"的。她们把冻好的饺子倒在面口袋里,走时,她特意嘱咐郝梅,让郝梅告诉她父母,她这个破家,以后就是郝梅在城市的一个家。

至今,在这医院的长椅上,母亲还能清晰地看到,大雪飘飘中,渐渐远去的郝梅……

王小嵩失望地回到了母亲身边说:"妈,你等急了吧?"

母亲说:"妈没急……人和人啊,是缘分。有时候,不能不信缘分。妈和你小姨,就缺缘分。虽然认了干妹妹,却好像命里犯克。你和郝梅那孩子,看来也是没缘分的。儿子,忘了她吧!再说你已经成家了,都当爸爸了。就是她还活着,又如何呢?"王小嵩也在长椅上坐下,问:"妈,你……清楚郝梅些什么事儿吗?"

"妈怎么会清楚哇?自从她探家,在咱们家住过几天后,一回兵团就没了音讯。有年振庆探家回来,我问,才知道那孩子染上什么出血热了,已经不在了。你也是从振庆和徐克那儿知道的吧?"

王小嵩叹道:"是。振庆往大学里给我写信告诉我的。"

母亲说:"振庆那孩子可从不编瞎话,再说他没来由编瞎话骗妈骗你,干什么呢?"

"是啊,振庆不会那样的……"

母亲睁着空蒙的眼又说:"不过……你这么一问,我想起一些事儿来,心里倒也有点儿犯疑……"

"妈,什么事儿?你快说!"

母亲叹了口气:"当年的一些旧事儿,不说也罢……"

王小嵩央告着:"妈……"

母亲坚决地说:"别问,妈不想说的事,你怎么问也没用。"

王小嵩也严肃地说:"妈,有些事儿你不能瞒我,这对我很重要。"

母亲说:"比你一心想治好妈的眼睛还重要?"

王小嵩的目光,却被另一个背着孩子的女人所吸引,那女人穿的衣服和他刚才认为是郝梅的女人穿的衣服差不多。

他追了上去,那女人当然不是郝梅,背着的是个男孩儿。

22

王小嵩在医院里碰到的那个女人,其实正是郝梅。这个早已"死"去的人,也生活在这个城市里;她背着的那个不能走路的孩子,是她的女儿芸芸。她背着芸芸挤上公共汽车,在拥挤的车厢里站着,一个老者看不过去,给她让了座。

郝梅对老者笑笑。女儿在妈妈背上说:"爷爷,谢谢您!"

两个坐着的女青年议论着:"这女人真不像话!人家老头给她让了座儿,连声谢谢也不说。还不如她孩子有礼貌呢!"

"就是。孩子毕竟有老师多少教育点儿,到了她这种年纪谁还有义务教育她啊?"

"因为有这些个人,所以我才偏不学那份儿雷锋哪,学了又不落好儿。"

女儿猛地朝后座扭回头,分明想声明什么,更想抢白她们什么。郝梅的一只手及时捂住了女儿的嘴。

被捂住嘴的女儿抬头望着她。她也望着女儿,摇了摇头。

女儿眼中渐渐充满了泪。车到站了,郝梅背着女儿下车,朝家走去。

在一个单位门口，芸芸说："妈，你把我放那儿，歇会儿吧！"指指单位门前的水泥护花台……

郝梅摇头。芸芸又说："妈，你怕我凉着是不是？坐一会儿没事的。"

郝梅发现垃圾桶那儿有破包装箱，背着女儿走过去，一手捡起来看了看，见还干净，拿着走到护花台那儿，将里面折到外面，给女儿垫着坐下。她坐在女儿身旁，搂着女儿。芸芸掏出手绢，替她擦汗："妈，我心疼你……"

郝梅情不自禁地将自己的脸偎向女儿的脸。一对外国男女青年见状，给她们偷拍了一张照片。

外国女青年拿着立显照片走到她们跟前，将照片递给郝梅，郝梅礼貌地报以微笑。

芸芸说："谢谢阿姨！"

外国女青年问她："照得好吗？"

芸芸说："好。真好！"

外国男青年高兴地点头："你说好，我们，非常高兴！拜拜！"

芸芸挥挥手："拜拜！"

母女二人挥手与外国男女青年告别后，欣赏照片，对视而笑。她们笑得那么愉快……歇够了，郝梅背起女儿继续走。她们走进一个院子，走到了自家小屋门前，女儿在她背上用钥匙开了门——看来她们早已习惯如此了。

屋里陈设当然再简单不过，与张萌的居处相比，更显得一贫如洗。郝梅刚将女儿放在床上，有人敲门："能进吗？"

郝梅开门，迈进一个三十来岁的男人，那是邻居老潘，他说："我中午买了两袋儿包子，给你们送一袋来。这几根黄瓜我已经洗干净了，再拌个凉菜，挺好的一顿午饭。"

郝梅满脸感激，急忙从兜里掏出钱来要给老潘，老潘推却："这是干什么啊！邻里邻居的，这不就见外了嘛！"郝梅求援地望向女儿。

女儿领会地说："叔叔，那我就替我妈多谢您啦！"

老潘见女儿手中拿着照片，走过去问："让叔叔看看，照得真不错！

谁给你们照的？"

"在路上，两位外国朋友给照的。那种照相机可高级啦，当时就能出这样的照片……"

老潘开玩笑说："送给叔叔吧，怎么样？"

芸芸舍不得地说："这……就一张……"

老潘说："舍不得？那……借给叔叔翻拍一张，然后再还给你。"

芸芸说："拿去吧，可一定得还。我妈妈也喜欢这张照片……"

"叔叔保证还。芸芸，你妈妈的生日是几月几号啊？"

芸芸困惑地瞪着对方……

老潘将声音压得更低："叔叔打算为你们改装一辆旧自行车，改装成个三轮的。在你妈生日那天送给你们，那你妈妈就不用再背着你去看病了。"

芸芸说："在我过生日那一天送给我们不行吗？"

老潘不禁一怔："当然也行啦！"厨房里一直响着郝梅切黄瓜的声音……

芸芸说："我妈妈的生日是四月份，那就要等到明年了。我的生日是九月二十六号，再有一个月就到了。叔叔你能争取在我生日那天送给我们吗？我妈妈天天背着我去看病，我可心疼她了……"厨房里响着爆锅声、添水声……

老潘心有所动地抚摸着芸芸的头："叔叔一定争取在你生日那天送给你们。"

芸芸说："叔叔，我要告诉你一句悄悄话儿……"

老潘见她一脸郑重，将耳附在她嘴边。芸芸郑重地说："我老想，我还不如死了，让我妈少替我操份儿心，少替我受份儿累……"

老潘严肃地板起了脸："芸芸，听着，再也不许你有这种想法，尤其不许你当着你妈的面说这一类话！"

郝梅端着热腾腾的包子、拌好的凉菜走入屋。

老潘站起来说："你们吃饭吧，我走了……芸芸，记住我的话啊？"芸芸点点头。

老潘走出门去。郝梅狐疑地望着女儿。

芸芸见状,赶忙解释:"妈,叔叔只不过对我说,平时要多体谅你,听你的话,别惹你生气……"郝梅将女儿抱在椅子上。

母女二人在旧方桌面对面吃饭。饭后,郝梅擦桌子,芸芸将作业本和课本铺开,准备写字。

郝梅则坐到女儿对面,检查女儿的算术,并画"√"和"×"。芸芸停止写字,望着母亲批改。

"妈,那道题没错。"郝梅抬头看看女儿,又看书,将"×"改成了"√"。

芸芸说:"下一题也没错。"郝梅又抬头看看女儿,自己在纸上演算一次。又将"×"改成了"√"。

她歉意地对女儿笑笑。

芸芸说:"妈,我想和你谈一谈。"

郝梅摇头,表示不同意。

芸芸又说:"你有心事,才会批错。要不我思想没法集中,就像妈妈现在一样。"

郝梅的目光流露出了惊讶。她将双手平放在桌上,注视着女儿,准备与女儿倾心一谈的样子。

芸芸问:"妈,那个人是谁?"同时将一个小本儿和一支笔推向母亲。

郝梅在一页纸上写道:"哪个人?"又将纸推向女儿。

芸芸说:"在医院碰见的那个男人。"

郝梅在第二页纸上写道:"我不认识他。"

芸芸说:"那,他为什么认识你呢?"

郝梅在第三页纸上写道:"他认错人了。"

芸芸看过之后又问:"他为什么还能叫出你的名字呢?"

郝梅在第四页纸上写道:"同名同姓的人很多。"她每在一页纸上写完字,都不忘记画上一个句号,推向女儿。

她脸上的表情渐渐起了变化。不难看出,她用笔做出的回答皆是违心的。

芸芸问:"你不但和另外一个女人长得像,而且和她一样,同名同姓?"

郝梅怔住了。母女二人目不转睛地互相注视。

郝梅在第五页纸上写了一个字:是。这一次她没在"是"后面画句号,也没推向女儿。

芸芸缓缓摇头:"妈,我不信,这也太巧了。你当时装不认识他,可我知道他是谁。"

郝梅又在第五页上接着写道:"别胡思乱想,好好写字!"

芸芸急切地说:"妈,你真有事瞒着我,我不愿意你那样。如果是使你伤心的事,我会劝你的。"

她将母亲推给她的那页纸又推给了母亲。郝梅在那页纸上又加了一个"!"再次推向女儿,表情渐渐严厉。

芸芸在"!"后面画了一个"?",推向母亲;郝梅在"?"后面画了第三个第四个第五个"!",表情更严厉地推向女儿。

芸芸用笔将那一串"!"都画了"×",在另一页纸上满纸画了一个大"?",推向母亲。看得出来,她在耍执拗的小脾气了。郝梅也换了一页纸,生气地写了一句话:"罚坐二十分钟!"

她将女儿的书本收拢在一起,将小闹钟啪地冲着女儿摆在桌上。芸芸见母亲真的动气了,流露出了怯意,在椅子上端端正正地坐成被罚的样子。

郝梅看也不看她,起身到外屋去了。郝梅在外屋想找什么活儿干,借以平息情绪,可她转了一圈儿,却不知该干什么。

她似乎要发出叫嚷,可只不过张了张嘴,她情绪无处发泄,用拳左右擂自己的头,她忽然发现洗衣盆、洗衣板、小凳子放在一起,盆里还有洗过衣服没倒的水。她从身上扯下围裙,坐下去洗起来。

望着狠狠搓围裙的双手,她的思绪又回到了当年的北大荒。

遥远的洁白的雪地上,两个人影相向奔跑——火红的落日在他们当中。他们终于跑到了一起,他们的身影充满落日里。

他们相视微笑。郝梅看着王小嵩:"你黑了。"

王小嵩也看着郝梅:"你也是。"

郝梅不知再说什么好，明知故问地说："你……干什么来了……"

王小嵩笃笃诚诚地说："回老连队来看看你呗……"

郝梅低下头笑了。

王小嵩望着远处老连队的房舍："真想老连队啊！"

郝梅回头望了望说："走，跟我回连队！"

王小嵩摇摇头说："不了，省得别人说我们的闲话。"

郝梅笑着："我不怕……"

王小嵩说："我当然也不怕……但是何必呢？"

"那你今晚住哪儿啊？"

"到营部去。明天一早赶回连队，不耽误星期一上班……我没请假，是偷偷来的。"

"天都快黑了。到营部得走五十里呢。"

"也不过就是三四个小时的路呗。"

"来回一百多里，就为了站在冰天雪地里看上我一眼啊？"

"还为了送给你一样东西……"王小嵩从书包里取出一本"四合一"的小开本《毛选》给郝梅，"没见过吧？"

"见是见过。可我没有。"

"高兴吗？"

"高兴！"

"那……我走了！"

郝梅依依不舍地说："你别走……"

王小嵩说："你没戴帽子，也没戴手套，站久了会冻坏你的。"

郝梅说："我不冷……"

"鼻子这么一会儿就冻红了，还说不冷呢！"

"那你在这儿等着，我回连队给你买两个馒头带着！"她说罢转身便跑……

王小嵩喊："哎——"

她跑远了……

郝梅跑回连队，跑回女知青宿舍，从枕头下摸出饭票往外便跑。几个女知青很诧异，其中一位女知青问：

"今天食堂做的什么啊？"

另一女知青："肯定不是馒头！"

于是她们也纷纷拿了饭盒之类冲出宿舍。

郝梅趴在卖饭窗口问："我能先买两个馒头吗？"

一个男知青说："刚上屉不一会儿！"

"凉的也行啊！"

"除了热的就是冻的，哪儿有凉的啊。冻的你也要？"

郝梅问："还得等多久才下屉呀？"

"十五六分钟吧。"女知青们进了食堂，排在郝梅身后，郝梅冲她们掩饰地笑笑。

那位做饭的男知青匪夷所思地自言自语："今天怎么了，好像都没吃午饭似的……"

郝梅将两个用手绢包着的热气腾腾的馒头揣入怀里，跑出连队跑到了她和王小嵩见面的地方，却不见了人。郝梅喊："哎，你在哪儿，别跟我闹！"

月光之下，她发现了雪地上王小嵩用树枝写的字："我等不及了，走了。你要学会自己照顾自己，看后将字迹踩平。小嵩。"

郝梅呆住了。

她用鞋底儿将字一个一个从雪地上擦去……

郝梅回到宿舍，她将那一本"四合一"摆在她的小箱里。其实她并非没有，而是已有了两本，算王小嵩送给她的，已经是三本了……

围裙已搓破了，郝梅的手也在搓板上搓疼了，郝梅揉自己的手。她想到了什么，站起来，在毛巾上擦擦手，推开门走进了里屋。

芸芸端坐在椅上，掉泪不止。她流着泪说："妈妈，我再也不惹你生气了，原谅我吧！"

郝梅在一页纸上写了两行字，推至女儿的视线以内。纸上写的是："你能把你想问的事彻底忘掉,再也不提吗?"

芸芸点头:"能。妈妈我能……"

郝梅走到女儿跟前,搂抱住女儿。她自己也忍着泪。

晚上,郝梅在用一盘儿黄豆辅导女儿解算术题,她一会儿拨分黄豆,一会儿在纸上写什么,一会儿向女儿打着也许只有女儿才能领会的手势。

看得出来,芸芸是个反应非常机敏的女孩儿,对于母亲这一种特殊的辅导方式,似乎也习以为常了。郝梅不时充满爱意地摸摸女儿的头,以示鼓励。

芸芸睡着了。郝梅坐在床边,充满爱意地端详着女儿,她俯下身,轻轻在女儿脸蛋上吻了一下,悄悄离开家。

郝梅将家门反锁上,离开了院子,匆匆走到街上。她来到某小学校一间教室里,听一位四十多岁的男人讲服装设计课,教室里除了她以外,全是十八九岁、二十来岁的姑娘。

老师正在讲着:"服装的演变,是人类历史的许多条幅线之一。从这一条幅线,我们可以研究并得出结论,某一个国家,某一个民族,乃至某一个地区,某一个城市的人们,在某一世纪或某一时代,体现于服装方面的审美追求和从众心理,和那一世纪或那一时代政治的、经济的、意识形态、生活水准的现实状况是分不开的。我现在要向大家提出一个问题,为什么在'文革'十年期间,中国的年轻女性大都喜欢穿军装?"没人举手回答。

老师启发性地说道:"当然,这个问题不是一句话就能说全面的,我也不这样要求。每个人可以从自己认为有道理的那一角度,做出一方面的回答。"

有一个姑娘大胆举手。

老师说:"好,你先回答。"

姑娘说:"因为当时的男人们喜欢!"

"噢?何以见得?"

"这还用进一步解释吗?毛主席有一首诗词里写着嘛——'中华儿女

多奇志,不爱红装爱武装!'儿女,男女都包括了!毛主席他老人家喜欢、赞美的,可不就成了时代潮流了呗!"

大家笑了起来。老师说:"大家别笑,这回答有一定道理。谁还想发表看法?"

许多姑娘开始踊跃举手。老师指着另一个姑娘:"你。"

那姑娘站起来说:"在当年来讲,不是所有女孩子都能搞到一套军装的。女孩子谁不想穿得与众不同一些啊,当年工厂里只生产黑、白、蓝、绿四种颜色的布,比较起来,女孩子只能……"她一时语塞,不知如何才能阐明自己的看法。老师耐心期待着她说下去。

众姑娘也催促她:

"快说呀!"

"只能怎么着?"

"这明摆着的嘛!"她坐了下去。

众姑娘不满意她的含糊回答,互相热烈讨论起来。

郝梅一会儿望着这个,一会儿望着那个,她不能回答但却有丰富的内心世界,从这个有关服装的讨论,她忆起当年在兵团时,由于服装而生出的一场风波。那是一个寒冷的冬天,女知青小张的帽子不见了,正巧大家集体行动,一群人都等在外面,郝梅便把自己箱里那条粉红色的围巾找了出来,让小张围上。

没想到在茫茫的雪原上,那条围巾是那样夺目,它招来了羡慕,招来了嫉妒,也招来了一次上纲上线的批判。在女知青宿舍里开的批判会上,大家你一言我一语,就连小张本人在强大的压力之下也说郝梅给她围这条围巾,是为了用资产阶级思想腐蚀她。

慷慨激昂的女同学们在屋子中间烧了一脸盆热水,将黑墨水倒进盆里,接着将那条粉红色的围巾浸入盆里染黑……往事不堪回首,多年以后的今天,想想还是可怕。

下课了,讲课的男老师叫住郝梅。老师对她说:"郝梅,你的情况我多少了解一些,你比所有学员都用心、都仔细。我希望你将来成为最出色的学生之一。你这份图样,我会极力推荐给服装厂的。一旦被采用了,会使你有一笔不少的钱。那你一个时期内的生活费就解决了,这两册服装设计方面的书,我送给你。今后,有了什么难处,希望你能对我说啊?"

郝梅感激地接过,她无法用语言表达自己的感激,便深深地给老师鞠了一躬。

郝梅走出小学校,吴振庆在校门口等她,从兜里掏出一沓钱给她:"郝梅,这是这个月一些兵团战友们凑的钱,一百元,大家委托我送来。"

郝梅推拒。吴振庆说:"收下!你不收下我生气了啊!"

郝梅只得收下。"这就对了。大家都是十年'文革'这根藤结的苦瓜嘛!就像《红灯记》里唱的——穷不帮穷谁照应啊?"

郝梅从拎着的布兜里取出笔记本和笔,匆匆写起来,然后交给吴振庆看。她写的是:"我今天在医院碰到了王小嵩,他认出了我。他肯定会找我!我不想和他见面。"

吴振庆沉思起来。郝梅又从他手中夺过小本写:"你无论如何得再帮我一次!我必须彻底忘掉一些人和事啊!"

吴振庆看罢,不无为难之色地说:"继续让我帮你骗他?"

郝梅坚决地点头。

吴振庆猛吸了一口烟,郝梅乞求地望着他;他扔掉烟:"好吧,也只有这样……"

郝梅回到家里时,推开里屋门,见女儿坐在地上哭,她急忙将女儿抱到床上,又急忙拿了那个"对话本"和女儿对话。她写:"乖女儿,摔疼哪儿没有?"

芸芸摇头。

她写:"你怎么掉地上了?"

芸芸说:"我……我想在床上打开小柜门,取出相册……我觉得……在医院里碰见那个人,像相片上的一个人……"

郝梅不禁望着女儿发呆。郝梅打开小柜门,取出相册,翻开,指着兵团时期王小嵩的一张单人照。

芸芸点头。郝梅在"对话本"上写:"有时候,忘记是为了开始另一种生活。妈妈正在努力学会这一点,希望乖女儿帮助妈妈做到……"

芸芸虽然似懂非懂,但在母亲信任目光的注视之下,还是点了点头……

23

有人想忘记,为的是重新开始;有人却拼命回忆,为的是要种究竟。

小嵩的母亲自从那天在医院听到小嵩喊郝梅,心里就一直没放下这件事,眼看不见了,心就格外细,也格外亮了,更何况事情关系到她素来那样钟爱的郝梅。想当年,她认定了要这孩子给自己做儿媳,为此跑到吴振庆家央告吴大妈帮忙,没想到吴大妈也看上了郝梅,正想求她来帮忙哩!两个老人都觉得自己儿子和郝梅更般配,吵得那个凶哟!谁的大媒都没保成,倒伤了两个老人和气。

不久后,郝梅从干校回到了小嵩家,她吃惊地看到这孩子竟臂戴黑纱,原来郝梅的妈妈已经在半年前去世了。要说吴大妈,那可真是个好人,静下来想想,也觉得郝梅和小嵩更合适,又主动跑来,要帮着做媒了。

可赶上了人家孩子刚知道妈妈去世,心里正难过,能提这事吗?她谢绝了吴大妈的好意,也错过了一次机会。那次临回兵团前,郝梅跪在她面前哭着说:"大娘,在这个世界上,除了我爸爸,您就是我最亲的亲人了!"

她听得心肝都碎了,可还是对郝梅说:"为了你爸爸,也为了大娘,你可要刚强啊!"那个时候,还能再说别的吗?她正想着心事,忽然一双手从后捂住了她的眼睛。

"这是谁呀?"背后的人学了一声猫叫。

"就是让我猜,也用不着捂我眼睛啊。我眼已经看不见了。"那双捂住母亲眼睛的手,缓缓放下了。

母亲摸索着端盆站了起来问:"谁?"

"妈,是我……"是王小嵩的妹妹。

母亲说:"你有多大高兴的事儿,还跑妈这儿来装小孩儿!"妹妹将母亲扶进屋里问:"我哥呢?"

"说是逛书店去了。"

妹妹说:"光知道舍得钱买书,也没见他自己写出一本,给咱们全家长长脸。"

母亲不高兴,说:"再不许你们背后这么说你哥。我谁也不用你们替我长脸,只要你们不给我丢脸就行了。"

妹妹问:"妈,你心里有什么不高兴的事儿吧?"

"反正没什么太值得高兴的事儿。"

"妈,那我告诉你一件值得你高兴的事儿吧,从今天起,我,成,了,一个国营的人啦!"

母亲果然高兴起来:"真的?"

"真的!所以我下午请了假,特意来告诉你!"

母亲说:"这可去了妈老大一块心病!花了不少钱吧?"

"三千多!"

"我的老天!你们哪来的那么多钱?"

"攒了准备买电视的钱,全用上了。还借了几百块!不过你女婿说,那也值!从大集体办到国营,才花三千元还算花钱啦?他还说了,下一个家庭五年计划,再攒一笔钱,什么大件儿也不置,要把他自己也变成一个国营的人!"妹妹说得乐观而充满信心。

母亲问:"你办到个什么厂去了?"

妹妹说:"晶体管厂!"

"那又是个什么厂?"

"厂倒不大,不过属于科研生产单位。进入车间,都得穿白大褂戴工作帽呢!"

母亲又愉悦起来:"妈可真为你高兴!虽然花了钱,你也要一辈子念叨那些办成的人好啊!这等于帮你从山脚下上到了山顶上啊!"

"妈,这不用你嘱咐,咱们家的人,是那种忘恩负义之人吗?"

母亲沉吟了一会儿，说："别光说你这件高兴的事了。我问你，你知道你吴婶他们动迁后的家不？"

"知道哇。去年春节我还去拜过年哪……"

"那你带妈去！"

"哪天？"

"就今天！"

"今天？"

"嗯。现在，立刻！把我送进门了，你在门外等着。"妹妹疑惑地望着母亲。

24

韩德宝老婆正火着，王小嵩来了，一脸阴沉，像有什么心事。德宝没敢把小嵩往屋里让，两人便一同出来了。他俩走到一个街角岗亭背后，一人拿一根雪糕吮着。

王小嵩说："我碰见她了。"

"谁？"

"郝梅。"

韩德宝愣愣地瞅了王小嵩片刻："在哪儿？"

"在医院。我带我母亲去看眼睛，她背着她女儿下楼。"

韩德宝佯笑地说："你见了鬼了！"

王小嵩扔掉雪糕，指着韩德宝："你他妈对我装糊涂！我见了什么鬼了！是见到了郝梅了！"

突然一声很响的呵斥："干什么！"

他们抬头看，一位年轻的警察从岗亭探出身——那一声很响的呵斥是通过话筒发出的。那警察说："一边去！别凑我眼皮底下惹我心烦！"

德宝和小嵩默默走到了一座街心公园。所有的石椅都被人占着，他们走入了小树林。韩德宝先说："郝梅已经死了，这你知道。"

"是啊,她死了。当年吴振庆写信是这么告诉我的。你也写信这么向我证实过。还有徐克!可你们他妈的当年都欺骗了我!我现在要知道这是为什么!说!为什么!"

韩德宝没有吱声。

王小嵩恨恨地说:"如果你不说,我去问徐克,徐克一旦交代,我一定要找你和振庆算账!"

韩德宝冷冷地说:"你这次见不着徐克了,他家里的东西全被逼债的人搬光了,他只身到深圳去了。"

一个人拎着鸟笼子经过,听到树林里有怒气冲冲的说话声,站住了。

王小嵩的声音:"你快说!你们三个是我最好的朋友,合伙骗了我这么多年!我今天要知道为什么?"

韩德宝的声音:"她死了,你认错人了。我想对你说的就是这句话。"

又有几个人经过小树林,驻足,倾听。

一人问:"吵架的?得去劝劝吧?别动起刀子来……"

又一个人说:"拍电视剧的吧?"

"不像啊,没见摄像机架在哪儿啊!"拎鸟笼子那个人自作聪明地说,"嘘!是搞外景录音哪。我听了一会儿,台词还挺不错的。"

"怎么又静悄悄的了?不吵了?"

拎鸟笼子的人:"这叫静场。"

驻足之人更多了。王小嵩的声音又从小树林传出来:"骗我到今天了,你还要继续骗我。她脸上的表情,她回头望我时那一种眼神儿,都在明明白白地告诉我,她就是郝梅。而你们三个当年说她死了!现在你还要说她死了……"

拎鸟笼子的人悄悄地对大家说:"听,多动感情!"有两个少女和几个孩子,竟坐下去,望着那片小树林倾听。

韩德宝的声音:"她和你说话了?"

王小嵩的声音:"没有。当时我搀着我母亲上楼,她背着她女儿下楼。我再找她时,没找到……我一辈子也不会原谅你们的!我要记恨你们一辈子！"

韩德宝的声音："好吧。我告诉你实话，她是没死，她是还活着。她背的，也肯定是她的女儿……"驻足的人们听得聚精会神。

王小嵩冲韩德宝吼："那你们三个当年为什么要合起伙来骗我？！为什么为什么到底为什么？！"

韩德宝决定说实话："为了郝梅！我们当年只能这样做！一九七三年，团里责成咱们老连队从新疆引进一批鬈毛羊，连里派她和三个男知青沿途押运。为了给连队省钱，他们吃住在闷罐车皮里，她给他们做饭。到北京时两名北京知青病了，他们说要留下看病，其实是想找借口多探一次家。结果再往前就只有她和一名上海知青了。有一天夜里上海知青奸污了她！回到连队后她羞于对人说。她受到了连队的表扬，可是肚子却一天天大起来，还要照样每天出操、出工、干重活。有一天事情终于败露，而那名上海知青是个胆小鬼，为这事吓得跳井自杀了！这就使她有口难辩，说不清楚。全连的人，从干部到战士，都认为是她自己动了邪念，和那名上海知青狼狈为奸。当时堕胎已经晚了，孩子只能生下来。孩子生下后，她成了女知青宿舍的一位母亲！可是却没有丈夫！没领结婚证！你想这在当年她怎么有勇气活下去！她自杀过好几次都没自杀成。最后一次喝了农药，彻底烧坏了声带，从此成了哑巴！振庆为了她又坚决要求调回了老连队，像老大哥一样保护她，谁敢歧视她振庆就跟谁拼命！我和徐克都回老连队是为郝梅帮振庆和别人打的架！没有振庆，郝梅她也活不到今天！那几个月里你一封接一封从大学给郝梅来信。她收到你一封信就痛哭一场！你倒想想，让她怎么给你回信？那几个月里你的每一封信都好比扎在她心口的一把把刀子！她再也忍受不了这种情感痛苦了。所以她乞求振庆替她给你回一封信，告诉你她已经死了！得出血热死了！振庆把我和徐克找去，问我俩同意不同意他这样做，我俩同意了……"

王小嵩听完，犹如五雷轰顶，他吼着："我恨你！我恨你！你们三个全都是王八蛋！我恨你们！"

韩德宝的声音："你骂吧，今天我韩德宝随便你骂，你就是骂我个狗血喷头，我听着……"

王小嵩突然向韩德宝猛击一拳，韩德宝倒在地上。韩德宝喝道："王小嵩，你有完没完？你听着，你骂我，我可以不还口；你打我，我可以不还手。但是，你要想去找振庆，也这么对待他，我韩德宝今天首先跟你翻脸！振庆他比你大几岁？才大三个月！我们从小长到二十多岁，谁教我们如何处理过感情问题？没有人！我们在感情问题方面一个个都那么单纯！单纯得发傻！只因下乡时家长们一句话——振庆，你最大，你要照顾这几个异姓的弟弟妹妹，他就好像记住了什么'最高指示'，虽然只比我们大三个月，却对我们担负起老大哥的义务！有时甚至像慈父的角色！这个生病了他整夜整夜守在床头，那两个闹别扭了他要连哄带劝！从一个连队分开后，每到年节，他不远几十里上百里，挨个儿到我们各个连队去看我们。他爱张萌爱到不知拿自己怎么办才好的地步，我们谁又像他安慰我们一样安慰过他？如今我们总说自己当年是孩子，难道他当年就不是孩子吗？你指望一个像我们自己当年那么单纯的孩子，能帮助别人把感情问题处理得多么周到多么好？啊？你骂呀！你打呀！"

"你们！……你们毁了我的幸福！"王小嵩折断了一根树枝，扶着树干哭了……

韩德宝说："你哭吧！你痛痛快快地哭吧！我们毁了你的幸福？你娶了一个教授的女儿，你接到吴振庆的信不久，就迫不及待地做起了乘龙快婿！你还有资格有脸说这种话？被毁了幸福的是郝梅！不是你王小嵩！你如果对郝梅真是爱得很深很深，你当年为什么不回北大荒一次，像你现在这样，为郝梅大哭一场？当年我们都盼着你回去一次。如果当年你真的回去了，如果你对郝梅真是爱得很深很深，如果你不歧视她的遭遇，不嫌她是个哑巴，你现在的妻子便是她，而不是别人！我们三个联名给你写了多少封信？可你呢？你没有回去！你现在哭，实际上是因为你比我们都幸运，你活得并不太难，甚至时常感到挺幸福！所以郝梅并没有死这一个事实，使你的良心感到不安，使你觉得尴尬，使你觉得内疚。不错，你曾经非常爱过郝梅，这一点我们从来也没怀疑过。但你爱的是那个没被奸污过、没有一个私生女、没有变成哑巴的郝梅。即使在当年，后一个郝梅活生生地站在你面前，你也未必真会张开双臂拥抱她，高高兴兴地和她一块儿去领结婚证！我们现在都不再是当年的孩子了。我们早没了当年那份儿纯真！我们已经成熟得令我们自己开始讨厌自己了！已经是大人了，都了解人是怎么回事了，谁也骗不了谁了！你已经骂够了，也打够了，你自己在这儿哭吧！恕不奉陪了！"韩德宝大步走出了小树林，忽然，他发现林外聚焦着那么多人，不禁一怔！

一个人将烟放在嘴上叼着，腾出手，很绅士地鼓起掌来。于是那两个少女和那几个孩子从草地上站起，肃然地望着韩德宝，也大鼓其掌。

人群中两个人议论："太精彩了，有味儿！"

"什么？"韩德宝恼火地择径旁走。

两个少女追上去，其中一个少女喋喋不休地问："叔叔，您是导演还是演员？刚才您的大段旁白太令我们感动了！我俩都很迷影视，总想当影视演员，总也碰不上一个伯乐，您能不能……"

韩德宝猛回头大吼一声："滚！"

25

小嵩的母亲被女儿搀着，来到吴振庆家，两位老母亲双手相执，坐在小屋里的床上。

吴大妈问："多少日子没见了？"

王母说："还能按日子算啊？得按年算了！"

"是啊是啊，可不得按年算了嘛！自从我们家先搬走了，咱老姐妹俩就再没见过，倒是孩子们逢年过节的两家还没忘了走动走动……"

"离得远了，腿脚不灵了，交通也不便，今后两家的感情，也只能靠孩子们维持了。"

"是啊是啊。他婶，我想你啊！你这双眼睛，真的就没指望再治好了吗？"

"唉，反正市里几家大医院，孩子们都带我看过了……我明白，那也不过是他们做儿女的一片孝心。当妈的这种时候，只能像孩子似的听他们的话，不能往他们一片孝心上泼冷水，是不是？"

"是啊是啊，好不容易盼望着他们一个个都长大成人了，该享两天福了，竟又……我常叨叨我是天生操心受累的命，想不到你的命比我的命还……他婶，我心里真替你不好受呢……"吴大妈说着落泪了。

王母反劝她道："唉，摊着什么命，认什么命呗。振庆他爸呢？"

吴大妈说："马路边上找人下棋去了。自从把振庆的新房给布置停当了以后，整个儿一个大松心，每天除了吃饭、睡觉，就是马路边上找人下棋，来来，我带你参观参观我们振庆的新房，可是不错呢！"

说罢，将王母搀扶下床，牵着手，领进了准备做吴振庆新房那间大屋。"你看，比上不足，比下有余吧？"

"他婶，你倒是让我怎么能看得见啊……"

吴大妈脸上的笑容不禁收敛，歉意地说："一说起话来，我倒忘了你看不见，那……咱们就这屋坐会儿吧。振庆他爸常嘱咐我，一般关系的人来了，还不许往这屋让呢！"

王母说："看不见，我就摸摸吧？这是大衣柜不是？"

"是，是大衣柜。以前那个旧的拆了，加了些木料，重打的。"

吴大妈引着母亲在屋里摸了一圈儿："这是写字台。我说我们振庆不过是个工人，一年能写几回字儿啊，还摆个写字台占地方干什么呢！振庆他爸说，那也不能少，少了就凑不够多少腿儿了！别人的儿子结婚多少腿儿算齐备，他儿子结婚时，也绝不能少几条腿儿……这是床头柜。这是床，软垫的这是沙发。来，咱俩坐沙发上聊。"吴大妈搀扶着王母在沙发上坐下。

王母郑重地说："我这次来，也是有件事，要问一问你……"

吴大妈见王母表情郑重，疑惑地问："什么事儿？咱们老姐妹俩，你该怎么问，就怎么问，别存顾忌。"

"我如果……问得冒失了，你可千万别生我气。"

"瞧你说的！那哪能呢！"

"那我可就问了？"

"你倒是快问啊！"

"振庆他妈，你还记得不，当年，我厚着脸皮求你，为我们小嵩，跟郝梅那姑娘，过个话儿……"

"记得啊，怎么了？"

"后来，振庆说郝梅死了……"

"是我们振庆说的。如今我一想起那姑娘，心里头就难过……怎么了？"

"可昨天，小嵩带我到医院去看眼睛，他说……他说他碰见郝梅了。"

"这……他认错人了吧？"

"我觉得，他好像……不是认错人了。"

"怪了……难道我们振庆……撒了个弥天大谎不成？"

"所以，我今天来问问你……"

……

王母接着说："如果，郝梅那姑娘，真的并没死，还活着，成了你家的媳妇，我也是满心替她、替振庆那孩子、替你们老吴家高兴的。反正我们小嵩已经成家了，连孩子都有了。当年的事，就当被一阵大风刮过去了吧。"

吴大妈说："他婶，听你话的意思，你这不等于是在说……"

王母以手示意吴母不要打断她的话："振庆他妈，你听我把话说完，我喜欢郝梅那姑娘，这你也知道的。她没做成我们王家的儿媳妇，如果能做我个干女儿，我也同样高兴。但是我得知道她究竟是死是活。当年她父母把她托付给我，我不能心里老觉得自己没个交代……"

吴大妈感到受辱了，她皱着眉说："他婶，你这话，我可越来越不爱听了。你疑心我们振庆骗了你们小嵩，把本该属于你们老王家的儿媳妇，诓进我们老吴家来了？八成你还疑心我跟我儿子串通一气儿了吧？"

"你看，你生气了不是？就算我不该这么疑心，可那也是因为我心里糊涂啊！"

吴大妈拍着胸脯说："老天爷在上，如果我是那号女人，天打五雷轰！到现在，我还不知道会做我们老吴家儿媳妇那个姑娘，高矮胖瘦，姓甚名谁，和我儿子的缘分在哪儿呢！"

"你看你，你诅这么大的咒，我还怎么好再在你家坐下去啊……"

吴振庆匆匆走来，在楼口见到了王小嵩的妹妹，诧异地问："小妹，你怎么在这儿？"

"我妈想我大婶了，让我送她来，我等着接她回去！"

"那你也不必待在这儿啊，走，跟我家去！"

"也不知她们要说什么悄悄话，我妈不许我在场。"

吴振庆感到奇怪："俩老太太凑一块儿，有什么值得保密的悄悄话？你就那么听你妈的啊？"

"不听，不是存心惹我妈生气啊？"

吴振庆想了想，说："那你别管了，留你妈在这儿吃晚饭吧，晚上我送老太太回去。"

妹妹笑了，说："你这么大个干儿子送她回去，我有什么不放心的！那我走了啊哥。"

妹妹放心地走了。吴振庆进入家门，大声喊："妈！大婶！"

他进了大屋里，吴大妈一见他，严厉地说："跪下！"

吴振庆困惑地问："妈，我怎么了啊？"

王母说："他婶，你别这样……"

吴大妈更加严厉地说："跪下！"

吴振庆心虚地跪下了。

王母说："别听你妈的，孩子，你坐着说吧。"

吴振庆刚想起，吴大妈又怒喝："不许起！你给我老实交代，你为什么要骗我！骗你干妈！"

吴振庆困惑地望望王小嵩的母亲："妈，我骗了你不假，可是我并没有骗我婶啊！事情怎么由徐克引起的，小嵩他都是知道的啊！我们那个工程队的事儿,我去跟我婶说有什么用?"

吴大妈反倒不解了:"工程队怎么了?徐克又怎么了?"

吴振庆说:"你们既然知道了还问……"

吴大妈连连拍着沙发扶手说:"我什么也不知道!一件件事儿你都把你妈蒙在鼓里!先不说旁的事儿,先说郝梅,她明明活着,你为什么要串通了韩德宝和徐克,编排瞎话说她死了?你对她究竟打的什么主意!啊?让你妈也跟你一块儿被人疑心!"

吴振庆又一次望望王小嵩的母亲,他终于明白了自己的母亲为什么对自己发这么大火儿。

事情已到了这种地步,没有必要再瞒着老人了,吴振庆只好把郝梅在兵团的前前后后全讲了出来。晚上,吴振庆送小嵩母亲回家,走到路上,小嵩的母亲说:"大娘冤枉了你,生大娘的气不?"

"不生,我能生您的气吗?"

"唉!人一老,就该添毛病了,胸怀里盛不下点儿事儿了,疑心也就大了。大娘这就算当面向你赔个不是吧!"

吴振庆说:"大娘,我真不生您的气。我也不对,不该瞒您和小嵩这么多年,有好几次想告诉你们实情,可话到嘴边儿,不知该怎么说。再一想告诉了又如何呢?也就有心无心地瞒到了今天。"

王母说:"大娘还有一句话,当着你妈的面,也没敢唐突地问你。现在,我倒想问问你。"

"大娘,我听着。"

"你是不是……光是可怜郝梅呢?"

吴振庆一时语塞。王母又说:"大娘能这么对你问出口,心里也是做了一番思量的啊!当年人家姑娘一朵花儿似的时候,大娘一心想让人家姑娘成了自己的儿媳妇。如今她三十出头了,又哑了,还拖带着个病孩子,大娘倒想反过来给你做起媒来,你不会觉得大娘太……那个吧?"

"大娘你放心,我不会这么想的。"

"那就好,那大娘说话就没担待了。大娘不过觉得,她命苦,你心好,如果你对她不光是可怜呢，你们之间就需要个过话的人。只要你有意，大娘就愿替你做个过话的人。"

吴振庆说："大娘，我倒不是嫌郝梅哑了，也不是嫌她带个病孩子，只是她一向拿我当个老大哥看，我一向拿她当个小妹妹关心着，这么多年，双方都习惯了这一种关系。首先从她那一方面，就调整不了。从我这一方面也是。非要改变的话，双方反而都会觉得别扭。再说，我心里十来年一直装着另一个人，这一点郝梅她也是知道的……"

母亲说："是这样……那大娘的话，就当白说……你可千万别把大娘的心眼儿寻思歪了。"

吴振庆感动地说："大娘，您永远是我的好大娘，我要是那么寻思您，只能证明我自己的心眼儿不正了。"

母亲笑了："那，还是你干妈不？"

吴振庆说："当然还是啦！不过嘴上还叫不叫，您就给我个自由吧！"

母亲拍着吴振庆的肩说："给，我给！"

吴振庆忽然说："大娘，我哪天领郝梅见见您好不？"

母亲想了一下说："好，她对我，还有当年那份儿感情吗？"

吴振庆说："她是个重感情的人。不过，等小嵩走了以后吧！"

"是啊。等小嵩走了以后吧……"

26

在一个细雨霏霏的日子里，王小嵩撑着伞来到郝梅家那条街的街口，他望着郝梅家的院门，没有人从大院里出来。

一汪雨水已经快淹没了王小嵩的双脚。他心里默念着："郝梅，难道你真的那么不愿见到我了？我不信，我不信……"

他打定了什么主意，向街里走去。他在郝梅家大院门犹豫了片刻，终于走了进去。

他站在郝梅家门口，呆呆瞧着锁，他收了伞，踱到窗前，在窗上向屋里望，房檐水滴在他头上，肩上……他首先看到的是挂在迎面墙上的黄大衣、黄棉袄。芸芸正一个人在床上玩"过家家"——她给一个旧布娃娃盖上小手绢，喃喃地说："乖女儿，腿不好，千万别下床，啊？一个人在家好好玩儿，耐心等妈妈回来，妈妈得去学服装设计了。等妈妈拿到了证书，妈妈兴许就会有工作可做了……"

她感觉到了什么，抬头向窗子望去。王小嵩的身影使她害怕了，她抱起小布娃娃缩到了床角。

当她看到王小嵩在窗外的脸充满了怜爱之后，芸芸不那么害怕了，她放下布娃娃，爬下了床，扶着墙走到了窗前，并爬到了椅子上，打开了通气窗。

芸芸对王小嵩说："我不怕你。"

王小嵩说："叔叔不是坏人。"

芸芸说："我知道你是谁。"

"不，你不会知道……"

"我知道……你的衣服都淋湿了……可是门锁着，我没法儿请你进来……"

王小嵩的手从小窗口伸入，抚摸芸芸的脸。芸芸并不畏缩，任他抚摸。

王小嵩说："我知道你的名字，你叫芸芸。"

郝梅穿着雨衣进了大院，见到这一情形，立刻闪到了一户人家的小煤棚后。

一只手拍在了王小嵩肩上。王小嵩一回头，是老潘。他撑着伞，穿一身工作服，显然刚从外边回来，他问王小嵩："你干什么？"

王小嵩尴尬地说："我……我是郝梅当年的战友……"

"没见门挂着锁吗？"

"看见了。"

"有什么话需要我留给她吗？"

"这……没……没有……"

老潘转身对芸芸说："别站这儿了，小心摔了。快下去，回到床上去。"

老潘又对王小嵩说:"如果你真想见她妈妈,最好晚上再来。"

王小嵩撑起伞,走了。

郝梅望着他的背影……

王小嵩要回北京了,他的弟弟妹妹到火车站送他。一根柱子后,露出郝梅的半边脸,她望着从车窗探出身和弟弟妹妹说话的王小嵩。

火车开了,在郝梅的视野中消失了。她在心里对自己说:"小嵩,当年的郝梅确实已经死了,忘了她吧!我们都要学会忘掉许多事情,对我们的过去,我已无话可说……"